AMBITION 1부

토룡영인

구선모 新무협 판타지 소설

FANTASTIC ORIENTAL HEROES

토룡영인 4

구선모 新무협 판타지 소설

초판 1쇄 찍은 날 § 2009년 8월 21일
초판 1쇄 펴낸 날 § 2009년 8월 26일

지은이 § 구선모
펴낸이 § 서경석

편집장 § 문혜영
편집책임 § 정서진
편집 § 주소영

펴낸곳 § 도서출판 청어람
등록번호 § 제1081-1-89호
등록일자 § 1999. 5. 31
어람번호 § 제2-1803호

주소 § 경기도 부천시 원미구 심곡2동 163-2 서경B/D 3F (우) 420-822
전화 § 032-656-4452 팩스 § 032-656-4453
http://www.chungeoram.com
E-mail § eoram99@chol.com

ⓒ 구선모, 2008

ISBN 978-89-251-1906-9 04810
ISBN 978-89-251-1459-0 (세트)

AMBITION 1부

토룡영인

구선모 新**무협 판타지 소설**
FANTASTIC ORIENTAL HEROES

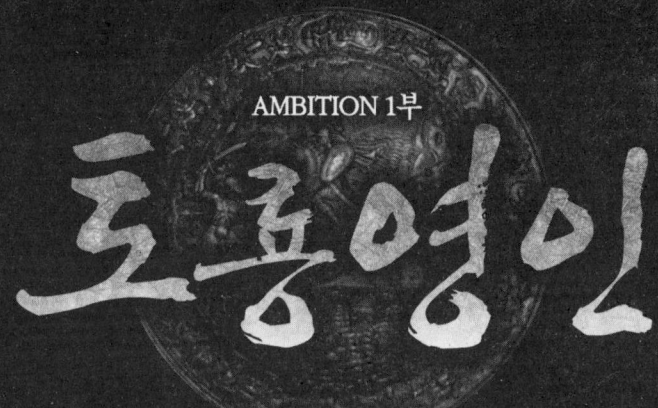

4

[진군의 북소리]

도서출판 청
람

目次

第一章
뭘 걱정해? 우린 그냥 한세상 편안하게 살다 가면 되는 거야

따스한 햇볕이 대지를 은은하게 달궈주는 들녘.

넓게 펴진 밭에선 농부들이 누렇게 익은 벼를 추수하기에 여념이 없었다. 한 해 농사의 마무리였고 결실이었다. 그러나 한창 수확을 하고 있는 농부들의 얼굴에선 흥겨움보다 걱정이 자리하고 있었다. 당장은 즐겁지만, 한창 전쟁 중이었기에 걱정이 앞섰던 것이다. 더구나 언제 관군이나 반군이 들이닥쳐 식량을 빼앗아갈지 모르는 형편이었고, 힘없는 일반 백성들은 대낮에도 마을 밖으로 돌아다니는 것을 꺼릴 정도로 민심이 흉흉했다. 덩치가 좋은 장정은 관군이나 반군들의 눈에 띄는 족족 강제로 징집되었고, 아녀자들은 무슨 봉변을 당할지 알 수 없었기 때문이다.

그러나 아무리 무섭고 두렵다고 해도 눈앞에 펼쳐져 있는 황금 들판을 바라보며 넋 놓고 있을 수 없는 것이 농민들의 마음이었다. 자신 혼자라면 주저하겠지만, 줄줄이 딸린 가족들이 있었기 때문이다. 따라서 수확을 하지 않을 수도 없었기에 구슬땀을 흘리기를 주저하지 않았다. 다가올 겨울을 지나 다음 추수까지 한 해를 버티기 위한 식량을 확보하기 위해선 그만큼 위험을 감수해야 했기 때문이다.

따그닥따그닥!

"보기는 좋네."

"뭐가?"

"수확하는 모습."

"그러게. 저들을 보고 있으니까 우리가 꼭 죄인처럼 느껴진다."

"……."

명규의 말에 영인의 고개가 자연스럽게 끄덕거렸다. 더불어 실소까지 나왔다.

'저들을 보고 있으니 마치 이 전쟁이 저들과 상관없는 것처럼 느껴지는구나. 젠장, 이 전쟁이 누구를 위한 전쟁인지 모르겠구나.'

"씁쓸하냐?"

"그래."

"내가 너보다 세상을 좀 더 오래 살아봐서 아는데, 세상이 다 그런 거란다. 반란이나 봉기라는 것이 처음엔 저들을 등에

업고 일어서지만, 나중엔 저들과는 아무런 상관 없이 흘러가지. 그것이 전쟁이란 괴물의 속성이다. 아암!"

"큭! 세상 살 만큼 살아본 학자처럼 말하네. 하긴, 확실히 전쟁이 괴물이긴 하지."

명규의 말에 영인의 입술이 살짝 비틀렸다. 전쟁터에서 하루하루 살아가고 있는 군인의 한 명으로서 인정하기는 싫었지만, 전쟁을 괴물로 비유한 명규의 말이 설득력있게 들린 것이다.

영인은 명규와 대화를 하면서 주변을 둘러보았다. 이따금씩 자신들을 주시하는 농민들과 시선이 마주쳤는데, 그들의 눈에선 부상병들에 대한 안타까운 감정이나 호의를 전혀 찾아볼 수 없었다. 오히려 분노와 적의가 가득했다. 실소가 저절로 나올 정도로 농민과 자신과의 괴리감을 느낄 수 있었다.

농민들을 바라볼수록 기분이 나빠지자, 영인은 애써 농민들에게서 시선을 돌려 하늘을 바라보았다. 하지만 나오는 것은 한숨이었고, 머릿속은 시간이 흐를수록 복잡해졌다.

"휴~ 마음에 안 들어. 장기판의 졸처럼 이리저리 왔다 갔다 하는 것은 참을 수 있겠는데, 높은 놈들 생각에 따라 죽을 곳을 찾아다니는 꼴이라니……."

"억울하지만 그게 힘없는 우리 신세가 아니겠냐. 살아남으려면 상관을 잘 만나든지, 아니면 큰 공을 세워 장군으로 승급하는 수밖에……."

"장군이란 자리가 공만 세운다고 되는 자리냐?"

"쩝, 그렇기는 하지. 장군, 장군이라……. 젠장, 난 언제쯤 장군 소리 들어보나? 나 장군, 나 장군……. 어감은 정말 좋은데……."

"어감이 좋기는 무슨! 나 장군. 큭, 장군 돼서도 나 장군이라고 떠벌리는 꼴이겠다. 그나마 전 장군보다는 낫겠지만."

"젠장할 놈, 왜 남의 성을 가지고 지랄이야?"

"태 장군, 태 총독… 태 도독… 역시 어감이 좋다. 같은 장군이나 총독이라도 태가 들어가니까 더 높은 것 같지 않냐?"

"지랄을 한다. 쩝."

'젠장, 영인이 새끼 말대로 어감은 좋네. 나 장군, 태 장군……. 나보다는 태가 확실히 있어 보이긴 하군.'

"흠! 영인아, 서안(西安)에 도착하면 전하께서 널 장군으로 승급시켜 주지 않을까? 동창이 파놓은 함정에서 목숨 걸고 병사들을 지켜냈잖냐."

명규는 자신이 살짝 밀린다고 생각되자 얼른 화제를 다른 방향으로 돌렸다. 병사들의 피해가 상당했기에 가망성이 거의 없었지만, 사기를 높이는 차원에서 생각한다면 충분히 있을 수 있는 일이기도 했기 때문이다.

"장군은 무슨, 그나저나 너무 늦게 도착하는 것은 아닌지 모르겠다."

"훗, 지금 걱정하는 거냐?"

"걱정이 아니라……."

'젠장, 부상병들을 치료하느라 너무 지체했어. 그 바람에 좋

은 기회를 놓친 것은 아닌지 모르겠군. 휴~ 어쩌면 장군으로
승급할 수 있는 기회였을지도 모르는데…….'

영인은 아쉬운 마음에 저절로 한숨이 나왔다.

동관으로 향했을 때만 해도 손전정의 군대가 필사적으로 저
항하면서 이자성의 군대를 괴롭게 만들 줄 알았다. 그러나 상
황은 전혀 그렇지 않았다. 영인뿐만 아니라 명규나 영도 역시
부하의 말을 듣고서 얼마나 황당해했던지…….

당시 부상을 입은 병사들과 함께 의원에서 침을 맞으면서
잠깐의 휴식을 취하고 있던 영인은 부관이 전해준 소문을 듣
고서 깜짝 놀랐다. 오죽하면 온몸에 침을 맞고 있던 중에 황당
하고 어이가 없어 벌떡 일어섰을까. 지독하게 이자성을 몰아
붙이고 위험에 빠뜨렸던 손전정이 허무하다 싶을 정도로 힘없
이 무너졌다는 소식은, 진의 여부를 떠나서 놀라운 소식이었
기 때문이다.

병부상서 겸 섬서삼변총독 손전정이 동관에서 장렬하게 전
사하자, 백광은과 고걸을 중심으로 총병관들이 각자의 병사들
을 이끌고 퇴각이 아닌 도주를 강행했다. 우성호와 노광조 등
대부분의 총병관이 백광은에 동조함에 따라 백광은은 홍이포
부대인 화차영을 이끌고 감숙성 고원(固原)으로 도주했다. 이
에 고걸도 다른 총병관들과 함께 고원으로 백광은을 따라가려
고 했지만, 손전정이 죽은 이후 총병관들의 시선이 곱지 않았
기에 자신과 비슷한 처지인 이양순 등의 수하들을 대동하고
연안(延安)으로 도주할 수밖에 없었다.

백광은과 고걸처럼 북쪽으로 향하지 않고 남쪽으로 퇴각한 총병들도 있었는데, 바로 사천총병 진익명과 하남총병 진영복이었다. 이 둘은 이자성의 추격을 피하기 위해 임시로 머물 곳을 상주(商州)로 정하고 도주했는데, 며칠 지나지 않아 이자성의 좌로군(左路軍) 유희요(劉希堯)가 병사들을 이끌고 상주를 공격하자 산양(山陽)과 안강(安康)을 거쳐 사천성 달주(達州)로 급하게 퇴각하였다. 더 이상 섬서성에 미련도 없고 싸울 수 있는 병사들도 별로 없었기에 살아남기 위해선 도주밖에 없었기 때문이다.

이자성은 눈엣가시 같던 손전정이 죽자마자 군사를 이끌고 서안을 점령했다.

동관에서 이래형이 이끄는 별동대 대원들의 손에 의해 손전정의 시신이 들려오는 모습을 보면서, 그리고 군사들을 이끌고 당당한 모습으로 서안에 입성하던 날,

이자성은 하늘을 쳐다보며 크게 웃음을 터뜨렸다. 가슴에 응어리졌던 것들이 한꺼번에 해소된 듯하여 쉽게 흥분을 가라앉힐 수 없었기 때문이다.

8년 전.

당시 틈왕 고영상의 지휘 아래 서안을 공격하던 중, 섬서순무(陝西巡撫)였던 손전정에 의해 고영상이 사로잡혀 처형당하고 수많은 병사들이 도륙당했다. 물론 이후 이자성도 재기를 하지 못하고 몇 명의 부하와 함께 힘겹게 살아남아 산속으로

숨어들어야만 했는데, 서안을 점령함으로써 힘들고 어려웠던 고난의 세월을 보상받은 것 같아 흥분된 마음에 마음껏 소리를 질러보고 싶었던 것이다.

나는 해냈다. 마침내 서안을 점령했다고.

그만큼 서안은 이자성에게 있어서 의미가 깊은 곳이었다.

이자성은 서안을 점령한 후 백성들의 어수선한 민심을 안정시키고 병사들의 사기를 높이기 위해 서안을 서경(西京)으로 개칭하고 국호를 대순(大順)이라 하며 황제 즉위식을 거행하였다. 당시 즉위식.때 이자성은 '명나라의 국운이 다했으므로 짐이 하늘의 부름을 받아 황제에 오르려 한다' 라고 했는데, 고통받는 백성들을 위해 하늘의 뜻에 따라 나라를 새로 열고 스스로 황제의 자리에 오르는 당위성과 명분을 분명하게 하기 위해서였다.

이후 연호를 영창(永昌)으로 하여 원년으로 삼았으며, 섬서, 하남, 호북을 기반으로 숭정제를 압박하기 위해 북쪽으로 군사들을 진군시켰다. 즉위식 때 숭정제와 부패한 대신 및 관리들을 몰아내고 백성들을 이롭게 하기 위해 황제가 되겠다는 명분을 실행에 옮긴 것이다.

또한 내부 정리를 위하여 관제를 정비하였는데, 대부분 명나라의 관제를 따랐지만 특이할 만한 것도 있었다. 바로 한 나라의 재상인 승상의 부활이었는데, 홍무제 주원장이 황권 강화를 위해 폐지했던 제도를 이자성이 채택한 것이다.

재상 제도의 부활에 대해 이자성도 많은 고심을 했지만, 당장은 송헌책 등의 역할이 크기에 어쩔 수 없는 선택이었다. 즉 관제가 정리되면서 송헌책이 대군사에서 승상으로, 그리고 좌, 우군사였던 이암과 우금성이 각각 도어사와 병부상서로 지위가 격상된 것이다. 따라서 대순국의 신권과 군권의 지휘권이 송헌책과 우금성에게 주어졌고, 총책임을 지는 명실상부한 최고 권력자가 된 것이다.

또한 군자금을 확보하기 위하여 화폐를 발행했는데, 이로 인해 이자성의 영향력하에 있는 상가들과 명문 세가 등 많은 곳에서 천문학적인 자금이 들어왔다. 당연히 이자성으로서는 군사를 정비할 수 있는 자금에 여유가 생겼고, 세상을 뒤집어야만 끝낼 수 있는 야망의 마무리를 위해서 대소 신하들을 독촉했다. 바야흐로 중원의 진정한 주인이 되기 위한 이자성의 마지막 여정인 겨울전쟁이 시작된 것이다.

*   *   *

서안에 도착한 직후 영인과 명규 및 영도는 한 시진에 걸쳐 우금성으로부터 예법에 대해 교육을 받아야 했다. 이자성이 정식으로 황제에 즉위하였으니, 황제를 받드는 신하로서 그에 합당한 예법을 취하는 것이 옳다는 판단하에 행해진 교육이었다. 당연히 영인 등의 예법 교육은 예부에서 행해져야 하지만, 예법의 교육보다 병부와 관련된 일의 비중이 크기에 우금성이 직접 나선 것이었다.

뚜벅뚜벅.

"흐음."

호화로운 장식이 가득한 대전 밖.

영인은 대전으로 진입하는 문 양옆으로 장승처럼 우뚝 서 있는 무장들을 곁눈으로 살짝 바라보면서 선머슴처럼 마구 뛰는 심장을 안정시키기 위해 천천히 심호흡을 했다.

"어서 오십시오, 태 대주. 그렇지 않아도 기다리고 있었습니다."

"……?"

"소장은 대전의 안전을 책임지고 있는 근위대 소속의 대원입니다."

"근위대? 그럼… 혹 구궁검수 중의……?"

"그렇습니다."

"그렇군. 폐하께서 집전하시는 대전의 안전을 근위대가 책임지는 것은 당연한 일이지만, 화산십검이 아니라 구궁검수들이 담당할 줄은 몰랐군."

"……"

자연스러운 영인의 하대.

구궁검수는 영인의 하대에 순간 당황한 기색을 보였으나, 이내 자신의 직무와 영인의 직위를 떠올린 후 살짝 고개를 끄덕였다. 그러나 눈가에 주름이 가는 것은 자신의 의지로써도 막을 수가 없었다.

"왜 그러는가?"

"흠! 아닙니다. 십검들께서는 더욱 중한 일을 하고 계십니다. 그런데 어떻게 하시겠습니까? 바로 들어가시겠습니까?"

"휴, 들어가야겠지. 수고스럽겠지만, 고해주게."

"알겠습니다, 태 대주. 흐흠! 폐하~ 보위대 태 대주 이하 부대주들이 입전을 하고자 합니다. 하명하여 주십시오."

"……."

'꿀꺽!'

'커흐음.'

"폐하, 보위대 태 대주와 부대……."

"들라 하라."

"흐음, 입전하시라는 폐하의 명이 떨어졌습니다. 태 대주 이하 부대주들은 속히 입전하시기 바랍니다."

"커흠! 알겠네."

덜컹! 끼이잉~!

"……."

구궁검수의 눈짓을 받은 병사들이 굳게 닫혀 있어 외부와 내부를 막고 있던 문을 양쪽에서 끌어당기자, 서서히 안쪽의 전경이 조금씩 드러났다. 그러나 문이 열리면서 내는 '삐이익~' 하는 날카로운 소음에 영인의 기분은 착 가라앉았다.

기분이 나빴다. 조금만 귀를 기울여도 옆에 서 있는 명규의 숨소리조차 들을 수 있을 정도로 조용하던 실내에 귓속을 간질이는 고음이 들렸기 때문이다. 그러나 문은 이미 활짝 열렸고, 영인은 자연스럽게 걸음을 옮겨 안으로 들어섰다.

대전 안.

영인은 조심스럽게 양옆을 슬쩍 둘러보았다. 왼쪽과 오른쪽
으로 장군들과 문신들이 일렬로 자리하고 있었는데, 그들 중
못 보았던 인물들이 눈에 띄었다. 하지만 분위기가 엄숙하여
얼른 고개를 숙이고 정면을 향해 걸어가야만 했다. 도착하라
는 날짜보다 배 이상 늦어졌기에 승상과 상서들을 비롯하여
여러 장군의 눈치가 저절로 보였던 것이다.

하지만 영인은 엄숙해진 분위기에 동요되고 휩쓸리지 않기
위해 마음을 애써 추슬렀다.

서안을 점령하는 중요한 순간에 이자성의 곁에 있어야 할
보위대의 대장이 자리하지 못했다는 것은 문제의 소지가 충분
했다. 따라서 늦어진 것에 대한 추궁이 있을 것이 분명했고, 혹
이런 추궁에 흥분하여 실수라도 하는 날에는 지금까지 쌓아온
모든 것이 신기루처럼 사라질 수도 있다는 생각이 들었기 때
문이다. 그에 스스로 부상병 중 더 이상 사망자나 이탈자가 늘
어나지 않은 것에 의미를 두며 불가피한 상황이었다고 위안을
삼고자 노력했고, 반드시 그래야만 했다.

어쩔 수 없는 상황.

영인은 모든 것을 병력 손실의 최소화를 위한 부상병들의
치료 때문으로 상황을 몰고 갈 생각이었다. 그렇게 해야만 살
아남을 수 있었기에…….

"만세, 만세, 만만세. 폐하를 뵈옵니다."

"만세, 만세, 만만세……."

"태 대주, 자~알 왔다."

"성은이 망극하옵니다, 폐하. 보위대 대주 태영인과 이하 부
대주, 부족하나마 폐하의 명을 수행하고 돌아왔음을 보고드립
니다. 이렇게 존귀하신 폐하의 용안을 알현할 수 있게 되어 소
장과 대원들 모두 감격해하고 있음을 고합니다. 황제 폐하, 만
세, 만세, 만만세……."

"만세, 만세, 만만세……."

"하하, 그렇지 않아도 승상에게 태 대주의 활약상을 들었다.
하지만 지금 대신들과 중요한 논의를 하고 있으니 태 대주는
잠시 기다려라."

"알겠사옵니다, 폐하."

"흠! 승상은 조금 전에 하던 말을 계속하라. 청나라 사신이
가지고 온 국서(國書)가 어떻다고?"

"예, 폐하. 우선 청나라 황제가 보낸 국서의 내용을 요약하
자면, '여러 공과 힘을 합쳐 중원을 점령하고, 하나의 구역을
얻어 그것을 부귀로 여겨라' 입니다. 여기서 '여러 공'이란 팔
대왕 장헌충 외에 장강 이남의 군벌들을 지칭한 것으로 판단
됩니다."

"흐음… 그렇겠지."

"그러나 폐하, 국서의 내용을 소신이 자세히 살펴보니 큰 문
제를 안고 있었습니다."

"문제?"

"그렇사옵니다, 폐하. 청나라에서는 북경을 함락시키고 중원을 장악하는 데 있어 폐하의 동조나 적극적인 협력을 바라고 있는 것 같지만, 북경을 점령한 이후엔 현재 점령한 영역만을 인정하겠으니 그것으로 만족하라는 의미가 내포되어 있습니다."

송헌책이 언급하는 청나라의 국서.

청나라는 현재 어린 황제가 등극한 상태로 두 명의 섭정(攝政)이 국사를 담당하고 있었다. 바로 정친왕(鄭親王)과 보정왕(輔政王)이었는데, 두 달 전 정친왕 제이합랑(濟爾哈朗)이 군사를 인솔하여 요서주랑(遼西走廊) 남부의 중후소(中後所)와 전둔위(前屯衛) 및 중전소(中前所) 등 세 개 성을 잇달아 함락시켰다.

이 소식을 듣고 숭정제 및 대신들은 깜짝 놀랄 수밖에 없었다. 다른 두 곳은 몰라도, 중전소는 북부 최후의 보루인 산해관에서 겨우 30리밖에 떨어지지 않는 곳이었기 때문이다. 따라서 요동총병(遼東總兵) 오삼계가 수비하고 있는 영원성(寧遠城)을 제외한 관외(關外)의 모든 요충지를 전부 청나라에서 장악한 것이다.

이때 이자성은 서안을 점령한 후 황제에 등극하면서 국호를 대순이라 정하였고, 하늘의 뜻을 받들고 백성의 안위를 보살피기 위해 현 황제를 친다는 기치를 내걸고 동쪽으로 황하를 건너 군대를 북경으로 진군시켰었다.

그에 이러한 정황을 탐지한 예친왕(睿親王) 다이곤(多爾袞)이 적극적으로 나서 전 황제였던 황태극이 생전에 세웠던 '농민군과 일시적 동맹을 세움으로써, 농민군의 역량으로 명 황조를 타격한다' 는 전략대로 동맹을 맺기 위해 사신을 보낸 것이다.

"이거 참, 어이가 없어 말이 안 나오는구먼."

"승상의 말대로라면 이는 실로 폐하와 대순국을 능멸하는 것이 아니겠습니까? 어찌 북방의 오랑캐 따위가 그런 망발을 입에 담을 수 있다는 말입니까!"

"폐하, 도저히 있을 수 없는 일이옵니다. 당장 사신을 내치십시오."

"저들의 오만불손함이 도를 넘었사옵니다, 폐하. 내치는 것이 아니라 당장 사신의 목을 치시옵소서. 그래서 오만에 대한 대가를 치르게 해야 할 것입니다."

"흐음… 승상은 어떻게 생각하는가?"

"이래형 장군의 말대로 오만불손하기는 합니다. 그러나 국서의 내용으로 보면, 저들은 아직 폐하와 우리 군대의 위용을 모르고 있는 것 같습니다. 무지몽매하여 벌어진 일이니 그것을 가지고 국서를 가지고 온 사신을 처단한다는 것은 옳지 않을 것입니다. 그러하니 사신의 목을 치는 것은 고려하시는 것이 좋을 것 같습니다."

"…좋다. 승상의 말대로 비록 오랑캐라고는 하지만 일국의 사신이니 참수는 하지 않겠다. 하지만 짐을 능멸한 것은 분명하니 승상은 앞으로 청 황제를 짐이 어떻게 대했으면 좋겠는지 말해봐라."

"현재로서는 청나라의 요구대로 동조할 필요는 없을 것 같습니다. 지금 청 황제는 실권이 전혀 없습니다."

"실권이 전혀 없다고……?"

"그렇습니다, 폐하. 전 황제였던 태종 황태극이 이 년 전에 갑자기 죽는 바람에, 현재 정친왕과 보정왕이 함께 섭정을 보고 있습니다."

"섭정이 두 명이라… 그렇다면 지금의 황제는 실권이 전혀 없겠군. 도대체 누구기에 섭정을 두 명이나 두게 되었는가……?"

"셋째 황자였던 복임(福臨:후린)입니다. 유언에 따라 여섯 살에 즉위했으니, 이제 여덟 살이옵니다."

"여덟 살이라… 어리군. 어려도 너무 어려. 국론이 분열되는 것이 당연한 일이겠군. 뭐, 당장 위협이 되지는 않겠지만 중원을 위협하는 적국의 국론이 분열된다면 좋은 일이긴 하겠지."

"그렇습니다, 폐하. 따라서 청나라에서 보낸 국서도 섭정 중한 명이 주도하여 보낸 것이라 판단됩니다. 어쩌면 국론이 통일되어 보낸 것일 수도 있지만, 중요한 것은 저들이 폐하를 염두에 두고 있다는 것입니다."

"흐음."

이자성은 송헌책의 설명을 들으며 용좌 깊숙이 몸을 파묻었다. 염두에 두고 있다는 것은 주목을 받고 있다는 것으로 해석할 수 있었다. 지금은 북경을 중심으로 멀리 떨어져 있으나, 청나라에서 군대를 몰아 산해관을 넘든지 자신이 진군하든지 하여 북경을 함락시키면 상황이 달라진다. 그때는 국경을 마주한 상태가 되는 것이었기에, 필히 중원을 차지하기 위해선 두 나라가 부딪칠 수밖에 없는 상황이 되기 때문이다.

송헌책은 이자성의 표정에서 지금 무슨 생각을 하고 있는지 파악할 수 있었다. 자신 역시 그와 같은 생각을 하고 있었기 때문이다. 그러나 후일의 위험 때문에 또 다른 적을 만들 수는 없었다. 다만 철저한 대비를 하면 족하였고, 지금처럼 산해관을 철저히 방어한다면 충분히 막을 수 있다는 판단을 내렸다.

"폐하, 원교근공(遠交近攻)이라 했습니다. 지금은 멀리 떨어져 있으니 적으로 삼을 필요가 없으며, 어차피 우리와 청나라는 북경을 향해 공격하고 있습니다. 목표가 같으니 당장은 척을 질 필요가 없습니다."

"문제는 그 이후가 아닌가."

"맞는 말씀입니다, 폐하. 하지만 청나라는 쉽게 산해관을 넘을 수 없을 것입니다. 그곳은 내부에서 문을 열어주기 전에는 쉽게 공략할 수 없는 천험의 요새이옵니다. 특히 영원성을 책임지고 있는 요동총병 오삼계는 맹장이면서도 뛰어난 지략가입니다."

"오삼계라……. 그렇다면 승상의 말대로 청나라가 먼저 북경을 점령하는 것은 요원하겠구먼."

"그렇습니다, 폐하. 따라서 폐하께서 북경을 먼저 함락시킨 이후엔 바로 산해관을 지키고 있는 요동총병 오삼계에게 사신을 보내 폐하의 높은 뜻을 알리고 설득하여 휘하에 들여야만 할 것입니다."

"요동총병 오삼계를 설득한다……?"

"그렇습니다, 폐하. 청나라는 이십 년 전부터 산해관을 넘고자 했으나 번번이 실패하였습니다. 만약 소신의 계획대로 오삼계를 휘하에 들일 수만 있다면, 능히 청나라의 남하를 저지할 수 있을 뿐만 아니라 대제국의 기틀을 굳건히 세울 수 있을 것이라 사료되옵니다."

"승상의 말이 맞습니다, 폐하. 그만큼 산해관만 굳건히 지킨다면 청나라의 군대가 아무리 용맹하다고 해도 폐하께 위협이 되지는 않을 것입니다."

"그렇군. 승상의 판단이 옳다. 좋다, 청나라 사신은 그냥 돌려보내겠다. 흠! 어차피 짐이 북경에 입성하면 적으로 대면할 것이니 괜히 수고스럽게 국서를 주고받을 필요는 없을 것이다. 승상, 어떻게 생각하는가?"

"옳으신 판단이십니다."

"좋다, 그럼 청나라 사신의 일은 이만 마무리 짓도록 하겠다. 그리고… 태 대주, 태 대주는 동창이 파놓은 함정에 빠졌었다고?"

"예?! 그, 그렇습니다, 폐하. 소장이 불민하여……."

'젠장, 간신히 살아온 사람보고 함정에 빠졌었냐고 묻는 말이 첫마디라니. 오늘은 말실수라도 하면 쫓겨나는 것도 모자라 목이 잘릴 수도 있겠구나. 휴!

영인은 조용히 자숙하며 이자성과 송헌책의 논의에 귀를 기울이고 있다가 갑자기 화제가 자신에게 돌려지자 깜짝 놀랐다. 하지만 이자성의 질문에서 안타깝다는 의미를 읽을 수 없자, 순간적으로 울컥하는 심정으로 인해 얼굴이 붉게 달아올랐다. 그렇지만 차마 이자성의 얼굴을 쳐다볼 용기가 없어 고개를 깊숙이 숙이며 마음을 다독였다.

엄숙한 분위기로 인해 가슴이 답답했고, 등에선 식은땀이 흘렀다. 그러나 숙였던 고개를 들 수가 없었다. 왠지 지금은 섣부른 자기변명보다 주변의 반응을 살피는 것이 먼저일 것 같다는 판단이 들었기 때문이다.

영인의 이런 판단이 옳았다. 첫마디 이후 일각 동안 침묵으로 일관하고 있던 이자성의 입가에 살짝 훈훈한 미소가 맺히기 시작했기 때문이다. 비록 영인은 이자성의 표정 변화를 볼 수 없었지만.

"승상뿐만 아니라 병부상서로부터 간략하게 들어서 태대주와 보위대에 관한 사정을 짐이 정확히 알고 있진 않다. 상황이 꽤 심각했었다고?"

"예, 폐하."

"흐음. 승상, 보위대의 피해가 정확히 어떻게 되는가?"

"예, 폐하. 작전에 투입되었던 보위대 총인원 천삼백 명 중 사백팔십팔 명이 사망하였고, 삼백십삼 명이 부상을 입었습니다."

"이거 참, 그 정도로 심각한 피해를 입었는가?"

"병부상서로부터 올라온 보고가 정확하다면 소신이 말씀드렸던 내용이 맞사옵니다, 폐하."

"소, 송구하옵니다."

영인은 송헌책의 보고에 귀를 기울이면서 등에 식은땀이 흘렀다. 하지만 마냥 조용히 있을 수 없기에 얼른 이자성을 향해 깊숙이 고개를 숙여 책임감을 느낀다는 몸짓을 보여주었다.

"…그 정도로 피해가 심각했다면 앞으로 보위대가 임무를 행함에 있어 많이 힘들겠군. 어떤가, 태 대주?"

"옛? 그 무슨……?"

"보위대가 이번 일로 인해 입은 피해가 상당한데, 그것이 과연 복구가 되겠는지를 묻는 것이다."

"폐하, 어찌 복구가 어렵겠습니까. 그리고 아무리 상황이 어렵다 할지라도 보위대 대원 모두 단 한 명이 남을 때까지 한 명한 명이 최선을 다해 맡은 바 임무에 충성을 다할 것입니다. 어찌 폐하께 향한 충정에 목숨을 아끼겠사옵니까."

"그런가? 그렇다는 말이지?"

"……."

"흐음~ 태 대주와 보위대가 짐을 생각하는 충정이 그 정도였다니 짐의 기분이 절로 좋아지는구나. 하지만 짐의 기분이 좋다 하여 상황이 변하는 것은 아니다. 이번에 입은 피해는 꽤컸다. 생각했던 것보다 너무 컸어."

"폐하, 비록 이번에 동창과의 전투에서 보위대의 피해가 컸다고 하나 소장은 피해만 입고 도주하듯 복귀한 것은 아니라 생각하옵니다. 이번 일로 인하여 대원들은 전의와 결속력을 더욱 단단하게 다질 수 있었고, 폐하께 향한 충정도 한층 강화되었습니다. 그리고 무엇보다 소장뿐만 아니라 보위대 대원들 모두 부족한 점이 무엇인지 정확히 파악할 수 있었고, 전략과 전술의 유동성이 얼마나 중요한지도 깨달을 수 있었습니다. 이 점은 앞으로 보위대가 성장하는 데 큰 밑거름이 될 것이라 사료되옵니다."

"흐음, 전의와 결속력을 다졌다? 그리고 부족한 점을 파악했⋯⋯."

"그렇습니다, 폐하. 무엇보다 동창의 전력을 파악할 수 있었다는 것이 중요하다 사료되옵니다. 적을 알고 나를 알면 필승이라 했사옵니다. 소장은 작전 중 동창의 당두와 직접 겨루어보았고, 큰 부상을 당해 죽을 고비도 넘겼습니다. 다행히 나 부대주의 도움이 없었다면 이렇게 폐하의 용안을 뵙지도 못했을 것입니다."

"⋯⋯."

"폐하, 소장과 부대주들은 동창의 번역을 각자 한 명씩 상대할 수 있었지만, 그 이상은 안타깝게도 무리였습니다. 더욱이 대원들은 위사에게조차 변변한 대응도 하지 못하고 밀렸지만, 짧은 시간이나마 근위대에서 훈련을 받았던 삼백 명은 두세 명이 힘을 합하면 충분히 대응할 정도임을 파악하였습니다. 앞으로 조금만 더 훈련을 한다면 충분히 위사들과 겨룰 수 있을 것이라 생각되옵니다. 폐하, 그만큼 동창이 지니고 있는 힘을 절실히 느낄 수 있었고, 소장과 대원들이 어느 정도의 무력을 지니고 있는지 파악하였습니다. 이러한 정보들은 앞으로 폐하께서 동창과 금의위를 상대하는 데 도움이 될 수 있을 것이라 생각되옵니다."

"흐으음… 태 대주의 말은 잘 들었다. 확실히 짐이 생각해도 금의위와 동창을 상대함에 있어서 도움이 되는 정보이기는 하다. 하지만 문제는 보위대가 어느 정도로 성장할 수 있느냐 하는 것이다. 아니지. 무엇보다 보위대가 언제쯤 예전의 전력으로 복구되느냐 하는 거겠지. 그렇지 않은가, 태 대주?"

"아뢰옵기 황송하오나… 현재 부상병 중 상당수가 완쾌하여 사망자를 제외한 대부분이 폐하의 명이 떨어지는 즉시 보위대 임무를 충실히 행할 수 있습니다. 이 모두가 폐하께서 부족한 소장과 대원들을 신경 써주신 은혜이옵니다."

"그래? 대원들의 부상이 거의 완쾌되었다고? 하하하! 정말 다행스런 일이로다."

"성은이 망극하옵니다, 폐하."

이자성이 호쾌하게 웃자 영인은 최대한 몸을 낮추며 고개를 숙였다. 이마에선 땀방울이 송골송골 맺혔지만, 분위기가 좋게 흐르는 듯하자 적지 않게 안심이 되었고 용기도 났다. 우선은 한 고비 넘긴 것이기 때문이다.

"큼! 짐이 태 대주의 말을 듣고 보니 한 가지 의문이 생기는구나. 혹시 예정보다 늦게 복귀한 것이 부상병들을 치료하기 위함이었던가?"

"송구하옵니다, 폐하. 당시 소장의 짧은 소견으론 부상병들을 추스르고 어떻게든지 살리는 것이 추후 폐하께서 생각하시는 대업에 조금이라도 도움이 될 것이라 판단되었습니다. 그만큼 병력의 손실을 최대한 줄이는 것이 중요하다 생각되었기 때문입니다."

"그렇군. 태 대주가 결정한 것이로구면."

"그렇습니다, 폐하. 모든 것이 소장이 결정하고 행한 일이옵니다. 하지만 서안에 이르러서야 당시 급박한 상황을 알게 되었고, 더 빨리 폐하의 곁에 오지 못한 것을 자책하고 있사옵니다. 불민한 소장의 잘못된 결정으로 인해 고심하셨을 폐하를 생각하니 용안을 바라볼 수 없을 정도로 송구스러워 몸 둘 바를 모르겠습니다. 폐하께서 필요로 하실 때 제대로 보필하지 못한 소장을 벌하여 주십시오, 폐하."

"흐으음……."

마치 입에 기름칠을 한 것처럼 청산유수와 같이 흘러나오는 영인의 대답에 정작 영인 스스로뿐만 아니라 뒤에서 듣고 있던 명규와 영도 역시 놀라움을 감추지 못했다. 하지만 상황이 상황인만큼, 이자성의 판결을 기다리면서 어서 빨리 이 상황을 모면했으면 좋겠다는 생각에 숨죽여 사태를 주시했다. 자신들이 현재 할 수 있는 일이라고는 조용히 이자성과 영인의 대화에 귀를 기울이는 것이 전부였기 때문이다.

영인의 발언이 계속될수록, 그리고 귀를 즐겁게 해주는 말을 들을수록 이자성의 시선이 살짝 변했다. 주변에서 들리던 무책임한 대주가 아닌, 지금까지와 다른 영인의 감춰져 있던 모습을 보았기 때문이다.

영인을 바라보는 이자성은 기분이 좋았다. 비록 주변과 어울리지 못하는 성격상의 문제가 있다 하더라도 자신을 위해 충정을 아끼지 않고 있음을 여실히 보여주는 영인의 모습에 흡족한 마음이 들었기 때문이다. 이에 기분이 한층 좋아진 이자성의 입가에 미소와 웃음이 한가득해졌다.

송헌책과 우금성 등 대전에 자리하고 있던 대소 신료들의 얼굴엔 미묘한 변화가 생겼다. 생각했던 것보다 영인의 언변이 좋아 이자성의 신임을 받기 시작했음을 알 수 있었기 때문이다. 따라서 대전의 모든 시선은 영인에게 향했고, 신경을 쓰기 시작했다. 그만큼 앞으로 이자성에게 있어서 영인에 대한 비중이 높아질 것은 분명했고, 당연히 영인의 지위와 영향력도 높아질 것이기 때문이다.

"크흠! 태 대주의 대답은 잘 들었다. 짐의 뜻이 정확히 전해지지 않아 벌어진 일이지만, 모두 짐의 대업을 위해 그리한 것이니 크게 나무랄 수는 없는 일이로다. 하지만 짐의 의중이 그렇다고 하여 당장 태 대주에 관한 일을 짐의 속단으로 결정할 수는 없구나. 짐은 일국을 책임지는 황제다. 그만큼 황제로서 신하들의 의중이 어떠한지 살펴야 함도 마땅하니, 태 대주에 대한 것은 승상을 비롯한 신하들의 의견을 물어 결정하는 것이 합당하다. 그러나 태 대주에 대한 짐의 신뢰가 높으니 결론이 어떻게 나든 앞으로 그 충정 잊지 말기를 바란다."

"소, 송구하옵니다, 폐하."

"자! 여러 신료들은 짐과 태 대주와의 대화를 들었으니 상황이 어떠한지 잘 알 것이라 믿는다. 그러니 기탄없이 자신의 의견을 말하도록 하라. 흠! 승상의 의견을 들어보는 것이 좋겠군. 승상, 태 대주와 보위대의 일을 어떻게 했으면 좋겠소?"

"폐하의 의중이 곧 소신들의 의견입니다. 어찌 이의를 제기할 수 있겠습니까."

"어찌 짐의 생각만이 옳다고 할 수 있을 것이며, 짐이 좋다고 하여 신하들의 의견조차 묻지 않고 결정을 내릴 수 있겠는가. 그러니 승상은 어려워하지 말고 의중을 말해보도록 하라."

"흐음… 폐하께서 그렇게 말씀하신다면 미력하나마 소신이 이번 기회에 한 말씀 올리도록 하겠습니다."

"하하, 좋도록 하라. 승상이 좋은 의견이 있는 것 같은데, 어디 들어보고 싶군."

"황송하옵니다, 폐하. 이 자리가 비록 태 대주의 일로 인해 만들어진 것이지만, 그렇다고 해도 태 대주와 보위대를 지목한 것을 먼저 유념해 주십시오. 흠! 먼저 태 대주에 대한 소신의 생각은 폐하의 의중과 다른 것이 없습니다. 다만 소신은 이번 기회에 폐하께서 군의 기강을 바로 세우실 필요가 있다는 판단이 들었고, 폐하의 하명이 장군들 이하 모든 병졸들에게까지 똑바로 전달될 수 있도록 만드는 계기로 삼으심이 어떨까 합니다."

"군의 기강을 바로 세우자……?"

"그렇사옵니다, 폐하. 물론 현재 군의 기강에 문제가 있다는 것은 아니옵니다. 오히려 어느 때보다 기강이 잘 잡혀 있습니다. 하지만 돌다리도 두들긴 후 건너라고 했습니다. 병사들이 어떤 적이든 물리칠 수 있다는 자신감과 사기가 높은 것은 좋은 일이지만, 장군들이 자칫 지나친 의기로 인해 오판을 내려선 안 되기 때문입니다. 소신은 바로 이 점을 우려하고 있는 것입니다."

"하하, 승상이 무엇을 걱정하는지 알겠다. 재상으로서 당연히 가져야만 하는 생각이고, 모두 짐과 나라를 위해 그런 충언을 하는 것이 아니겠는가."

"송구하옵니다, 폐하."

"짐도 승상의 의견에 동의한다. 자! 그럼 승상은 어떻게 했으면 좋겠는가? 짐의 명을 바로 수행하지 못했다고는 하나, 공과가 있으니 수위를 조정해야 하지 않겠는가?"

"태 대주와 보위대를 향한 병사들의 시선이 있으니 수위를 약하게 한다고 해도 태 대주에 대한 징계는 반드시 있어야 할 것입니다. 태 대주와 보위대는 폐하의 명을 수행하기 위해 최선을 다하며 동창의 전력을 분석할 수 있는 귀중한 정보를 입수하는 데 큰 역할을 했습니다. 더욱이 부상병들의 치유를 통해 전력의 손실을 최소화한 공이 크옵니다. 하지만 폐하의 명을 바로 받들지 못한 과실이 중한 만큼, 소신은 공로가 크다 하여도 과오가 더 큰 만큼 태 대주와 부대주들에게 몇 달간의 근신을 명하시는 것이 합당하다 사료되옵니다."

"근신을? 태 대주와 보위대에게? 흐음~ 승상, 짐이 혹 잘못 들은 것인가? 지금과 같이 중요한 시기에 보위대를 몇 달간 근신토록 한다는 것은……."

이자성은 송헌책이 하는 말을 들으면서 이해가 되고 동조할 것도 있었기에 이따금씩 고개를 끄덕였지만, 영인과 보위대의 근신에 대한 생각은 달랐다. 명확한 공로와 과오가 있으니 서로 상충하여 희석되는 정도로 마무리를 지었으면 했던 것이 처음 생각이었는데, 갑자기 근신을 명하라는 말이 송헌책의 입에서 나오자 의아한 생각마저 들었다. 그에 의문이 가득 담긴 시선으로 송헌책을 바라보았다. 보충 설명을 해보라는 의미의 시선이었다.

"물론 태 대주에게 징계 차원에서 근신을 명하시라는 것은 다른 뜻이 있어서가 아닙니다. 과오뿐만 아니라, 오히려 그 과오를 희석시킬 만큼 공로도 크기에 징계를 명하시는 것보다는 상을 내리는 것이 합당할 수 있습니다. 그러나 소신이 말씀드리고자 하는 뜻은, 태 대주에게 폐하께서 직접 징계를 내렸다는 상징적인 의미를 부여하시라는 것입니다."

"흐음, 상징적인 의미를 부여하라……."

"그렇습니다, 폐하. 아무리 공로가 크다 하여도 장군들 이하 병사들에게 폐하의 명이 그 무엇보다 중요하다는 인식을 확실하게 심어줄 필요성이 있습니다. 전장에선 군율이 무엇보다 중요합니다. 폐하의 명이 곧 군율이고, 군율을 목숨으로 받드는 것이 충정임을 깨닫게 하는 기회로 삼으심이 좋을 듯

합니다."

"하하, 좋다. 북경으로 진군하기 위해선 한 손이라도 아쉬운 것이 현실이지만, 짐이 듣기에도 승상의 말이 옳은 듯하다."

"송구하옵니다, 폐하."

"그대들은 어떠한가? 승상이 좋은 의견을 냈는데, 혹시 다른 의견이 있는가?"

"아닙니다, 폐하. 합당한 의견이라 사료되옵니다."

"좋은 의견이라 생각되옵니다, 폐하."

'젠장! 좋기는 뭐가 좋다는 거야? 휴~ 이렇게 되면 징계는 피할 수 없게 된 것인가? 하지만 내가 본보기가 될 필요는 없잖아. 왜 내가 억울한 일을 당해야 하냐고. 아깐 어떻게든 좋게 넘어갈 수 있는 분위기였는데… 승상이 내게 억하심정이라도 있나?'

"모두 그렇게 생각한다니 짐은 여러 신료의 의견에 따라 명을 내리겠다. 태 대주는 짐의 명을 받들라."

"예, 폐하. 하명하십시오. 충심을 다해 받들겠습니다."

"승상의 의견이 합당하고 신하들도 이에 동의하는 바, 짐은 태 대주와 보위대에게 백 일간 근신할 것을 명한다. 이는 짐이 군율을 바로 세우고 기강을 굳건히 하고자 함이니, 태 대주와 보위대는 짐의 뜻을 깊이 새기어 근신 기간 동안 경거망동하지 말 것이며, 이번 기회에 부족한 실력을 높이는 데 최선을 다하는 시간을 갖도록 하라."

"명심하겠습니다, 폐하. 소장과 대원들에게 폐하의 은혜에 보답할 수 있는 기회를 주셔서 황공하옵고, 짧은 시간이나마 최선을 다하여 폐하의 명을 받들겠사옵니다. 하오나 폐하, 소장과 대원들은 폐하께 하나의 청이 있사옵니다."

"응? 청이라……?"

"그러하옵니다, 폐하. 보위대는 폐하의 호위를 책임지는 것을 시작으로 만들어졌지만, 지금은 화산파를 주축으로 만들어진 근위대와 함께 폐하의 호위대 역할을 하고 있습니다. 물론 무림에서도 명문인 화산파에서 신경을 쓴 근위대하고 무력을 비교할 수는 없을 것입니다. 그러나 보위대는 근위대와 함께 명 황실의 금의위 및 동창과 같은 일을 하고 있습니다. 그런데 동창에 무참히 패배하였습니다."

"음~ 그래서?"

"폐하, 폐하께서 북경에 첫발을 내딛는 날 미천한 소장과 대원들이 동창에 설욕할 수 있는 기회를 주십시오. 비록 동창의 무력을 감당할 수 없는 실력이지만, 주어진 시간 동안 최선을 다한다면 충분히 폐하의 뜻에 보응할 수 있을 것입니다."

"동창을 상대해 보겠다? 보위대가 동창을? 흐음."

이자성은 영인의 주청에 흡족한 표정보다는 어이없다는 표정을 지었다. 동창은 명나라가 건국되고 황권을 굳건히 세운 영락제가 만든 친위세력이다. 비록 남자구실을 못하는 환관들로 구성되었지만, 이백삼십 년이 넘는 세월을 보내며 무력을 다지고 금의위와 경쟁하며 자신들만의 세력을 만든 곳이다. 그렇기에 이자성도 동창의 무서움을 잘 알고 있었다. 따라서 이자성의 귀에는 동창과 제대로 겨루어보겠다는 영인의 주청이 허무맹랑하고 쓸모없는 소리로 들린 것이다.

영인은 이자성의 표정 변화에 자신이 혹 쓸모없는 말이나 실수를 한 것이 아닌가 하는 염려가 들었다. 하지만 이미 말은 입 밖으로 뱉어졌고, 더 이상 주워 담을 수 없는 상황이었다. 어떻게든 마무리를 해야 하는 상황인 것이다.

'이런, 괜한 말을 꺼낸 것인가? 아까는 나와 보위대를 좋게 생각하고 있는 것 같았는데⋯⋯. 동창과 다시 한 번 겨루어보겠다고 나서면 대견한 것 아닌가? 휴~ 내가 스스로 무덤을 판 것이 아니길 바랄 수밖에 없겠구나. 젠장.'

"폐하, 소장과 대원들의 실력이 미천하다는 것은 잘 알고 있습니다. 그리고 동창을 상대한다는 것이 얼마나 힘든 일인지도 알고 있습니다. 하지만 소장과 대원들은 스스로 폐하의 검이라 생각하고 있사오며, 그렇기에 죽더라도 이번에 당한 패배를 설욕해 보고 싶은 기회가 주어지기를 바라는 마음이 크옵니다. 소신과 대원들에게 폐하의 검으로서 죽을 수 있는 기회를 주십시오. 폐하, 간청드립니다."

"흐음, 짐의 검으로 죽고 싶다. 하하, 이거 참."

"⋯⋯."

"폐하, 태 대주와 보위대 대원들의 의기가 참으로 높사옵니다. 비록 현실성이 없는 의기라 할지라도 폐하의 성은을 충정으로 받들고자 하는 뜻이 좋으니 어찌 병사들의 귀감이 되지 않겠사옵니까."

"승상은 그리 생각하는가?"

"신 병부상서 우금성이 아뢰옵니다. 소신도 보위대가 동창을 상대한다는 것은 어린이가 어른을 상대하는 것과 같은 어불성설이라 생각하오나, 폐하를 향한 충정이 그만큼 높다는 것을 반증하는 것이라 생각되옵니다. 그러하니 뜻은 윤허하여 주되, 더욱 열심히 수련하여 대원들의 헛된 죽음은 피하도록 명하심이 어떠할까 하옵니다."

"좋다, 태 대주와 대원들이 그 정도로 짐을 생각하고 충성을 아끼지 않고 있다 하니 짐의 마음이 흡족하여 기쁨을 숨길 수가 없다. 이에 어찌 짐이 불가능할 것 같다고 하여 그대들의 바람을 들어주지 않겠는가! 이후 보위대는 짐이 북경에 입성하는 날 동창을 상대하여 짐의 겸임을 스스로 입증하라. 짐이 태 대주의 청을 받아주어 그 의기를 천하에 떨칠 수 있는 기회를 주겠다. 하지만 무모한 죽음이 있어서는 아니 될 것이다. 알겠나, 태 대주?"

"서, 성은이 망극하옵니다, 폐하. 북경에 입성하시는 날 소장과 보위대는 오늘 폐하께서 주신 기회를 반드시 승리로써 보응할 수 있도록 최선을 다하겠사옵니다. 충!"

"하하~ 알았다. 태 대주는 그만 물러가라."

"충!"

영인은 우금성의 가르침대로 지금까지 엎드려 있던 자세에서 일어난 다음, 부리부리한 눈으로 자신을 향해 시선을 고정시키고 있는 이자성에게 머리를 조아리면서 깊숙이 허리를 숙였다. 그런 후 조심스럽게 뒷걸음으로 대전을 빠져나갔다.

대전을 빠져나오자마자 셋 모두의 입에서 저절로 안도의 한숨이 나왔다. 무겁게 어깨를 짓누르던 짐이 사라진 것처럼 어깨가 절로 가벼워졌고 기분까지 밝아졌다. 하지만 셋 모두 앞을 향해 걸음을 옮길 뿐, 한동안 묵묵히 입을 다물었다. 편안하게 말할 수 있는 분위기가 아니었기 때문이다.

'휴~ 이렇게 해서 또 한 고비 넘긴 것인가?'

탁!

"응?"

"무슨 생각으로 그런 말을 한 거냐?"

"나도 모르겠다. 젠장."

"뭐? 모르겠다니? 야! 네가 지금 그렇게 말하면 어떻게 해? 이게 지금 모르겠다고 해서 넘어갈 일이냐?"

"휴……."

'정말 젠장이다. 왜 그런 말이 순간적으로 튀어나왔을까? 분위기 좋았었는데…….'

"야!"

"왜?"

"왜라니? 정말로 내가 왜 이러는지 몰라서 그래?"

"몰라! 모른다고! 그러니까 더 이상 묻지 마. 나도 피곤하다고."

"니미럴!"

"흐음……."

명규의 물음에 순간적으로 화가 난 영인은 성큼성큼 앞으로 걸어갔다. 자신의 멍청함에 화가 난 것이지만, 그것이 엉뚱하게 명규에게 토해진 것이다.

그러나 영인의 반응에도 아랑곳하지 않고 이후로도 명규의 독촉은 계속해서 이어졌다. 영인의 뒤를 한 걸음 이상 떨어져 가면서 연신 입을 가만히 두지 않았다. 처음엔 '왜 그랬냐?'로 시작해서 '아니지'로, 그 이후엔 영인을 향한 불만과 미쳐 제정신이 아니라는 것으로 마무리가 되고 있었다.

영인은 명규의 말은 한 귀로 듣고 한 귀로 흘려 버렸다. 마치 명규의 말이 전혀 들리지 않는다는 표정을 하고선 정면만 응시하며 걸음을 옮길 뿐이었다. 그러나 영인의 가슴엔 명규의 한마디 한마디가 화살이 되어 박히고 있었다. 쓰리고 아팠지만, 자신이 한 일이 있었기에 차마 명규의 말에 대답을 할 수가 없었던 것이다. 당연히 짜증 나고 속이 쓰리며 화까지 났지만, 겉으로는 아무런 표현도 하지 못했다. 그저 자괴감과 허탈한 마음에 묵묵히 정면을 주시하는 것이 다였다.

'내가 미쳤지. 미치지 않고서 어찌 그 자리에서 그런 말을……. 휴, 입이 방정이지.'

"……."

아무리 해도 영인의 표정에 변화가 없고 입조차 열리지 않자, 명규는 방법을 달리 하기로 했다. 그에 지금까지와는 달리 좀 누그러진 표정을 하고서 영인의 옆으로 바짝 다가갔다.

"흠! 영인아."

"……."

"내가 아까는 너무 화가 나고 경황이 없어서 막말을 한 것 같다. 미안하다."

"……."

"하지만 내 위치가 부대주잖아. 당연히 대주가 어떤 생각을 하고 있는지 알아야 하는 자리라고. 그렇지 않소, 걸 부대주?"

"흠! 나 부대주의 말이 맞는 것 같소만……."

"……."

"거봐, 걸 부대주도 내 말이 맞다고 하잖냐. 그러니까 대주 인 네 생각이 무엇인지 말 좀 해봐라. 명색이 부대주인데, 대주 가 어떤 생각으로 그런 말을 폐하와 중신들 앞에서 했는지 정 도는 알아야 하지 않겠냐. 안 그래?"

"크으음……."

"정말 한마디도 말해주지 않을 거냐? 정말? 한마디만. 응?"

"……."

"휴~ 그럼 하나만 물어보자. 더 이상 귀찮게 안 할게. 흠! 아니지? 아까 대전에서 한 말, 그냥 말만 그럴듯하게 한 거지?"

"……."

"영인아, 그렇다고 말해줘라. 제발. 응?"

"흐음."

"야, 내 말 안 들려? 무슨 말이라도 좀 해라. 답답하게 왜 이 래? 혹시… 정말 동창 새끼들하고 한바탕 할 생각이냐? 이거 정말 미친 거 아냐? 야, 이 미친 새끼야! 아까 한 말, 정말 진담으로 한 말이었냐? 사실이었어? 이거 참, 정말인가 보네. 도대체……."

"젠장! 내가 미쳤냐? 혹시라도 내 머리가 돌에 맞아 깨졌거나 화살이 박혀 제정신이 아니라면 모르지. 하지만 난 지금 정상이라고. 알겠냐? 동창 새끼들 그림자만 봐도 몸이 떨리는데, 그 변태들 면상을 왜 봐!"

명규가 자신이 생각하는 것이 아닌 다른 방향으로 결론을 내리는 듯하자 영인은 더 이상 모른 척 듣고만 있을 수 없었다. 아니, 참을 수 없었다. 그에 명규를 향해 버럭 소리를 지르듯 빠르게 자신의 생각을 토해냈다.

"큭큭, 그럼 그렇지. 난 정말인 줄 알았잖아. 그나저나 아까는 등줄기에 식은땀이 날 정도로 아찔했다. 순간적으로 네 머리가 어떻게 된 것이 아닌가 하는 생각에 열어보고 싶은 충동까지 들었다니까. 휴~ 내가 네 머리 쪼개지 않게 해줘서 고맙다."

"뭐? 이런 미친."

"자자! 이제 됐다. 네 생각이 그렇다면 뭘 걱정해? 우린 그냥 한세상 편안하게 살다 가면 되는 거야. 능력껏 살아야지. 그게 우리 생각이잖아, 바람이고. 그렇지?"

"휴~ 그래, 그렇게 돼야지."

"잘될 거다. 폐하께서도 능력에 벗어나는 일은 하명하지 않으실 테니까, 우린 그저 최선을 다했으나 능력이 부족하다고 말하면 되는 거다. 한마디로, 죽기 싫으면 설치지 않으면 된다는 말이지. 알겠지? 우리 쉽게 살자. 아니, 소박하게 살자."

"그래……."

'네 말이 맞다. 소박하게 살고 싶다. 하지만… 왜 난 소박한 꿈조차 꾸는 것이 힘든지 모르겠다. 백 년도 되지 않는 짧은 인생, 정말 마음 편안하게 사는 것이 이렇게도 힘들 줄은 몰랐다. 내가 전생에 뭘 그리 잘못한 것이 많은지, 젠장! 정말 사는 게 왜 이렇게 힘드냐.'

"자! 대전의 일은 잊어버려. 훌훌 털어버리는 거다. 아예 생각조차 하지마라. 영인아, 알았지?"

"흐음……."

영인은 명규의 말에 저절로 고개가 끄덕였다. 자신도 명규의 말처럼 되기를 바라는 마음이 컸기 때문이다. 그러나 마음은 개운하지 못했다. 하지만 차분하게 마음을 다잡아야만 했고, 앞으로의 일을 생각하며 명규와 함께 대원들이 대기하고 있는 곳으로 향했다.

촉박하게 배운 예법이라 영인은 혹시라도 실수를 하지 않을까 걱정하며 최선을 다했다. 마지막에 대전 안을 황당하게 만든 사건을 제외한다면 나름 힘든 시간이었지만 큰 실수가 없었음에 만족할 수 있었다.

비록 송헌책 때문에 징계 아닌 징계를 받게 되어 아쉬운 마음이 없지는 않았지만, 대전의 분위기가 실제로 징계를 주려던 것이 아님을 알기에 큰 걱정은 없었다. 그저 백 일간 조용히 자숙하는 모습을 보여주면서 상황에 따라 대처하면 되는 정도로 판단되었기 때문이다. 그렇기에 대전을 나선 후 시간이 흐르고 차가운 공기가 심장과 머리를 차분하게 해주자 영인의 머릿속에는 근신 기간 동안 어떻게 수련하고 대원들을 훈련시킬 것인지로 꽉 차게 되었다.

'내가 미쳤나? 그 변태새끼 면상을 한번쯤 보고 싶기는 하네. 큭큭.'

마음이 차분해지고 생각이 어느 정도 정리되자 영인은 자신도 모르게 이 당두의 얼굴이 떠올랐다. 그에 순간적으로 움찔하였고, 자신의 머리를 손으로 두들겨 보았다. 하지만 별다른 이상은 없었다.

"훗, 미치겠네."

머리에서 맹렬히 있을 수 없는 일이라며 이성을 찾으라는 속삭임과는 달리, 가슴속에선 불같은 열기가 솟아올랐다. 머리는 차가웠지만, 어느새 영인의 가슴속엔 무인이라면 지닐 수밖에 없는 활화산이 자리 잡고 있었다. 승부라는 불씨로 피어나는 활화산이……

"응? 왜 그래?"

"아니, 그냥……."

"그냥? 참나, 괜히 머리 아프게 돌아가지 않는 머리 굴리지 말고 어서 가자. 대원들이야 상관없지만, 아저씨들은 우리 기다리다가 눈 빠지겠다."

"훗, 그래."

'좋아! 지금으로서는 피하고 싶지만, 어쩔 수 없이 만나게 되는 상황이라면 반드시 숨통을 끊어주겠다. 날 조롱하며 가지고 논 것이 얼마나 엄청난 실수였는지 직접 몸에 새겨주겠어. 반드시.'

비록 얼떨결에 한 주청이지만, 원하지 않더라도 만나게 된다면 반드시 달라진 모습을 보여주고 싶었다. 그리고 북경으로 진군하게 되면 만나고 싶지 않아도 만나게 될 확률이 높았다. 즉 상황이 불가피하다면 한 번은 만나야만 할 사람이 생긴 것이다.

따라서 영인에게는 전투에 참가하여 공을 세우는 것보다 오히려 스스로 성장할 수 있는 시간을 가질 수 있게 된 것이 좋은 기회일 수 있었다. 어찌 되었든 자신이 이자성에게 호언장담한 말이 있기에, 조만간 동창의 고수들을 상대해야 할지도 모를 최악의 상황에 직면할지도 모를 일이기에……

第二章

제가 누구입니까! 바로 폐하의 검입니다

영인이 이자성을 만나서 뜻하지 않게 휴식 시간을 가지게 된 지 보름이 지났다. 비록 눈치가 보이는 징계성 휴식이지만, 전투로 인한 정신적 피로와 부상을 회복할 수 있는 귀중한 시간인 것은 분명했다.

하지만 이미 이자성이 겨울전쟁을 선포하여 북경으로 진군할 것을 천명한 만큼, 이자성의 명을 수행할 의무가 있는 승상 이하 대신들은 하루가 어떻게 흘러가는지 모를 정도로 분주했다. 특히 병권을 책임지고 있는 병부상서 우금성은 전장에서 전해오는 보고를 처리하느라 밤잠을 설치는 것이 다반사일 정도였다. 당연히 징계를 받고 있는 영인으로서는 만나고 싶어도 쉽게 얼굴을 볼 수 없는 사람이 우금성인 것이다.

그런데,

우금성이 영인이 머물러 있는 곳을 찾아왔다.

"어서 오십시오."

"태 대주의 밝은 얼굴을 보니 이젠 부상을 완전히 털어버린 것 같구려. 정말 다행이오."

"전장에서 그 정도 부상은 다반사입니다. 그런데… 서경에서 가장 바쁘신 대인께서 누추한 이곳에는 어쩐 일이신지……?"

"폐하께서 태 대주에게 하사하시는 물건도 있고, 또 승상께서 당부하신 것이 있어서 겸사겸사 왔소이다. 허흠! 그러니 그렇게 서 있지 말고 자리에 앉는 것이 어떻겠소?"

"승상께서 당부하실 말씀이요? 흠흠! 이런, 제가 실수를 했습니다. 너무 경황이 없어서… 자, 이리로 앉으시지요."

영인은 갑자기 방문한 우금성 때문에 순간적으로 자신이 실수를 했다는 것을 깨달았다. 그에 얼른 자신이 앉아 있던 자리를 우금성에게 내주고 반대편 자리에 앉았다. 이에 우금성은 거부하지 않고 자리에 앉았고, 마치 이때를 기다리고 있었다는 듯 시녀가 차를 가지고 안으로 들어와 조심스럽게 탁자에 놓고는 빠져나갔다.

"후루룩, 하음. 하하, 차 맛이 정말 좋소이다. 향이 은은하면서도 깊고 끝맛이 개운한 것이 참으로 좋소. 태 대주가 이렇게 좋은 차를 즐겨 마실 줄은 몰랐소."

"하하, 좋게 봐주시니 감사할 뿐입니다. 사실 제가 차를 즐겨 마시는 편이 아닌데, 아마 대인께서 오셨다는 소식을 듣고서 준비를 한 것 같습니다."

"그렇소이까? 이런, 괜한 폐를 끼쳤구먼. 그냥 태 대주하고 편안하게 이런저런 이야기나 나누고 갈 생각이었는데……."

"아닙니다. 어찌 이까짓 차 한 잔이 폐가 되겠습니까. 비록 제가 이곳에 머물러 있다지만 귀가 있으니 이곳저곳에서 떠드는 정보들은 듣고 있습니다."

"하하, 그렇소? 도대체 어떤 정보가 들린단 말이오?"

"별로 대단한 것은 아닙니다, 대인. 그냥 섬서성 전체가 요즘 전쟁으로 들썩이고 있고, 전장에선 관군들과 붙으면 백전백승을 하고 있다는 것 정도입니다. 아! 그리고 곧 북경으로 올라갈 것이란 소문이 서경에 파다하게 퍼졌다는 소리도 들었는데……."

"하하, 그런 소문이 서경에 돌고 있었소이까? 이거 참, 그런 기분 좋은 정보가 돌고 있었는데 왜 본인의 귀엔 들리지 않았는지 모르겠소."

"대인, 농담도 잘하십니다. 하하하!"

"하하!"

"…흠! 병부에선 장수들과 병사들의 승전을 위해서 밤낮없이 회의를 하고 있다 들었는데, 이렇게 공무에 바쁘신 대인께서 직접 걸음을 해주셨으니… 제겐 오히려 고마울 뿐입니다. 그리고 말씀을 편히 하십시오. 듣기가 민망합니다."

영인은 우금성의 갑작스러운 방문에 약간 긴장하고 있었다.

아니, 많이 긴장했다. 더욱이 우금성은 예전과 달리 하대가 아닌 반 존대를 하고 있었다. 당연히 영인으로서는 어안이 벙벙하고 무슨 일이 있는가 싶어 심적으로 편하지 않았다.

서로의 신분상 있을 수 없는 일이었다. 병권을 한 손에 쥐고 있는 병부상서 우금성에게 반 존대를 받는다는 것은 좌우시랑이나 장군들 정도였기 때문이다. 그런데 그런 우금성이 보잘것없는 영인에게 반 존대를 하고 있는 것이다.

비록 영인이 보위대라는 호위대의 한 축을 책임지고 있는 대주지만, 군권을 책임지고 있는 병부상서하고는 그 격이 달랐다. 하다못해 나이도 열다섯 살이나 차이가 나기에 영인으로서는 우금성에게 반 존대를 듣는다는 것이 영 개운하지가 않았다.

"어찌 그럴 수 있겠소이까. 태 대주는 명실상부한 폐하의 검이 아니오? 그날 분명 그렇게 들었는데, 그렇지 않소?"

"아니, 그건……."

'젠장, 그건 나도 모르게 한 말이라고! 괜히 객기를 부린 것인데, 왜 지금 기억에서 지우고 싶은 그 얘기가 나오는 거야?'

"하하, 그런 표정으로 보지 마시오. 그날 태 대주가 대전에서 보여준 패기와 의기에 폐하께서는 물론이고 문무대신 모두 크게 감명을 받았소이다. 아무리 본인이 병부상서라고 해도 폐하께서 인정하신 장수를 어찌 존중하지 않겠소이까."

"아~ 하지만 어찌 대인께 그런 대접을 받겠습니까. 그것은 보잘것없는 저를 너무 높게 보아주시는 것입니다. 그냥 평소

처럼 대해주십시오. 그것이 제게는 편합니다."

"이거 참, 태 대주는 자신의 위치가 어떤지 아직 깨닫지 못하고 있는 것 같소이다. 그냥 편하게 받아들이고 더욱 폐하께 충성을 다하면 되는 일이 아니겠소?"

"어찌… 휴~ 여하튼 대인께서 신경 써주셔서 감사합니다."

"태 대주가 그렇게 생각해 주고 있다니 감사하고 또한 다행이오. 그나저나 화술이 상당히 좋아졌소이다. 예전엔 전장을 누비고 다녀서 그런지 말투나 행동이 투박했었는데, 이처럼 자연스럽게 대화를 하게 되었으니 말이오."

"모두 대인께서 도와주신 덕분입니다."

"하하, 본인이 도와준 것이 무엇이 있겠소이까. 모두 태 대주가 빨리 적응한 것이 아니겠소. 그런데… 지금 이렇게 태 대주와 마주 앉아보니 그동안 이런 자리를 마련하지 못한 것이 아쉽구려. 본인의 공무가 워낙 바쁘다 보니 주변을 둘러보지 못했소이다. 태 대주, 앞으로는 종종 이런 자리를 만들어보는 것이 어떻겠소이까?"

"옛? 아~ 오히려 제가 부탁드리고 싶은 말입니다."

"그렇소이까? 하하하!"

우금성이 나름 호쾌하게 웃자 영인은 조용히 고개를 숙여 보였다. 하지만 머리로는 우금성이 한 말을 곱씹어보고 있었다. 특히 '감사하고 또한 다행이오' 란 말의 의미가 무엇인지 파악하고자 했다. 하지만 아무리 머리를 굴려보아도 의미를 알 수 없기에 우금성과 보조를 맞추며 얼굴에 살짝 미소를 지어 보였다.

영인은 처음 우금성과 대화를 할 때보다 표정이 상당히 부드러워졌다. 자리에 앉고 대화를 시작한 것이 얼마 되지 않았기에 우금성이 방문 목적을 아직 거론하지 않고 있지만, 느낌이 나쁘지 않았기에 안심이 되었던 것이다. 더욱이 우금성의 태도가 상당히 우호적이라 예전과 달리 편안했으며, 특히 영인을 대우해 주고 있다는 것을 확실히 느꼈기에 대화에 자신감도 생겼다. 자연 우금성의 존대도 자연스럽게 받아들이고 있는 중이었다.

그리고 영인의 말솜씨가 예전과 달리 상당히 매끄럽게 변해서인지, 우금성도 편안한 마음으로 대화를 이어나갈 수 있었다.

이후 반 각 정도 일상적인 대화가 오고 갔다. 대화는 주로 우금성이 시작했고, 영인은 우금성의 말에 고개를 끄덕이며 동조를 하는 표정으로 보조를 맞춰주었다. 당연히 분위기가 상당히 화기애애하였으며, 우금성으로서는 자연스럽게 방문한 목적과 본론으로 넘어갈 수 있었다.

탁!

"…이것이 무엇입니까?"

'뭐야? 혹시 이 양반이 내게 뇌물이라도 주는 것인가? 훗, 설마…….'

영인은 우금성이 소매 속에서 꺼내 든 상자를 주시하며 호기심 어린 표정으로 우금성을 쳐다보았다.

상자는 작았다. 하지만 주먹을 쥔 것보다는 조금 컸는데, 안에 무엇이 있는지 쉽게 파악할 수 없었으며 단단해 보였다.

"흠! 아까 들어오면서 태 대주에게 말했는데, 기억나지 않소?"

"옛? 제가 그만 경황이 없어서……."

"하하, 알겠소이다. 자, 우선 상자를 열어보는 것이 어떻겠소? 그래야 이후 대화가 자연스러울 것 같은데……."

"알겠습니다. 그럼……."

영인은 상자를 향해 조심스럽게 손을 뻗었다. 그러면서 슬쩍 우금성의 표정을 살폈는데, 상자의 뚜껑을 열어서 안의 내용물을 확인하는 동안 무심한 표정으로 바라볼 뿐이었다.

"응? 이것은……?"

우금성의 표정에 변화가 없자 영인의 시선은 상자 안으로 집중되었다.

상자 안엔 황색 및 청색과 적색의 작은 주머니가 들어 있었다. 그에 조심스럽게 삼 색의 주머니 중 앞쪽에 있는 적색의 주머니를 들어 올린 후, 안의 내용물을 확인하기 위해 펴보았다.

"지금 태 대주가 보고 있는 것은 화산파에서 폐하께 진상한 것이오. 본인이 직접 살펴보지 못했지만, 화산파에서도 몇 개 없는 영단이라 알고 있소이다."

"옛? 여, 영단이라고요?"

"정확한 명칭은 자양보단(紫陽保丹)으로, 무공을 익힌 무인이 그 영단을 복용하고 심법을 수련하면 약 십 년가량의 공력 상승 효과가 있다고 들었소. 본인이 무공에 조예가 없어 정확히는 모르겠지만, 들리는 말로는 그 정도면 영단 중의 영단이라 알고 있소이다.”

“헉! 자, 자양보단? 십 년의 공력?”

덜덜덜.

우금성의 부연 설명을 들은 영인은 떨리는 손을 주체할 수가 없었다.

자다가도 부족한 공력 때문에 당한 수모만 생각하면 벌떡 일어날 정도였기에 그토록 열망하던 영단.

그것이 지금 자신의 손에 들려져 있는 것이다.

“그렇소. 그리고 청색 주머니에 있는 것은 무당파의 의보양신단(儀保陽伸丹)이고, 황색 안에는 남궁세가의 창궁뇌력단(蒼穹雷靂丹)이 들어 있소. 비록 이름과 보내온 곳이 다르나 효과는 비슷한 것으로 알고 있소이다.”

“아……!”

“흠! 주머니 속에는 각각 두 개의 영단이 들어 있으니 잘 살펴보기 바라오.”

“옛? 각 주머니에 두 개씩이요?”

“그렇소.”

“헉!”

‘뭐, 뭐야? 이것들이 모두 영단이라고?’

영단.

꿈에서조차 갖고 싶어 안달이 났던 것들.

황금을 주고도 쉽게 구할 수 없다는 영약 중의 영약.

영단을 바라보는 영인의 눈동자가 쉼없이 흔들렸고, 주머니를 쥐고 있는 손바닥에선 어느새 땀이 배어 나오고 있었다.

영인은 우금성의 설명을 들으면서도 지금 자신이 꿈을 꾸고 있는 것이 아닌가 하는 착각에 빠져들었다. 우금성의 말대로 한 알에 십 년 공력을 얻을 수 있다면, 정말 말 그대로 영약 중의 영약이었기 때문이다. 그러나 꿈이라고 하기에는 자신의 손에 들려져 있는 것이 있었다.

'휴~ 침착하자. 침착하게 머리를 굴려보자. 괜히 저 양반이 내게 이런 귀물을 줄 리 없잖아.'

비록 촌각의 시간이 흘렀지만, 영인은 빠르게 정신을 수습하고선 우금성을 향해 시선을 돌렸다. 손에 잡히는 무게가 있기에 영단은 엄연한 현실이었고, 영인의 머리는 빠르게 돌아갔다. 세상엔 공짜가 없다는 것을 어릴 때부터 뼈저리게 몸으로 느껴온 영인이었기에 우금성이 아무런 이유 없이 영단을 내어줄 일이 없었기 때문이다.

'그런데 왜 내게 영단을 주는 거지? 이런 것들은 무림에서도 찾기 힘들 정도로 귀해서 보물 중의 보물로 알고 있는데, 어찌해서 갑자기 내 손에 들려주는 것이지? 더구나 한 개도 아니고 여섯 개씩이나……'

당황스러웠다. 하지만 욕심이 생겼다. 이런 것을 손에 쥐고서 욕심이 생기지 않는다고 하면 거짓말일 것이다. 그러나 무턱대고 욕심을 부릴 수는 없었기에 영인은 자신의 손에 들려져 있는 영단과 우금성의 얼굴을 번갈아 쳐다보았다. 우금성의 표정을 통해 간략하게나마 숨겨진 진의를 알고자 했기 때문이다.

그렇지만 우금성은 자신을 바라보는 영인을 향해 조용히 웃고만 있었다. 이미 영인의 표정과 행동에서 무슨 생각을 하고 있는지 파악할 수 있었기에 영인이 자신을 쳐다보는 의도를 읽을 수 있었던 것이다. 그에 뭐라고 한마디 할 수도 있었지만, 우금성은 침묵으로 일관하며 영인 스스로가 상황을 파악하고 생각을 정리할 수 있는 시간을 주고자 했다.

당연히 영인으로서는 우금성에게서 아무것도 파악할 수가 없었다. 그에 영인은 머리 굴리는 것을 그만두고 시선을 우금성에게 고정시켰다.

"대인, 외람되지만 왜 제 손에 이런 귀한 것을 들려주시는 것입니까……?"

"하하, 그런 눈으로 보지 마시오. 모두 폐하께서 태 대주에게 하사하신 것이오."

"옛? 폐하께서요?"

"그렇소. 폐하께서 태 대주의 의지를 가상히 여겨서 내리신 하사품이오."

"의지? 아……!"

"이런, 이제야 생각난 것이오? 하하하!"

"흐음……."

영인은 우금성의 말을 듣고는 자신이 정신이 없어서 무엇을 놓치고 있는지 기억해 냈다. 분명 우금성은 자신이 방문한 목적을 언급했다. 그것도 두 가지나. 그런데 지금까지 그것에 대한 생각은 하지도 않고, 아무 생각 없이 우금성과 웃고 떠들고 있었던 것이다.

자신의 머리를 쥐어 패고 싶을 정도로 한심하기 그지없는 행동이었다. 하지만 우금성이 바로 앞에서 보고 있기에 영인은 멋쩍은 웃음을 지어 보이며 시선을 우금성에게 고정시켰고, 조심스럽게 탁자에 영단이 담긴 상자를 내려놓았다.

"왜 내려놓은 것이오, 어서 수중에 갈무리하지 않고?"

"폐하께서 하사하셨다는 말씀을 대인께 들었지만, 너무 귀한 것이라 어떻게 된 일인지…….."

"흠! 저번에 태 대주가 폐하께 동창을 상대하여 이번에 당한 패배를 설욕해 보겠다고 호언장담을 하지 않았소이까? 그에 승상과 본인은 그날 이후 태 대주를 도와줄 방법을 모색하게 되었고, 마침 화산파를 비롯한 명문 대파에서 폐하께 무병장수를 기원하며 영단을 진상하게 되어 태 대주와 보위대의 무위를 올릴 수 있는 방안으로 건의를 하게 되었소. 다행히 폐하께서 흔쾌히 승낙해 주셨고, 진상된 영단이 지금 태 대주의 손에 들려지게 된 것이오."

우금성은 영인이 무엇을 알고 싶어하는지 알기에 차분하게 그간의 일을 간략하게 설명해 주었다.

"아~ 그런 일이 있었군요. 대인과 승상께서 부족한 소장을 위해 그런 일을 해주셨다니, 부족하지만 감사를 드립니다."

"흠, 태 대주에게 인사를 받으려고 한 일이 아니오. 그러니 어서 자리에 앉도록 하시오."

"하지만 이것은 정말 귀한 영단입니다. 제가 알기로는 황금을 주고도 구할 수 없을 정도로 귀한 것이라 들었는데, 어찌 이런 귀물을 폐하께서 하사하시도록 도움을 주신 분께 인사를 드리지 않겠습니까."

자리에서 일어선 후 자신을 향해 깊숙이 고개를 숙이며 예를 차리는 영인을 향해 우금성은 호쾌하게 웃으며 다시 자리에 앉을 것을 권했다.

"하하, 귀물엔 주인이 따로 있다고 하지 않소이까. 비록 폐하께 진상된 것이지만 그 귀물의 주인은 태 대주인가 보구려."

"흐음… 그러나 소장이 받기에는……."

"태 대주, 폐하께서 하사하신 것이오. 그리고 아무리 그 영단이 귀하다고 해도 폐하께서는 동창을 패퇴시킬 태 대주와 보위대를 더 귀하게 여기심을 왜 모르시오? 그러니 태 대주가 받아도 아무런 문제가 없으며, 단지 태 대주는 폐하의 성은에 감사하며 고맙게 받으면 되는 것이오. 아시겠소이까?"

"휴~ 알겠습니다, 대인. 너무도 엄청난 것이라 제가 한심한 모습을 보였습니다. 그런데… 죄송하지만 이런 귀물이 제게 왔다면, 폐하께서는……."

"하하, 폐하께는 그것 말고 따로 진상된 것이 있소이다. 소

림사였던가?'

"소림사요?"

"정확하지는 않지만, 소림사가 맞을 것이오. 소환단(小還丹)이었던가? 천하에 명성이 자자한 대환단(大還丹)에 비할 바는 못 되지만, 다른 곳과 마찬가지로 소림사도 어느 정도 정성을 보였소. 훗! 아무리 무림에서 명성이 자자한 소림사라고 해도 하남성은 폐하께서 다스리는 곳이오. 그러니 소림사가 하남성에 위치하고 있는 이상, 폐하의 눈 밖에 나지 않는 것이 좋겠다는 판단을 하지 않았겠소? 그러니 태 대주는 신경 쓰지 않아도 되오이다."

"아!"

'역시 권력이 좋기는 좋구나. 천하의 소림사도 알아서 고개를 숙일 수밖에 없도록 만들 수 있다니……'

영인은 우금성의 설명을 들으며 고개를 끄덕였다. 무력이 아무리 뛰어나도 세상을 움직이는 것은 권력이었다. 그만큼 황제가 지닌 권력의 무서움과 방대함, 그리고 유용함을 새삼 느낄 수 있었다.

"흠! 태 대주, 그 영단은 폐하의 성심이 담겨 있는 것이오. 어찌 무공을 익힌 무인에게만 영단이 필요하겠소이까. 비록 소환단이 폐하께 진상되었다고는 하나, 만약 폐하께서 그 영단을 복용하신다면 무병장수는 물론이거니와 호연지기가 깊고 굳건해져 병사들과 백성들까지 그 크신 성심이 미치지 않겠소이까? 그만큼 폐하께서 태 대주를 생각해 주시는 마음이 크고도 넓다는 것이오. 그러니 북경에 틀어박혀 있는 숭정제를 몰아내고 천하를 호령하실 제황이지요. 그렇지 않소이까?"

"마, 맞습니다. 폐하께서는 천하를 굽어보실 제황이십니다. 어찌 그것을 의심하겠습니까!"

"태 대주, 앞으로 태 대주의 어깨가 더욱 무거워졌소이다. 그러니 충심을 다해 폐하를 보필하셔야 할 것이오."

"물론입니다. 대인께서는 입 아프게 자꾸 당연한 말씀을 하십니다. 보위대를 책임지고 있는 대주로서가 아니라 남아로서 폐하를 존경합니다. 더구나 무인이라면 꿈에서조차 바라마지 않는 귀한 영단을 내려주셨는데, 어찌 신하 된 자로서 폐하께 충심으로 보응하지 않겠습니까! 그러니 대인께서는 그 부분에 대해선 더 이상 염려하지 마십시오."

"하하, 알겠소이다. 태 대주가 그렇게 호언장담을 하는데 이 이상 거론하면 안 되지요. 흠! 그나저나 영단이 꽤 마음에 들었나 보구려."

"어찌 마음에 들지 않겠습니까. 더구나 무공을 수련한 자로서 공력을 높일 수 있는 영단에 욕심이 나지 않는다면 거짓말이지요. 휴~ 그렇지 않아도 동창의 당두 급 이상의 실력자들을 상대하기 위해선 공력을 높일 필요성이 있었는데, 이렇게 생각지 못했던 곳에서 해결될 줄은 몰랐습니다. 승상과 대인께서 힘써주셨다니, 어찌 감사를 전해야 될지 모르겠습니다. 정말 두 분께 고맙고, 폐하의 성은에 감사할 뿐입니다."

"태 대주가 그렇게 생각해 주면 승상께서도 상당히 흡족해하실 것이오. 하하하!"

"아닙니다. 당연히 도움을 받았으면 고마움을 표해야 마땅하지요. 이 태 모, 두 분께 진심으로 고마움을 느낍니다."

영인이 자리에서 일어선 후 우금성을 향해 다시 깊숙이 허리를 숙여 보이며 고마운 마음을 예로써 표현하자, 우금성은 크게 웃음을 터뜨리며 흡족해했다.

"자자, 그 정도 했으면 됐소이다. 모두 폐하와 이 나라를 위해서 한 일이니 너무 과한 예도 좋은 것은 아니오."

"알겠습니다. 그럼 염치불구하고 자리에 앉겠습니다."

"그렇게 하시구려. 참! 이런 정신이 있나. 잘못했으면 중요한 말을 잊을 뻔했소이다."

"무슨……?"

"승상께서 태 대주에게 영단의 보관에 각별히 신경 쓸 것을 당부하셨소이다. 이번 일은 폐하와 승상, 그리고 이곳에 있는 본인과 태 대주만이 알고 있는 일이오. 무슨 말인지 알겠소이까?"

"옛? 아, 그런 일이……."

"흠! 그러니 재차 말하지만, 주변 관리에 주의해야 할 것이오. 영단 때문에 자칫 불미스러운 일이 벌어질 경우 폐하의 진노를 살 수도 있기 때문이오. 무슨 말인지 알겠소이까, 태 대주?"

"여부가 있겠습니까! 대인과 승상께서 무엇을 염려하시는지 알겠습니다. 그런데… 대인의 말씀대로라면 이 영단을 온전히 제게 주신 것이라는 말로 들립니다. 그렇다면… 어떻게 처리하는지는 모두 제 소관이라는……?"

"그렇소이다. 당연한 말을 하는구려."

"정말, 정말입니까? 그렇다면 이 영단 모두 제가 복용해도 된다는 것입니까? 아무리 폐하께서 제게 하사하신 것이라고 해도……."

"글쎄요. 흐음, 그것까지는 본인도 뭐라 말하기가 곤란하구려. 다만 태 대주에게 말해줄 수 있는 것은, 똑같은 영단을 한 개 이상 복용할 경우 효능이 반감되는 것으로 알고 있소이다."

"옛? 그것이 무슨 말씀입니까? 효력이 반감된다니요?"

"한 개 이상을 복용할 수 없는 것으로 알고 있다는 말이오. 아니, 복용은 할 수는 있다고 했소. 그렇지만 아무리 먹어도 한 개 이상의 약효를 기대할 수 없을 것이라고 당시 진상한 무인들이 말했으니 아마도 그 말은 정확할 것이오."

"어찌 그런……."

영인은 우금성의 설명에 어이가 없다는 표정이 되었다. 영약은 먹으면 먹을수록 좋은 것인 줄 알았는데, 우금성의 설명은 그런 것이 아니었기 때문이다.

"흠! 아마도 태 대주가 영단을 모두 복용할 경우 어쩌면 아까운 영단을 허비하는 결과가 될 수도 있소. 그러니 태 대주는 영단을 가장 효과적으로 복용할 수 있는 방법과, 이후 동창과의 결전에서 승리하는 데 보탬이 되도록 사용해야 할 것이오. 물론 본인이 폐하의 정확한 의중을 모르기에 하는 말이지만, 아마도 폐하와 승상께서 생각하시고 바라시는 일은 그것이 아니겠소이까?"

"흐음… 그렇겠지요."

'뭐야? 그럼 이 아까운 것을 누군가와 나눠 먹어야 한다는 거잖아? 젠장! 빌어먹을! 무슨 영약이 이래? 먹으면 먹은 만큼 공력도 늘어나야 영약이지, 이게 무슨 영약이야! 아니면 영약이란 것이 원래 이런 것인가? 한 개나 두 개 이상 먹으면 효과를 볼 수 없는? 그래도 이건 너무하잖아! 휴~ 모르겠다. 이 문제는 나중에 굴비 형한테 물어봐야겠다.'

영인은 우금성의 설명을 통해 무턱대고 영약을 복용하면 안 된다는 것을 알 수 있었다. 아니, 한 개 이상 복용할 수 없다는 어이없는 말을 들었기에 억장이 무너지는 것 같았다. 여섯 개나 받았는데 한 개 이상 복용할 수 없다니, 저절로 굴러들어 온 복이 손가락 사이로 새는 것 같아 미칠 것 같았다.

하지만 우금성이 설명한 것을 차분하게 생각하자 의문이 들었다. 한 개 이상 먹지 못한다는 것을 알고 있고 설명까지 해 주면서 왜 여섯 개나 준 것인지 정확한 진의를 알 수가 없었던 것이다.

"흠! 대인께서 설명해 주지 않았다면 큰 낭패를 볼 뻔했습니다. 감사합니다. 그런데… 말씀을 듣고 보니 궁금한 것이 있는데, 설명을 부탁드려도 되겠습니까?"

"궁금한 점이라……. 무엇이 궁금하다는 것이오? 본인이 알고 있는 것이 있다면 하나도 빠짐없이 설명해 주겠소."

"조금 전 영단을 한 개 이상 복용하지 못한다고 하셨습니다. 그 이상을 복용하면 영단만 허비하는 것이라고요. 그렇지 않습니까?"

"그렇소. 분명히 그렇게 말했소이다."

"그런데… 그전에 똑같은 영단이라고 말씀하신 것 같은데, 그 똑같다는 것의 의미가 혹시 주머니의 색을 의미하는 것입니까? 가령 주머니의 색이 다르면 다르다는……."

"물론이오. 보내온 곳이 다르니 당연히 만드는 방법과 성분도 다를 것인데 어찌 똑같다는 말을 쓰겠소이까. 그런데 왜… 아! 하하! 이런, 태 대주가 본인의 말을 오해했나 보구려."

"그렇습니까? 훗, 이런. 대인께 제가 못난 모습을 보였나 봅니다. 솔직히 이런 영단을 보고서 욕심이 나지 않는다는 거짓말은 못하겠습니다. 하하하!"

영인은 우금성을 보며 멋쩍은 듯 머리를 긁으며 웃었다. 자신이 생각해도 너무 속보이는 모습을 보여주었기에 무의식적으로 행한 행동이었다.

하지만 이런 모습을 바라보고 있던 우금성으로서는 영인의 어수룩한 모습을 확인할 수 있어 다음 행동으로 넘어가는 데 편안한 마음이 들었다. 정작 중요한 일은 지금부터였기 때문이다.

"자~ 영단에 관한 일은 태 대주가 잘 처리할 것이라 생각되니 이쯤에서 그만하고, 지금부터는 승상께서 태 대주에게 긴히 전했으면 하는 것에 대해 말하겠소이다."

"승상께서요?"

"태 대주, 거듭 말하지만 이번 일은 승상께서 폐하께 적극적인 건의를 통해 성사된 것이오. 비록 본인이 옆에서 거들기는 했지만, 승상께서 큰 힘을 쓰셨다는 말이오. 아시겠소이까?"

"예."

영인은 우금성이 주변을 살짝 살피면서 하는 말에 저절로 귀를 기울였다. 더구나 마치 누가 들으면 무엇인가 큰일이 벌어질 것 같은 우금성의 행동에 영인도 무의식적으로 주변을 살피게 되었다. 그만큼 우금성의 행동은 지금까지 부드러웠던 것과는 많이 달라져 있었다.

"만약 폐하께서 동의해 주시지 않았다면 위험한 상황이 초래될 수도 있는 일이었소. 아무리 만인지상 일인지하의 승상이시지만, 정치란 권모술수가 난무하는 곳이오. 당연히 주변의 시샘과 모함이 동반될 것임에도 불구하고 승상께선 폐하의 나라를 위해선 반드시 필요하다 하시며 주청을 올린 것이오. 태 대주, 왜 승상께서 이와 같은 일을 하셨는지 알겠소이까?"

"그, 글쎄요……."

"흐흠! 근위대와 보위대를 생각해 보면 금방 답이 나올 것이오. 말인 즉, 폐하께 근위대는 한시적인 힘이지만 보위대는 그렇지 않다는 것이오. 지금은 비록 보위대가 근위대에 밀려난 상태지만, 앞으로 폐하의 안전을 책임지는 최후의 힘은 보위대가 될 것이란 말이오. 무슨 말인지 알겠소이까? 분명 그렇게 될 것이고, 승상과 본인이 그렇게 만들 것이란 말이오."

"흐으음……."

"무엇보다 폐하께서 원하시는 일이오. 그리고 승상과 본인이 폐하의 뜻을 받들어 태 대주와 보위대가 성장할 수 있도록 뒤를 봐줄 것이오. 물론 다른 사람의 눈과 귀가 있기에 양지에선 힘들 것이나, 방금 본인이 한 말은 일체의 거짓도 없으니 믿어도 될 것이오. 그러니… 흠! 이 정도면 대충 무슨 의도로 이런 말을 태 대주에게 하는지 알아들었으리라 보는데……."

"…예."

'젠장! 내가 천재야? 말을 하려면 끝마무리를 확실하게 하든가. 그나저나 도와준다는 말은 확실한 것 같은데, 영 뒤가 개운하지 않네. 더구나 나보고 보위대의 실력을 근위대만큼 올리라는 것은 좀…….'

"태 대주답지 않소이다. 호쾌하고 당당한 것이 태 대주 아닙니까! 폐하 앞에서 당당히 폐하의 검이라 말했던 그 당당함이라면 태 대주는 충분히 할 수 있소. 그렇지 않습니까?"

"마, 맞습니다. 제가 누구입니까! 바로 폐하의 검입니다. 폐하의 검이고 말고요! 하하하!"

영인은 우금성의 말에 큰 소리로 웃으며 한껏 자신감을 내비쳤다. 그러면서도 우금성을 향해 재차 고개를 숙였으며, 이번 일에 대한 고마운 마음을 평생 잊지 않겠다는 말을 잊지 않았다. 그러나 한편으로는 현실성이 없는 일을 맡은 것이 아닌가 하는 생각에 씁쓸한 미소가 절로 나왔다.

　'그래, 군이 도와주겠다고 하는데, 한번 해보자. 그래도 안 되면 어쩔 수 없지. 그나저나 이 영단을 먹으면 나도 고수 소리를 들을 수 있으려나? 훗! 고수, 고수라…….'

第三章
나도 이젠 제대로 살아보고 싶다

영인과 나눈 대화가 흡족했는지 우금성은 기분 좋은 웃음을
터뜨리며 돌아갔다. 물론 영인의 극진한 인사를 받았고, 영인
은 우금성의 뒷모습이 보이지 않을 때까지 배웅했다.

　우금성의 모습이 시야에서 사라지고 난 후, 영인은 깊은 한
숨을 내쉬며 자신의 집무실로 들어갔다. 약간 불편한 시간이
었지만 꿈이 아닌가 할 정도로 의미있는 시간이었기에 의자에
앉은 영인의 입가엔 기분 좋은 미소가 걸렸다.

　그러나 영인의 표정은 금방 굳어졌다. 우금성이 돌아가기를
기다리며 밖에서 서성이고 있던 명규가 안으로 잽싸게 따라
들어왔기 때문이다.

　명규도 우금성이 영인을 찾아온 것이 결코 흔한 일이 아님

을 알기에 무슨 일인가 하는 호기심 때문에 기다리고 있었던 것이다.

"야, 저 양반 무슨 일로 온 거냐?"

"어?"

"무슨 일이냐고?"

"아, 별일 아니다. 흠! 그런데 네가 이 시간에 여긴 왜 들어 오는데?"

"왜 들어오긴. 그리고 들어오면 안 되는 법이라도 있냐?"

"휴~ 나 지금 정신없다. 그러니까 너하고 말장난할 기운 없어."

"누가 말장난하려고 왔데? 그냥 무슨 일인… 응? 저건 뭐냐?"

"뭐? 헉! 아, 아무것도 아니다!"

귀찮은 표정으로 명규를 상대하고 있던 영인은 명규가 호기심 어린 표정과 함께 눈짓으로 가리키는 것을 확인하고는 '아뿔싸!' 하는 표정으로 상자를 소매 속으로 다급하게 집어넣으려고 했다. 하지만 영인의 이러한 행동은 명규의 호기심에 불을 지폈고, 상자가 영인의 소매 속으로 들어가기 전에 명규에 의해 손이 잡히고 말았다.

"이 상자가 뭐기에 네가 이러냐? 혹시……?"

"뭐가 혹시야! 야, 이 손 빨리 안 놔?"

"큭! 표정 관리나 하고서 그런 말 해라. 빨리 말해봐. 무슨 일이야?"

"젠장!"

명규의 말대로 영인은 자신의 표정이 경직되어 있다는 것을 깨달았다. 그에 순간적으로 자신의 대응에 실수가 있었음을 자책했지만, 이미 일은 벌어진 후라 어쩔 수 없어 한숨만 나왔다.

"나, 대주야. 보위대 대주라고. 알았어? 상관이란 말이야."

"그래서?"

"젠장! 우 대인과의 일은 극비 사항이라 말할 수 없어. 그러니까 그만하고 나가는 것이 어때? 상관에 대한 예의는 지켜야……."

덜컹!

"영인아, 우리 왔다."

"우 대인은 여기 왜 왔다 간 거냐?"

"어? 아, 아저씨들은 왜……? 아……!"

'젠장! 저 아저씨들은 이 시간에 왜 또 온 거야?!'

도길과 악호 등 영인이 가장 껄끄러워하는 노인 사인방이 모습을 드러내자 영인은 순간적으로 다리에 힘이 빠지면서 의자에 털썩 주저앉아야만 했다. 이젠 명규를 윽박질러 집무실에서 내쫓을 수 있는 상황은 지나갔고, 어찌어찌 상황을 수습할 수 있는 여건도 여의치 않게 되었기 때문이다. 더욱이 상자는 아직까지 명규의 제지로 움직이지 못하고 있었기에 영인의 마음은 쓰려만 갔다.

"응? 아저씨들은 여기엔 왜 온 겁니까? 그냥 숙소에 들어가서 쉬고 있으라니까."

"누가 네놈 얼굴 보려고 온 줄 아냐? 그리고 숙소도 바람만 안 분다 뿐이지 춥기는 매한가지다."

"그렇지. 그리고 대주가 있는 이곳이 제일 따뜻하지 않겠냐?"

"그렇기는 하지요."

"큼! 뭐, 그것 때문에 온 것은 아니고, 우 대인이 왔다 갔다고 하기에 영인이 얼굴도 볼 겸 해서 왔지. 그 양반이 이런 곳에 그냥 올 사람은 아니잖냐. 전 형, 안 그렇소?"

"그렇지. 지금 한창 황도로 진군하기 위한 전략을 수립하기 위해 머리를 쥐어짜며 동분서주하고 있어야 정상이지."

"암요. 전 아저씨 말이 맞습니다. 흣, 저도 사실은 그 일 때문에 온 겁니다. 그런데… 우 대인하고 무슨 비밀 얘기가 오고 간 것인지 무턱대고 나가라고 윽박만 지르고 당최 협조를 안 해주네요."

"그래?"

명규의 말에 도길을 비롯하여 이구와 궁우의 시선이 영인에게 향했다. 당연히 호기심이 가득한 눈빛이었다.

그에 명규는 영인의 손을 슬쩍 놓은 후, 이구의 말에 맞장구를 치며 자리에 앉았다. 하지만 모두의 시선은 영인의 손에 들려져 있는 상자에 고정되어 움직이지 않았다.

세월의 흐름에 따라 인간은 그냥 나이만 먹는 것이 아니다. 더욱이 치열한 삶을 살아온 사람이 환갑을 코앞에 둘 때까지

숨이 붙어 있다면 늘어나는 것은 눈치와 입담밖에 없다. 도길 등은 들어올 때 영인과 명규의 실랑이가 오고 갔던 분위기를 통해 영인이 쥐고 있는 상자 안의 내용물이 중요한 것임을 직감하고 있었다.

그에 영인은 명규가 손을 놓은 이후에도 쉽게 상자를 소매 속으로 집어넣지 못하고 어정쩡한 자세가 되었다. 하지만 촌각이 흐르지 않아서 모든 것을 체념한 듯 크게 한숨을 쉬면서 상자를 탁자 위에 올려놓았다.

"휴……."

"…영인아."

"…예, 말씀하세요."

"궤 형이 말했지만, 우린 혹시라도 우 대인이 너나 보위대에 좋지 않은 일 때문에 온 것이 아닌가 하는 우려에서 와본 것이다. 그러나 네 표정을 보니 그것은 아닌 것 같구나."

"휴~ 송 아저씨 말대로 우 대인이 나쁜 소식을 전하고자 온 것은 아닙니다."

"그러냐? 그렇다면 다행이다."

"그래? 우린 또 무슨 일이 터진 것인가 해서 조바심에 달려왔는데 정말 다행이다."

"그러게. 쩝, 이래서 나이가 들면 걱정이 많아진다는 말이 있나 보네. 안 그런가, 궤 형?"

"그것도 사람 나름이지. 그나저나 역시 송 형의 말은 먹히는구먼. 젠장! 예전이 좋았지. 아암."

"알았어요. 모두 말할 테니까 자리에 앉기나 하세요. 죽을 날만 기다리는 노인네들이 무슨 호기심이 그리 많은지……."

"뭐야!"

"궤 형, 이쪽으로 앉기나 하게. 저 녀석이 우리가 나이 좀 먹었다고 구박한 것이 어디 하루 이틀인가?"

"끄응~ 어서 죽든지 해야지 서러워서 살겠냐."

"자자, 그만하고 영인의 얘기나 들어봅시다. 그래, 우 상서가 무슨 일로 온 거냐?"

"졉, 우 대인은 황제의 칙령을 받고 온 것입니다."

"칙령?"

"정식으로 폐하의 칙령이 내려진 것은 아닙니다. 딱히 칙령이라고 하기보다는 내부적으로 내려지는 명령입니다. 아무래도 폐하께서 동창이 신경 쓰였나 봅니다. 금의위는 근위대가 상대한다고 해도 동창을 상대할 곳이 당장으로써는 없잖아요."

"그렇지. 금의위도 그렇지만 동창도 그에 못지않은 무력을 지닌 곳이니까. 그래서?"

"그 일 때문에 승상과 우 대인이 폐하께 주청을 드렸는데, 아무래도 우리 보위대를 키우는 것으로 결론이 난 모양입니다. 그래서 폐하께서……."

영인은 거의 이각에 걸쳐 우금성과 나누었던 대화를 차분하게 설명했다. 송헌책과 우금성이 이자성의 앞에 의기를 보인 점 등의 치하와 함께 자신에게 호의를 가지고 있는 것부터 시작하여, 앞으로 서로 돈독한 교분을 쌓았으면 한다는 말도 하였다. 그리고 거의 얘기가 마무리될 때, 아쉽지만 상자 안에 무엇이 들었는지에 대한 언급도 하게 되었다.

"헉! 뭐, 뭐라고?"

"지, 지금 영단이라고 했냐?"

"이봐, 궤 형? 지금 내가 잘못 들은 것은 아니지?"

"나도 영단이라고 분명히 들었네. 영인아, 맞지?"

"예, 영단이라고 했습니다."

"허어~"

"흐으음."

'쩝, 나도 아까 저런 표정이었을까? 어째 보기 좋은 표정은 아니네.'

영인의 영단이란 말에 다섯 명 모두 처음엔 눈이 동그래지고 얼굴 근육이 놀라 경직된 것처럼 변했다가, 점점 탐욕스러운 눈빛과 표정으로 변해갔다. 특히 도길과 명규는 옆에 있는 사람들이 거북해할 정도로 숨소리마저 거칠어졌다.

휘익, 덥석!

탁! 타악!

"흐음."

"허험!"

평생 한 번도 보기 힘들다는 영단이 눈앞에 있다는 말에 명규의 손이 통제를 벗어나 상자로 뻗어갔다. 그러나 상황을 주시하고 있던 영인의 손을 피할 수는 없었다. 명규의 손이 상자에 닿는 순간, 이미 영인의 손이 그 위에 위치해 있었기 때문이다.

하지만 상자 위에 포개진 손은 모두 세 개였다. 이 때문에 상황이 순식간에 묘하게 변했는데, 영인과 명규의 시선이 자연스럽게 마지막에 올려놓은 사람에게 향했다.

"뭡니까?"

"험! 나, 난 그냥……."

"됐습니다. 그리고 너! 지금 뭐 하는 거냐? 이 손, 안 치워?"

"이, 이 손이 왜 거기 가 있지?"

"여러 소리 하지 말고 조용히 치워라. 아니면 이참에 확! 잘라줄까? 그리고 궤 아저씨도 그만 손을 놓는 것이 어때요?"

"끄응, 알았다."

"쩝."

영인의 억압에 견디지 못한 도길과 명규의 손이 마치 아쉽다는 듯 천천히 물러났다. 하지만 완전히 미련을 떨쳐 버릴 수가 없는지 상자와 영인을 번갈아 보며 입맛을 다셨다.

"흠! 영인아, 정말 저 상자 안에 영단이 들어 있다는 말이 사실이냐? 내가 알고 있는 그런 영단이?"

"예, 송 아저씨가 알고 있는 그 영단이 확실합니다. 분명히 들어 있고, 제가 직접 우 대인 앞에서 확인까지 했습니다."

"확인까지 했다고?"

"예."

"아!"

"흐으음."

악호를 비롯한 모든 사람이 영인이 직접 상자를 열고 영단이 들어 있다는 것을 확인했다고 하자 속이 탔는지 저절로 침을 목구멍 안으로 꿀꺽 삼켰다. 그만큼 무공을 익힌 무인으로서 평생 삼류를 벗어나고자 노력했던 이들에겐 결코 쉽게 벗어날 수 없는 악마의 유혹과도 같은 것이었다.

"여, 영인아, 상자 안에… 혹시 영단이 한 개만 들어 있는 것은 아니지? 그렇지?"

"…그래."

"그래?"

"정말이냐? 그, 그럼 몇 개……?"

"흠! 상자 안에는 총 여섯 개의 영단이 들어 있습니다."

"헉! 여섯 개?!"

"헙!"

"허어."

"화산이더냐?"

"우 대인의 말로는 화산과 무당, 그리고… 아, 남궁세가에서 폐하께 진상한 것이라고 했습니다."

"헉! 무, 무당의 영단도 있다고?"

영인의 말에 귀를 기울이고 있던 궁우가 자리에서 벌떡 일어서며 영인을 다그치듯 물었다. 궁우 자신이 무당의 속가제자였기에 그 누구보다 무당의 영단이 어떤 것인지 귀동냥을 들어 알고 있었던 것이다. 더욱이 그 효력이 어떠한지에 대해서도 들었기에 더욱 큰 관심을 보였다.

"예, 분명 무당의 영단도 있습니다. 하지만 영단의 이름이 무엇인지는 기억이 나지 않네요."

"호, 혹시… 태극신단이나 태청신단은 아니겠…지……?"

"옛? 뭐, 태극이나 태청이란 소린 못 들었는데요? 아! 무슨 보양……."

"헉! 혹시 의보양신단이란 말이냐?!"

"아, 맞다! 의보양신단이라고 했어요. 왜요? 그 영단에 대해서 병 아저씨도 잘 알고 있나요?"

"당연하지! 내가 지금은 이렇게 보잘것없게 되었지만, 한때 무당의 속가제자였지 않냐. 어찌 의보양신단에 대해서 모르겠냐."

"그렇지. 자네가 무당의 속가제자였지?"

"흠! 내가 명규한테 진무심법을 가르쳤네. 비록 기초 심법이긴 하지만, 그래도 명색이 무당의 심법이야. 그런데 새삼스럽게 무슨……."

"헉! 그럼 제가 그 의보양신단을 복용하면 딱이겠네요?"

"뭐라고!"

"그렇잖냐! 내가 무당의 심법을 익혔으니까 당연히 무당에서 만든 영단을 복용하고 심법을 익히면 효과가 제대로 나오지 않겠냐? 그렇지요, 병 아저씨?"

"그, 그야……."

"뭐가 그야예요?! 그리고 내가 언제 너한테 준다고 했냐? 이게 어디서……!"

갑자기 명규가 나서서 설치자, 영인의 눈썹이 높이 솟아오르며 소리를 질렀다. 가뜩이나 명규가 갑자기 들어와서 영단을 숨기지 못하게 돼서 속이 쓰린 판국에, 오히려 자기가 복용하면 효과가 좋다고 말하자 기가 막히고 어이가 없을 정도였다.

"자자, 그만! 어찌 되었든 영단은 폐하께서 우 대인을 통해 영인에게 전달한 것이니 그 처분은 영인의 몫이다. 너나 우리가 나서서 이래라저래라 할 입장이 아니다. 알겠냐?"

"그, 음……."

"그렇…지. 송 형 말이 맞네. 헛, 흠."

악호의 말에 명규는 찍소리도 못하고 입을 다물 수밖에 없었다. 마찬가지로 궁우 역시 옳은 말이라 조용히 입을 닫았다.

"자, 이제 상황이 어느 정도 정리된 것 같으니까 계속 얘기해 봐라."

"예, 알겠습니다. 흠! 이미 말했지만 상자 안에는 여섯 개의 영단이 들어 있고, 모두 세 개의 주머니에 각각 두 개씩 들어 있습니다. 각파에서 주머니 한 개씩 진상한 것 같습니다."

"그렇겠지. 그나저나 황제에게 진상된 것이라면 꽤 신경을 썼다는 것이니 네 부족한 공력을 높이는 데 상당히 유용하겠구나."

"십 년 정도의 공력 상승 효과가 있다고 했습니다. 뭐, 정확한 것은 아니지만요."

"십 년? 한 개에 십 년이라고?"

"헙!"

"허."

"……."

다섯 명은 영인의 설명에 입이 다물어지지 않았다. 놀랍다 못해 경악하고 기절한다고 해도 모자랄 정도의 귀물이었기 때문이다.

한 개에 십 년의 공력이라면, 여섯 개 모두 복용한다면 육십 년이란 공력을 얻을 수 있다는 말이기 때문이다.

일 갑자.

말이 일 갑자지, 이 정도면 절정의 공력을 지녔다고 해도 과언이 아니다. 그리고 현재 절정고수 대부분의 내공이 일 갑자 정도 되거나 약간 상회할 정도였기 때문이다.

집무실 안은 순식간에 적막감이 흘렀다. 일각이 흐르는 동안 상자에 고정된 시선은 움직일 줄을 몰랐고, 그만큼 활시위를 팽팽하게 당긴 후 목표물을 겨냥한 듯한 긴장감이 흘렀다.

그러나 역시 세상의 풍파를 견디어내고 일류의 경지까지 오른 송악호가 제일 먼저 영단에 대한 미련을 떨쳐 버렸다. 이미 뼈마디가 굳을 대로 굳고 하나둘씩 혈도가 막히기 시작한 자신의 나이에 만년삼왕과 같은 절세영약이 아닌 이상 아무리 귀한 영단을 복용한다고 해도 큰 효력을 보지 못한다는 것을 잘 알고 있었기 때문이다.

"휴~ 자네들도 그만 미련을 버리게. 아까 말했듯 영단은 우리 것이 아니네. 폐하께서 영인에게 하사한 것이라 우리가 감히 손을 댈 수도 없다는 말이네. 그리고 자네들이 저 영단을 취한다고 해도 오늘보다 내일이 더 좋다고 장담할 수 없지 않은가. 공력 상승? 허허, 아마 보약으로 효력이 있다면 모르겠지만, 공력 상승은 기대하지 않는 것이 좋을 것이네. 모르지. 정력에는 조금 도움이 될지도. 자네들도 이런 정도는 잘 알고 있지 않은가?"

"끄응."

"젠장! 왜 하필 저승사자 새끼들이 언제 죽나 하고 가끔 오는 이때 저런 것이 내 눈에 띈 거냐고? 이건 너무 불공평하지 않아?"

"세상일이란 것이 다 그렇지 않은가. 그나마 죽기 전에 영단이 어떻게 생겼는지 보게 되었으니 이것도 기연이라면 기연이겠지."

"이런 개 같은 일이 기연이라고? 니미럴!"

"전 아직 젊다고요. 충분히 약발 받을 수 있다고요. 그러니까 어떻게……."

"서른세 살이 뭐가 젊다고 그러냐? 너도 이미 늦었어."

"뭐가 늦어요? 남자는 모름지기 서른이 넘었을 때 가장 왕성한 힘을 쓸 수 있다고요. 노인네가 뭘 알고나 말해야지."

"뭐라?! 이놈의 자식이 부대주가 됐다고 오냐오냐 해줬더니 이제는 뚫린 게 주둥이라고 함부로 놀리냐?"

"제가 뭘 잘못했다고 그러……."

"자자! 그만, 그만! 꿰 형도 잘한 것 없지만, 그렇다고 명규도 그렇게 대들어서야 되겠냐? 그리고 꿰 형, 승상이나 병부상서가 뒤에서 힘을 썼든 그렇지 않든 어차피 영단은 송 형의 말대로 황제가 영인에게 하사한 것이네. 누가 뭐라고 해도 영단의 주인은 영인이라고. 당연히 이후 처리 문제는 영인의 몫이 아니겠나. 그러니까 둘 다 영단 때문에 더 이상 왈가왈부할 필요가 없다는 말이지."

"허허, 병 형이 옳은 소리를 하는구먼. 병 형 말대로 우리 모두 영단에 대한 권리가 없지. 그러니까 명규야, 너도 그만 눈에서 힘을 빼는 것이 좋겠다."

"…쩝, 알았습니다."

"그저 힘없는 늙은이가 참아야지, 쌩쌩하다고 지랄 떠는 젊은 놈을 어떻게 하겠나."

"허허."

아쉬움은 남지만 궁우와 악호의 말이 타당한지라 명규와 도길이 고개를 끄덕이며 동의했다. 미련을 완전히 떨쳐 버리지는 못했지만, 영단의 진정한 주인이 영인이란 것에는 변함이 없었기 때문이다. 어렵지만 영단에 대한 미련은 버려야 했고, 그렇게 해야 나중에 속병이 생기지 않을 것이기에 생각을 다른 방향으로 돌리려고 애썼다.

그에 모두의 관심은 자연스럽게 영단에서 벗어나 영인과 우금성이 나누었던 대화 내용을 떠올리게 되었다. 그리고 약 이각의 시간이 흐르면서 모두의 표정이 서서히 굳어져 갔다. 영단이라는 귀물 때문에 놓쳤던 것이 생각났기 때문이다.

"이! 이런!"

"허, 이거 참! 황제가 미친 것 아니냐?"

"허헛! 궤 형, 주변을 살피게!"

"끄응."

"영인아, 네 말대로라면 앞으로 보위대가 동창을 상대해야 한다는 것은 기정사실 같은데… 정말로 황제가 보위대의 무력으로 동창을 상대할 수 있다고 판단하는 것 같으냐?"

"에이, 설마……."

"송 형, 그건 너무 비약이 심한 것 같네."

"아무렴! 우리가 어떻게 동창을 상대할 수 있겠는가? 송 형은 그것이 가능한 일이라고 생각하는가?"

"그렇지! 그 녀석들이 비록 남자구실도 못하는 불구지만, 어릴 때부터 체계적으로 무공을 배워 고수 아닌 녀석들이 없다는 것은 세상천지가 다 아는 사실이네. 어림없는 일이야. 아암!"

"…영인아."

"…그것은 아닌 것 같습니다."

"……?"

"응? 그게 무슨……?"

"우리가 동창을 상대할 수 있는지 없는지는 아무런 상관이 없다는 말입니다. 군대가 북경으로 진격하는 한, 우린 어쩔 수 없이 동창과 대적하게 될 것입니다. 아니, 우리가 피하려고 해도 필히 승상과 우 대인이 그렇게 만들 것입니다."

"서, 설마……."

"이거 참……."

"…송 형도 같은 생각이요?"

"휴~ 내가 생각해도 영인의 추측이 맞는 것 같네."

"흐음."

"황제가 원하는 것은 보위대가 이기는 것이 아니네. 아니, 이긴다는 것 자체를 생각하고 있지도 않겠지. 더욱이 보위대가 동창을 상대하다가 전멸을 해도 상관없다고 생각할 것이 분명하네. 다만 동창의 발목을 어느 정도 잡아줄 정도만 되면 족하다는 생각이겠지. 그렇지 않다면… 이 영단들이 여기 있을 이유가 없지."

"……."

무거운 침묵.

이제야 돌아가는 상황을 정확하게 파악하게 된 사람들의 표정은 마치 돌덩이처럼 핏기 하나 없이 딱딱하게 굳었다. 원하지 않지만 어쩔 수 없는 상황이 되어버렸고, 언젠가 사신과 같은 동창의 고수들을 상대해야만 했기 때문이다.

시한부 인생.

보위대는 동창이라는 험난한 고비를 넘지 못하면 부귀영화는 고사하고 인생의 종지부를 찍을 수밖에 없는 막다른 길을 걷게 된 것이다.

*　　　　　*　　　　　*

　휘이잉~

　따각따각~!

　척, 척! 척, 처억~!

　매서운 바람이 들녘을 향해 몰아치고 있었지만, 이에 아랑
곳하지 않고 전면만 응시한 상태로 걷는 병사들.

　이자성의 명을 받은 유방량(劉芳亮)이 이끄는 좌영대군(左營
大軍)이었다.

　좌영대군은 이미 상당한 거리를 행군하고 있었다. 마차 두
대가 간신히 빗겨갈 정도로 좁은 관도였지만, 군진이 전혀 흐
트러지지 않고 대열 간 간격을 유지하며 일정하게 박자를 맞
추며 행군하고 있었다. 더욱이 선두에 서서 통솔하는 장수뿐
만 아니라 이하 군관이나 병사 한 명 한 명의 눈에 자신감이 차
있었는데, 이러한 기세가 밖으로 표출되며 당당함을 만들어내
었다.

　그리고,

　홍무제가 명나라를 건립한 이후 수많은 내란과 외침이 있었
지만, 역대 최악의 상황에 직면한 황제인 숭정제 주유검이 머
물러 있는 북경.

　바로 유방량과 좌영대군이 목표로 행군하는 최종 종착점은
북경이었다.

　휘이잉~

히이잉! 푸드득, 푸득~!

따각따각~!

척, 척! 척, 처억~!

"이 정도 추위는 우리에게 아무것도 아니다! 조금만 더 가면 안양(安陽)이다! 오늘 중으로 안양에 도착할 수 있다는 말이다! 알겠나?!"

"옛, 장군!"

"군관들은 병사들을 독려하도록 하라! 오늘은 그곳에서 야영을 할 것이니 저녁때 편하게 쉴 생각이라면 모두 행군에 박차를 가하라~!"

"알겠습니다, 장군! 모두 들었을 것이다! 걸음을 서둘도록 하라~!"

"서둘라! 걸음을 빨리하라~!"

"옛!"

척, 척! 척, 처억~!

대열 끝에서 힘겹게 걷고 있던 후미의 병사들에게까지 들릴 정도로 목청을 높여 군관들과 병사들의 사기를 높인 유방량은 힘차게 대답하는 병사들의 모습에 회심의 미소를 지으며 다시 정면으로 시선을 옮겼다. 어떤 적이든 패퇴시킬 수 있다는 자신감이 엿보였다. 자랑스러웠다. 그만큼 유방량에게 있어서 휘하의 병사들은 손발이 얼고 살을 찢어놓을 것 같은 눈발이 몰아친다 하더라도, 명령 한마디에 창칼을 높이 치켜들고 적진을 향해 진격할 수 있는 최고의 병사들이었다.

'힘들게 태행산(太行山)을 넘었구나. 몇 번을 넘은 산이지만 이번엔 정말 힘든 행군이었다. 절경은 절경인데 산세가 너무 험하니 원. 그나저나 이제 오 일 정도만 동진하면 청봉(淸丰)에 도착할 것이니 앞으로 북진하는 일만 남았군. 하북성에 진입하면 본격적으로 관군들과 붙게 되려나?'

유방량은 말과 한몸이 된 듯 좌우로 흔들거리면서도 깊은 사색에 빠져들었다.

지금까지 좌영대군은 산서성과 하남성 경계 부근에 있는 태행산을 넘는 것 외엔 큰 어려움이 없었다. 간혹 관군들의 기습 공격과 산발적인 저지가 있었지만, 이미 하남성과 호북성을 관리하던 중군도독부가 사라진 상태였기에 유방량에겐 귀찮은 일에 불과했다.

그러나 앞으로는 힘겨운 전투가 기다리고 있었다. 아무리 망해가는 명 황실이라 해도 하북성으로 진군하기 위해선 가장 강하다는 후군도독부의 저지를 받을 것이 분명했기 때문이다. 더욱이 중원을 위협하는 가장 큰 세력, 바로 북방의 오랑캐인 청나라의 남하를 저지하며 중원을 아울렀던 저력은 무시할 수 없었다.

'지금쯤 폐하께서도 출병을 하셨으려나? 산서총병 주우길(周偶吉)도 문제지만, 선부(宣府)나 거용관(居庸關) 같은 요충지에 후군도독부의 정병들이 구축한 탄탄한 요새들이 자리하고 있는데… 흠! 폐하께서 꽤 치열한 격전을 치르며 북상하셔야 되겠구나.'

＊　　　　＊　　　　＊

　대순국의 심장인 서경은 살을 가르는 듯한 매서운 바람에도 불구하고 뜨거운 열기로 가득 차 있었다. 특히 황제인 이자성이 직접 병사들을 이끌고 북경을 향해 친정(親征)을 한다는 소문이 퍼져 병사들의 사기는 하루가 다르게 높아졌으며, 열렬하게 지지를 보내는 백성들도 늘어만 갔다.

　하지만 무엇보다 백성들과 병사들의 사기를 높인 것은 친정에 동원되는 병사들의 수였다. 이미 북경으로 먼저 출병한 유방량의 좌영대군과 최추산의 우영대군이 있었는데, 병사 수가 무려 십만 명이었다. 더욱이 보급병도 사만 명이 넘는 어마어마한 수였다.

　여기에 이번 이자성의 친정에 동원되는 병사의 수가 공식적으로 언급된 것만 해도 무려 십만 명을 넘었고, 보급병의 수도 오만 명이 넘는 대병력이었다. 따라서 북경으로 향하는 병력이 정병과 보급병을 합한다면 약 삼십만 명에 육박하는 대병력인 것이다.

　당연히 전쟁 물자를 취급하는 상계와 표국에서는 군부에서 요구하는 물량을 구하고 운송하기 위해 이곳저곳으로 뛰어다니느라 하루가 어떻게 지나는지 모를 정도로 정신이 없었다. 더욱이 이자성의 영향력하에 있는 무림의 명문 대파와 세가들도 나름 적극적인 지원을 하면서 서경은 혼잡하기 그지

없었다.

　"흠, 이제 세 번째인가? 이번에도 효력은 있겠지?"

　우금성으로부터 영단을 받은 날 이후, 영인은 자신의 집무
실 옆방을 비우고서 수련을 하고 있었다. 수련을 한다고 해서
검을 들고 휘두르는 것이 아니었다. 그저 영단을 복용한 후 줄
기차게 내공으로 만들기 위한 운공을 하는 것이 다였다.

　밥 먹고 운공하고, 잠자고 운공하고…….

　이렇게 생활한 것이 벌써 두 달이 넘어갔다. 정확히 육십사
일째가 된 것이다. 그리고 이십일 일 후면 징계가 풀리는 날이
기도 했다.

　그동안 모든 업무는 명규에게 일임했다. 그전에도 영인의
인가가 필요한 일도 명규가 알아서 해왔기에 딱히 일임했다고
할 수도 없었지만, 모든 대원들 앞에서 공식적으로 명규를 자
신의 직무 대행으로 임명한 것이다.

　그에 영인은 편안하게 운공을 하며 심법 수련에 열중할 수
있었고, 지금까지 소기의 성과를 얻을 수 있었다. 물론 여섯 개
의 영단을 모두 영인이 혼자 독차지할 수는 없었다. 처음엔 굴
비의 조언에 따라 모두 복용할 욕심이었지만, 무려 일주일 동
안 줄기차게 쫓아다니며 애걸하는 명규와 악호를 제외한 노인
삼인방 때문에 의보양신단 한 개를 줄 수밖에 없었다. 그리고
어떻게 알았는지 영도가 갑자기 찾아와 넙죽 엎드리며 그동안
껄끄럽게 대했던 것에 대한 사과를 하며 충성을 맹세하는 통

에, 눈물을 머금고 화산파의 자양보단 한 개를 줄 수밖에 없었던 것이다.

지금도 그 생각을 하면 속이 쓰렸다. 우금성에게 들었을 땐 똑같은 것을 복용할 수 없다고 했지만, 영도에게 영단을 주고 삼 일이 지난 후 굴비가 찾아와 기가 막힐 만한 소식을 전해줬다. 한 개를 복용한 후 오 년 정도 지나면 똑같은 것을 복용해도 된다는 말을 들었기 때문이다. 비록 처음 복용했을 때와 같은 효과는 볼 수 없다고 해도, 칠 할 이상의 효과는 기대할 수 있다는 말에 영인은 눈앞이 깜깜해지며 쓰러졌던 것이다.

영인이 이번에 복용할 것은 남궁세가에서 만든 창궁뇌력단이었다. 처음 복용한 것은 의보양신단이었다. 그리고 무려 한 달을 넘게 운공을 하며 약효를 완전히 흡수했다. 영단의 약력을 완전히 흡수하고 다른 것을 복용하는 것이 좋다는 굴비의 말에 따른 것이다. 그다음에 복용한 자양보단 역시 한 달을 허비해서야 약력을 완전하게 흡수할 수 있었다. 그리고 지금은 두 개 남은 창궁뇌력단 중 한 개를 손에 쥐고 있는 것이다.

"그나저나 역시 내 생각대로였어. 아니, 노인네들 말이 맞는 것 같다. 화산파보다는 무당파가 무림에서 더 영향력이 있다더니… 그렇게 잘난 체를 하더니, 쳇! 이렇게 영단의 효력에서도 차이가 나잖아."

자양보단을 복용하고 운기해 보니, 처음 의보양신단을 복용한 후 운공으로 인해 얻을 수 있었던 내공보다 못했다. 처음 영인의 생각대로 영단들의 약효엔 약간이나마 차이가 있었던 것이다.

그리고 화산파에 대한 반감이 작용하여 영도에게 자양보단을 넘겨준 것이었지만, 오히려 창궁뇌력단을 넘겨주지 않은 것에 대해 스스로 잘한 일이라 생각되었다. 또한 아직 복용하지 않아 약효가 어떠한지 모르지만, 왠지 모르게 창궁뇌력단에 욕심이 났다. 절대 다른 사람에게 줄 수 없었고, 죽더라도 그러고 싶지도 않았다. 그렇기에 아끼고 아끼며 다른 영단을 먼저 복용한 것이었고.

현재 영인의 공력은 반 갑자에는 미치지 못하지만 거의 근접해 있었다. 두 개의 영단을 복용했다고 해도 도저히 생성될 수 없는 공력이었다. 영인이 복용한 영단들은 공식적으로 십 년 정도의 내공을 얻을 수 있는 것이라 알려져 있었기 때문이다. 그러나 이것은 모두 자뢰심공의 특이한 운공 방법에 의한 성과였다.

역혈심공.

자뢰격마공상의 자뢰심공은 기를 거꾸로 돌리는 역혈심공이었다. 보통의 심공은 임독양맥으로 기를 운행할 때 단전에서 출발하여 독맥의 관문인 장강(長强)으로 보내서 백회까지 척추를 따라 기를 상승시키고, 그 후에 임맥에 들어선 후 단전까지 하강시키는 것이다.

따라서 만약 악호가 내공심법에 대해 자세히 알고 있었다면, 아니, 임독양맥의 운기행공에 대한 약간의 상식이라도 있었다면 왜 심공에 마(魔)가 들어갔는지 알 수 있었을 것이다. 그만큼 악호가 외공에는 어느 정도 성취가 있었을지 모르지만, 역시 체계적으로 내공을 배우고 수련하며 연마하지 못해 이와 같은 상황을 알지 못했기에 영인에게 비급을 넘겨줬던 것이다. 아무런 언급도 없이.

영인은 현재 자뢰심공의 성취가 오성에 이르렀다. 힘들긴 했지만, 염천혈(廉天穴)까지 뚫은 것이다. 그러나 이제부터가 중요했다. 지금까지는 힘들긴 해도 조금만 잘못하면 죽는 사혈(死穴)은 아니었다. 하지만 칠성에 이르려면 백회혈(百會穴) 바로 전까지 뚫어 혈도를 넓혀야 했고, 그 이후엔 일 갑자가 넘는 내공으로 백회혈을 뚫어 독맥의 혈들을 향해 거침없이 기를 운행해야 했기 때문이다.

만약 정파의 절정고수가 이런 운기법을 보았다면 미친 녀석이 알지도 못하면서 썼다고 욕을 했을 정도로 파격적이고 위험한 운기법이었다. 하지만 영인은 이러한 사항을 알지도 못했고, 현재로서는 알게 된다고 해도 그만둘 수 없는 입장이었다. 그만큼 자뢰심공을 익혔기 때문에 위험에서 벗어날 수 있었고, 현재의 자신이 있었기 때문이다. 따라서 어떠한 위험이라도 감수할 필요성이 영인에겐 있었다.

"자, 이제 복용해 볼까?"

영인은 조심스럽게 황색 주머니에서 하나의 영단을 꺼냈다. 영단을 최종적으로 감싸고 있는 것 역시 황색의 기름종이였다.

영인은 조심스럽게 종이를 벗겨낸 후 크게 심호흡을 하며 영단을 입에 넣었다. 생각대로 가장 먼저 향긋한 냄새가 입안 가득 차올랐다. 그리고 침에 의해 조금씩 녹았는데, 영인은 영단이 다 녹을 때까지 목구멍으로 넘기지 않고 꾹 참았다. 굴비의 말대로 다 녹인 후에 삼키는 것이 약효가 좋다고 들었기 때문이다.

다 녹았다는 느낌이 들자 영인은 확인 차 혀로 입안 이곳저곳을 휘저어 보았다. 역시 생각대로 영단은 다 녹아 있었고, 혀가 순간적으로 마비될 정도로 뜨거운 열기가 일어났다. 이에 꿀꺽 삼킨 후 두 눈을 감고 정신을 집중했다.

'이 녀석은 얼마나 약효가 있을까? 자양보단보다는 낫겠지? 의보양신단 정도만 되도 좋겠는데……'

목구멍을 타고 뜨거운 열기가 느껴졌다. 영단이 녹은 물이 어디로 흐르는지 느껴질 정도로 느낌이 생생했다. 서서히 잡생각을 버리고 정신을 집중하여 운기행공을 시작하자, 단전에 머물러 있던 기가 요동치더니 반갑게 창궁뇌력단을 맞이했다.

영인은 끊임없이 머릿속으로 단전을 그리며 나선형으로 회전시켰다. 그러면서 뱃속에서 느껴지는 열기를 나선형 고리에 연결시켰고, 서로 융화될 수 있도록 안간힘을 썼다. 기존의 기와 어느 정도 융화가 되어야 무리없이 단전을 떠나서 염천혈까지 운기를 할 수 있기 때문이다.

영인이 운기행공을 시작한 지 거의 두 시진이 넘고 있었다.

한 번 할 때 이 정도는 기본이었지만, 그래도 쉽지 않은 시간이었다. 만약 무아지경에 들었다면 시간도 잊고 행공에 열중할 수 있겠지만, 아직 영인에게 있어서 운기를 할 때 무아지경에 빠진다는 것은 요원한 일이었다. 무아지경에 빠져 운기를 한다는 것은 평소보다 거의 두 배 이상 효과를 볼 수 있다는 말이기도 했기 때문이다. 따라서 무림인에게 있어서 무아지경을 경험할 수 있다는 것은 행운 중의 행운을 경험하는 것과 같은 것이었다.

"휴~ 역시 이번에도 한 달은 걸릴 것 같네. 뭐가 이렇게 오래 걸리는 거야? 저번에 영도가 가져온 장강영웅전을 읽어보니까 영단을 먹고 운기를 하면 금방 내공이 상승하던데. 젠장! 역시 이야기책하고 현실은 다른 것인가? 그나저나 벌써 해가 넘어가네. 밥이나 먹고 다시 해야겠다."

영인은 집무실로 가면서 시비에게 식사를 준비하도록 명했다. 언제나 식사는 자신의 집무실에서 했기 때문이다.

끼이익~

"어? 자리에 있었네?"

"왔냐? 밥 먹고 하려고."

"그래? 잘됐다. 그렇지 않아도 너한테 할 말이 있었는데."

명규는 영인의 대답도 듣지 않고 맞은편 의자에 털썩 앉았다.

"무슨 할 말? 보위대 일이야? 웬만하면 그냥 네가 알아서 하면 되잖냐."

"나도 그러고 싶은데, 이번엔 너도 알아야 할 일이라서."

"나도? 무슨 일인데?"

"아무래도 삼 일 후에 출병할 것 같다. 이번에 폐하께서 친정을 하시는데, 우리도 함께 할 것 같다."

"뭐? 아직 징계도 풀리지 않았잖아?"

"그렇기는 한데, 조금 전에 우 대인으로부터 명령서가 내려왔다. 이미 폐하의 윤허가 내려졌으니 폐하를 모시고 북경으로 출병할 준비를 하라는 내용이었다."

"북경이라……."

영인은 명규의 말에 인상이 찡그려졌다. 북경으로 간다는 말은, 다시 말해 동창을 상대하게 된다는 말과 다름없었기 때문이다. 그것도 이자성과 함께할 것이니 동창을 만나면 큰소리 친 자신이 가장 앞장서서 달려들어야 할 입장이었기에 절로 한숨이 나왔다.

"네가 뭘 생각하고 있는지 알겠는데, 지금 도망치지 않을 것이라면 달리 방법이 없다. 어떻게 할래? 확 도망칠까?"

"…미친……."

"훗! 솔직해져라. 도망치고 싶지? 그렇지?"

"…그래. 하지만 도망치면 앞으로 어떻게 살까? 아니, 어디서 살 수 있을까? 승승장구하는 대순군이다. 과연 북경이라고 버틸 수 있을까? 어림없지."

"그래, 북경은 틀림없이 함락될 것이고, 그땐 명 황제도 우리 폐하께 고개를 조아리게 되겠지. 그럼 중원 천하는 폐하의 것이 되고, 우리가 지금 도망친다면 숨어살 곳도 없게 되겠지. 뭐, 숨어살 곳은 있겠지. 세외로 도망친다면."

"됐다. 언제 그 멀리까지 가냐? 그냥 죽이 되든 밥이 되든 부딪쳐 볼란다. 안 되겠다 싶으면 어쩔 수 없이 퇴각했다고 하면 되겠지. 대원들을 몰살시킬 수는 없었다고. 안 그래?"

"그래, 어차피 어려운 일이니까. 부딪쳐 보고 안 되겠다 싶으면 퇴각해야지. 자기들도 힘든 일이라는 것을 알고 있으니까, 우리가 퇴각했다고 해서 뭐라고 할 수는 없을 거다."

"좋아, 그럼 넌 차질없이 삼 일 후에 출병할 수 있도록 준비해라."

"알았다. 그럼 전할 말도 다 했으니 난 간다. 참, 밥 먹고 나면 또 운기행공할 거냐?"

"응. 지금 내가 할 수 있는 것이 그것 말고 뭐가 있냐. 죽어라고 해야지."

"그래, 정말 눈물겹다. 좋아서 하는 게 아니라 살기 위해서 그렇게 하니… 쩝. 만약 내가 너처럼 그렇게 했으면 금방 절정고수가 되겠다."

"후후."

"자, 난 이만 갈 테니까 열심히 해라."

터벅터벅.

끼이익~ 쿵!

"휴~ 그래, 열심히 해야지. 이번에 그 변태새끼 만나면 쉽게 빠져나올 수 없을 것 같은 불길한 예감이 든단 말이야. 만

날 수나 있으려나? 만난다면 단번에 죽이려고 달려들겠지? 큭!
요행은 바랄 수도 없겠군. 제길! 쩝, 어쩔 수 없이 버틸 수 있을
정도는 되어야 살아남을 수 있다는 말이네. 아자! 힘내자, 영
인아! 나도 이젠 제대로 살아보고 싶다. 전장에서 허무하게 죽
을 수는 없잖아?'

第四章
물건이 있으면 뭐 해? 그걸 쓰지 않으면 고자나 다름없지

삼 일이 지난 아침.

명규의 말대로 영인은 보위대 팔백 명을 이끌고 이자성의
뒤를 따라 출병하였다. 그동안 부상에서 회복한 인원도 있었
지만, 애석하게도 거동이 불편하거나 사망한 인원이 꽤 있었
던 것이다. 그래도 처음의 인원까진 안 되더라도 어느 정도 보
충은 될 줄 알았다. 하지만 병부에서 인원 보충을 해주지 않았
고, 원하는 병사도 없었다. 모두 보위대가 동창을 상대로 전투
를 치를 것이란 소문이 돌았기 때문이다.

그에 영인은 어쩔 수 없이 명규와 영도에게 각 군영을 돌면
서 병사 중 무공을 익혔거나 눈에 띄는 건장한 체구의 병사를
몇 명 골라 차출하도록 했고, 어제서야 간신히 부족하나마 인

원수를 맞출 수 있었다. 물론 몇십 명을 한꺼번에 차출한다면 군영에서 반발을 하였겠지만, 한 명이나 두 명 정도 선에서 눈치껏 차출하였기에 부관들 선에서 마무리 지을 수 있었다. 당연히 은자가 부관들 뒷주머니에 찔러진 것은 아는 사람만 아는 일이지만.

어찌 되었든 영인은 이자성을 근접 경호하는 근위대 뒤를 따라 출병하였고, 그 뒤를 이어 각 군영의 장군들이 병사들을 인솔하였다. 따라서 보위대의 인원이 비록 얼마 되지 않지만, 다른 군영들보다 위상이 높다는 것을 대외적으로 과시하게 된 것이다.

'흠, 그나저나 정말 장관은 장관이었다. 이 많은 병사들이 움직인다는 것도 그렇지만, 백성들의 환호도 대단했지.'

영인은 말을 천천히 몰면서 아침의 일을 떠올려 보았다.

출병하기 전.

이자성은 단상에 올라 수많은 병사들과 구경 나온 백성들 앞에서 이각이 넘는 시간 동안 일장 연설을 하였다. 그러나 긴 연설에도 불구하고 내용을 요약하면 간단했다. 명 황제와 조정의 부정부패가 만연하여 백성들이 어렵고 나라가 위태로우니, 이를 척결하는 것만이 도탄에 빠진 나라를 구하는 길이란 것이다. 그에 자신은 하늘의 뜻에 따라 친정을 하는 것이니, 백성들은 천명을 따르는 자신을 지지해야 하는 정당성을 연설한 것이다.

다분히 이자성 자신의 주관에 따라 한 연설이지만, 백성들은 자신들을 위해 분연히 일어선 이자성을 향해 환호할 수밖에 없었다. 당연히 이런 분위기를 조성하기 위해선 백성 중 우금성의 지시를 받아 선동하는 인물이 있었다. 하지만 백성들은 아무것도 모르고, 반드시 승리하고 외세의 침입으로부터 나라를 구하라며 이자성을 향해 목청을 높였다.

영인은 백성들의 환호하는 모습을 보면서 우금성에 대한 두려움을 느꼈다. 황제인 이자성이 두려운 것이 아니라, 우금성이란 인물 자체가 두려웠다. 자신에게 주어진 권력을 최상의 결과가 도출되도록 활용할 줄 아는 능력, 그리고 어떻게 해야 최고 권력자에게 인정받을 수 있는지 알게 해주는 인물인 것이다.

'저러니 최측근이었던 도어사(都御司) 이암이 권력 구도에서 조금씩 밀리는 것이겠지. 내가 황제라도 대쪽 같은 이암보다 알아서 챙겨주고 아부하는 우 대인을 총애하겠다. 그나저나… 이렇게 되면 확실하게 우 대인 쪽으로 줄을 서는 것이 낫겠군.'

저번의 일도 있고 한지라 영인은 부쩍 우금성이 친근하게 느껴졌다. 권력이라는 것이 언제 어떻게 될지 알 수 없는 것이지만, 왠지 이암보다는 우금성에게 붙는 것이 이롭다는 판단이 들었다. 이암은 아부를 해도 먹히지 않는 곧은 학자의 전형이지만, 우금성은 받은 것이 있으면 알아서 돌려줄 줄도 아는 인물이었기 때문이다. 비록 학자로서의 인품은 이암에게 비교가 안 된다고 해도 영인에게 그런 것은 생각할 필요가 없었다.

지금 당장 자신에게 이로운 인물은 우금성이었기 때문이다.

따각따각~!

푸드득푸드득~!

척, 척, 처억~!

'흠, 사람이 너무 올곧아도 주변이 피곤한 법이지. 융통성이 있어야지. 아암~!'

영인이 자신만의 사색에 빠져 있는 시각, 이자성은 자신의 옆에 바짝 붙어 따라오고 있는 송헌책을 손으로 불렀다.

"승상, 지금쯤이면 후미의 병사들도 서경을 벗어났을 것 같은데, 그렇지 않은가?"

"조금 전 모든 병사가 동문을 완전히 벗어났다는 연락이 있었사옵니다, 폐하."

"그래? 그렇다면 이제 속도를 내는 것이 좋겠군. 승상, 합양(合陽)까지 가려면 얼마나 걸릴 것 같은가?"

"아무리 빠르게 간다고 해도 족히 일주일은 걸릴 것입니다."

"그렇다면 힘들더라도 서두르도록 하게. 우 상서, 각 군영의 장군들에게 속도를 내도록 전하라."

"명에 따르겠습니다, 폐하. 좌시랑은 이곳에 대기하도록 하고, 우시랑은 서둘러 폐하의 명을 장군들에게 전하도록 하게."

"옛, 알겠습니다. 이럇!"

두두두두~!

"폐하의 하명이 계셨다! 모든 병사는 행군 속도를 높여라~!"

"충~!"

우시랑이 후미 쪽으로 말을 달려간 후 얼마 지나지 않아서 각 군영의 부관들이 병사들을 향해 목청을 높였다. 애써 뒤를 돌아보지 않아도 병사들의 사기가 하늘을 찌를 듯 충천하고 있어서 복창하는 목소리에 힘이 실려 있었다. 그만큼 병사들의 훈련이 잘되어 있었던 것이다.

'쩝, 이제 본격적으로 북경을 향해 진군하는 것인가? 먼저 출병한 좌영대군과 우영대군이 관군들을 쓸어버리고 갔으면 좋겠는데……'

영인은 뒤쪽으로 고개를 돌렸다. 보위대 전원이 말을 타고 있었기에 속도를 높인다고 해도 보병보다는 빠를 수밖에 없었다. 그저 말 위에 편하게 앉아서 말허리를 이따금씩 차주면 되는 것이다. 하지만 이자성의 명이 떨어졌고 우시랑이 후미 쪽으로 달려갔으니, 보위대 대주로서 뭐라고 한마디 하지 않을 수 없었다.

"자! 우리도 근위대와 속도를 맞추도록 한다! 이후 부대주들은 별도의 명령이 하달되지 않는 한 각자 알아서 대원들을 지휘하도록!"

"알겠습니다, 대주."

명규와 영도가 영인의 일갈에 고개를 깊숙이 숙이며 복창했다. 지금은 공식적인 자리인지라 개인적인 친분을 내세울 수 없었다. 당연히 둘 모두 이러한 상황을 인지하고 있었기에, 엄중한 자세로 복명복창을 한 후 대원들을 독려하기 시작했다.

하지만 영인의 생각은 달랐다. 준 것이 있으니 그만큼 행한다는 생각이 먼저 들었던 것이다.

'쩝, 영단을 준 것이 이럴 때 효과를 발휘하는군. 그나저나 앞으로 내공수련은 어떻게 한다? 어서 빨리 창궁뇌력단의 약력을 내공으로 전환시켜야 하는데……'

아무것도 신경 쓰지 않고 편안하게 수련을 할 수 없다는 것이 이토록 불편할 줄 몰랐다. 하지만 어쩔 수 없는 일이었기에 영인은 애써 마음을 추스른 후 전방을 향해 시선을 돌렸다.

이자성은 황하의 목젖이라는 용문(龍門)으로 진군하였다. 용문은 섬서성 북동쪽에 위치한 함양과 산서성 하진(河津)의 중간에 위치한 곳으로, 이어도용문(鯉魚跳龍門)이라 하여 용문을 넘어선 잉어는 과거에 급제한다는 비유가 있을 정도로 학자들과 정계에 진출하려는 사람들에겐 유명한 곳이었다.

이자성은 하진으로 진입한 후 신강(新絳)에서 북진하여 림분(臨汾)과 평요(平遙)를 지나 태원(太原)을 점령할 생각이었다. 그리고 전열을 가다듬은 후 대동(大同)까지 계속 북진한 후, 양원(陽原)을 통해 꿈에 그리던 하북성의 문턱을 넘어설 계획이었다. 물론 그 후 숭정제가 황성에서 도망치지 못하도록 황성의 북쪽 마당이라 할 수 있는 선화(宣化)까지 빠르게 진군하여 전열을 정비할 것이다.

따라서 숭정제는 북쪽의 본진과 남쪽에서 치고 올라오는 좌영대군과 우영대군에 의해 쉽게 황성을 벗어날 수 없게 되는 것이다. 최종적으로 숭정제가 꼼짝도 하지 못하게 황성을 포위하겠다는 의도로, 송헌책과 우금성이 머리를 맞대고 세운 계획이었고 이자성이 승인한 것이다. 하지만 용문을 통해 하진으로 들어가겠다는 것은 오로지 이자성의 생각이었다.

그러나 이자성이 왜 용문을 통해 섬서성 남부로 굳이 들어서려고 하는지는 우금성과 송헌책도 정확하게 의도를 파악하지 못했다. 용문을 통해 하진으로 진군하는 길목엔 산서총병 주우길이 버티고 있었기에 아무리 생각해도 결코 쉬운 길은 아니었기 때문이다.

비록 주우길이 산서총병으로 있지만, 숭정제의 두터운 신임을 받고 있는 명장 중의 명장이었다. 더욱이 소인공주와 혼담이 오가는 사이였기에 더욱 지킬 것이 많은 인물이었고, 당연히 어떻게든 이자성의 북진을 막아야만 자신의 것을 지킬 수 있는 입장이었다.

송헌책과 우금성은 이자성에게 이러한 정황을 장황하게 설명했었다. 그러나 이자성은 호쾌하게 웃으며 지금의 진군로를 고집했다. 만약 이자성이 용문을 넘었다는 상징적인 의미를 중요하게 생각했다면 이해할 수도 있었다. 하지만 그렇지 않다면 오히려 북쪽의 자장(子長)까지 진군한 다음 동쪽으로 진로를 바꾸어 산서성으로 들어가는 길을 택했어야 했다. 그렇게 된다면 산서성 남부에서 두 눈을 시퍼렇게 뜨고 대순군이 오기만을 기다리고 있던 주우길의 군대와 부딪치지 않고서도 쉽게 태원까지 진군하여 함락시킬 수 있었기 때문이다.

어찌 되었든 현재 이사성이 이끄는 대순군의 본신이 가는 방향은 함양이었다. 그리고 산서성에 들어선 후엔 주우길의 격렬한 저항을 뚫으면서 북진을 해야 하는 것이다.

*　　　　*　　　　*

2월 중순에 접어들 무렵.

대순군은 하진에 도착한 후 넓게 포진하며 야영을 할 수 있도록 군진을 구성했다. 더욱이 보급부대도 비슷한 시각에 도착한 후라 병사들에게 뜨겁게 달군 물에 국수와 만두를 나누어 주었다. 비록 밀가루 속을 채운 포자(包子)는 아니지만, 추운 날씨로 인한 힘든 행군을 한 병사들의 지친 몸을 달래기에는 충분했다.

더욱이 보급병들의 뒤를 따라 병사들의 가족들도 많이 따라왔다. 당연히 병사들은 보급병들이 나누어 준 음식을 먹은 후 자신의 가족들에게 달려갔다. 힘든 행군이었지만 나름대로 회포를 풀기 위해서였다.

매번 야영을 할 때면 느끼는 것이지만, 이자성과 대신들 및 장군들은 이러한 상황이 마땅치 않았다. 가족이 뒤따르게 되면 긴급한 상황에서 빠르게 행군해야 하는 병사들의 발목을 잡을 수도 있고, 야영을 할 때 엄중하게 경계를 해야 할 군영의 방비가 허술할 수도 있었기 때문이다.

하지만 어쩔 수 없었다. 예전 이자성이 유격전을 치르면서 하남성의 이곳저곳을 쑤시고 돌아다닐 때, 손전정이 본보기로 병사들의 가족들을 무참히 죽인 것이 계기가 되어 쫓아다니게 된 것이다.

더욱이 이자성이 서경에서 즉위하여 나라를 개국했다고 하지만, 정작 본인도 서경을 명나라의 북경에 있는 자금성처럼 자신의 황성으로 생각하고 있지 않기 때문이다. 천하의 중심은 숭정제가 있는 북경이었고, 그렇기에 북경을 함락하고 자금성을 차지하기 위해 친정을 나선 것이었다.

그러나 나쁜 점만 있는 것은 아니었다. 가족들이 뒤를 따르고 있기에 병사들은 열심히 싸워야 했고, 격전 뒤의 피로를 가족들과 함께 풀 수 있었기 때문이다. 특히 잠자리를 할 수 있는 부인이 있는 병사라면, 그 무엇보다 가족들과 함께하며 하루의 피로를 풀 수 있기를 바라는 실정이었다.

이자성의 대순군은 명나라 백성들에게 오랑캐가 아니었다. 한마디로 한창 북방에서 산해관을 넘고자 하는 청나라처럼 침략군이 아닌 것이다. 다만 현 황제인 숭정제와 조정의 대신들에게 반기를 든 것이었기에, 아무리 관군들과의 전투에서 승리하여 점령했다고 해도 관리들과 그 수족들에 대한 수탈은 어느 정도 허용하더라도 오랑캐처럼 병사들에게 채량(債糧)을 허락할 수는 없었다.

아무리 관군을 직간접적으로 도왔다고는 해도, 이자성에겐 점령지의 백성들 역시 나중에 중원 천하를 통일하게 되면 자신의 백성이 되는 것이다. 더욱이 민심은 천심이라고 했다. 전생 중의 채량이란, 점령지의 완벽한 약탈과 겁탈을 의미한다. 그냥 식량과 재물을 빼앗는 수탈이 아니라, 힘없는 아녀자까지도 병사들이 강제적이고 무차별적으로 겁탈하는 것도 포함되는 것이다. 따라서 이자성으로서는 채량이란 반드시 피해야만 하는 일이었고, 어떻게 하든 막아야만 했다. 그렇기에 가족들이 보급부대의 뒤를 따라 이동하는 것을 막을 수 없었던 것이다.

이자성의 막사 안.
밖엔 아직 겨울이 한창이라 매서운 바람이 불고 있지만, 겹겹이 단단하게 만든 막사 안은 사방에 놓여 있는 불씨로 인해 훈훈한 공기가 감돌고 있었다.
"하하, 드디어 용문을 넘었구면."
"그렇사옵니다, 폐하. 이제 산서총병 주우길의 목을 취하신다면 하북성으로 진입하는 폐하의 발걸음을 잡을 자는 거의 없사옵니다."
"그런가, 승상? 흠! 우 상서, 주우길은 지금 어디에 진을 치고 있는가?"
"신강에 진영을 구축하고 있습니다, 폐하."
"신강? 림분이 아니고?"
"아무래도 기선 제압이 목적인 것 같습니다, 폐하."
"기선 제압? 하하! 주우길이라고 했나? 웃기는 인물이로구먼."

"하지만 무작정 무시할 인물은 아닙니다. 주우길이 림분이 아니라 신강을 택한 것은 폐하께서 길현(吉縣)으로 가지 말고 자기가 있는 신강으로 오라는 무언의 압력이라 생각되옵니다."

"무언의 압력? 이거 참."

"흠! 우 상서는 지금 무슨 망발을 하는 것입니까? 폐하께서 계신 곳입니다."

"그렇습니다. 감히 주우길이 뭐가 대단한 인물이라고 폐하를 오라 한단 말입니까!'

"그만."

"흠."

"우 상서, 그렇다면 주우길이 신강에 진을 치고 있는 것이 모두 사전에 치밀하게 계획된 작전이란 말인가?'

"아뢰옵기 황공하오나, 소신의 생각으로는 그런 것 같습니다."

우금성은 이자성의 물음에 대답하면서도 허리를 깊숙이 숙였다. 사전에 이와 같은 정보를 파악했어야 했는데 그렇게 하지 못했기 때문이다.

"헛, 주인이 손님을 맞이할 준비가 되었단 말이로군. 우 상서의 생각은 어떠한가?"

"…그렇게 판단하셔야 할 것입니다, 폐하."

"하~ 오라고 멍석을 깔아주는데 가지 않는다면 세상의 비웃음거리가 되겠군. 흠! 그럼 병사도 꽤 많겠구먼. 얼마나 있는지 파악해 보았는가, 우 상서?"

"정탐병의 보고에 따르면… 신강에 있는 병사의 수가 우리 대순군과 거의 비슷한 것으로 파악되옵니다."

"우리와 비슷하다? 우 상서, 확실한 것입니까?"

"우 상서, 지금 우리 대순군과 비슷하다고 했소이까? 도대체 산서성에 무슨 병력이 있어서 그런……?"

"말이 되는 소리입니까? 그렇다면 거의 십만 명이 넘는다는 소리인데, 산서성 어디에 그만한 병력이 아직까지 남아 있단 말입니까?"

"맞습니다, 폐하. 지금 우 상서는 확실하지도 않은 정보를 고하는 것입니다. 다시 한 번 확인하셔야 할 것입니다, 폐하."

"정탐병이 가지고 온 것들은 모두 사실입니다. 그리고 지금부터는 오군도독부 중 가장 약했던 중군도독부를 상대하는 것이 아닙니다. 가장 강한 후군도독부를 상대해야만 합니다. 그런데 어찌 폐하께 거짓을 고하겠소이까, 이 장군. 그리고 고 장군 같으면 확실하지도 않은 정보를 폐하께 고하겠습니까?"

"흐음."

"그, 그거야……."

"흠! 우 상서의 말이 옳습니다. 이미 중군도독부는 네 명의 삼변총독을 처리하면서 전멸시킨 상태입니다. 하지만 앞으로는 후군도독부를 상대해야 하기에 각별히 장군들은 유념해야 할 것입니다. 아마도 우 상서는 이런 상황들을 종합하여 말했을 것입니다, 폐하."

"도어사의 말도 일부 옳지만, 지금 후군도독부는 북방을 경계하느라 우리의 진군을 막을 수 있는 여력이 없습니다. 더욱이 현재 후군도독부의 군대는 양쪽으로 나눠진 상태입니다. 감숙성과 섬서성의 병력은 오이라트국을 상대해야 하고, 산서성과 하북성의 병력은 청나라의 남하를 저지해야 합니다. 그런데 어떻게 그 많은 병력이 산서성에 있을 수 있겠습니까. 그렇지 않습니까, 여러분?"

이암의 부연 설명에 이과가 일부 동조했다. 그러나 우금성의 말까지 동의한 것은 아니었다. 상황상 이치에 맞지 않았기에, 자신의 생각을 대신들에게 피력한 것이다. 그에 대신들도 이과의 말에 대부분 동조하는 분위기가 만들어졌다.

"폐하, 이과 장군의 말이 우 상서의 말보다 더 신빙성이 있습니다. 그동안 우리는 중군도독부의 군대와 싸운 것만은 아닙니다. 그동안 삼변총독들은 중군도독부 외에 섬서성과 사천성의 우군도독부 군대와 산서성의 후군도독부 군대를 일부 동원하였습니다. 당연히 지금과 같은 병력을 동원할 여력이 없습니다."

"소장도 이과 장군과 고군은 장군의 말이 옳은 것 같습니다, 폐하."

"소장 이래형도……."

"대신들과 장군들은 그만들 하라. 병사가 많고 적음이 문제가 아니다. 우리가 언제 적의 수가 많았다고 겁을 먹은 적이 있었던가?"

"아, 아닙니다."

"그렇다. 아무리 적의 수가 많고 정병이라 해도 우린 항상 승리하였다. 그런데 무엇이 문제인가. 그리고 적의 수가 적다고 하여 안심하고 방심하는 것보다 오히려 적극적인 대응을 할 수 있는 것이 좋지 않겠는가?"

"그, 그렇기는 하지만……."

"흠! 대신들과 장군들은 잘 들으라. 짐은 정탐병들이 정확히 알아왔든 그렇지 않든 간에 상관없이 우 상서가 알아보았다면 그 정보는 정확할 것이라 생각한다. 그러니까 더 이상 그 문제로 왈가왈부하지 말고, 이제부터는 대책을 논의하도록 하라."

"소, 송구하옵니다, 폐하."

"황공하옵니다, 폐하."

"그나저나 신강의 병력이 상당히 많구나. 우 상서는 이래형 장군의 말대로 산서성에서 관군이 그 정도로 동원될 수 있었던 것이 무엇 때문인지 알고 있다면 자세히 설명해 보도록 하라. 아니라면 우 상서가 짐작하고 있는 것이라도 여러 대신들과 장군들에게 설명한다면, 신강성을 공략할 작전을 구상하는 데 도움이 될 것이다."

'이거 참, 괜히 용문으로 오자고 한 것은 아닌가? 그냥 우회하여 진격할 것을 그랬나? 하지만 산서성을 점령하지 못하면 황성을 완벽하게 점령할 수 없다. 더욱이 남은 병력이 별로 없을 것 같았던 산서성에 대병력이 있다는 것을 확인했으니, 우회하여 북경으로 진격하게 되면 오히려 배후에 적을 두게 될 수도 있다. 하! 이렇게 되면 어떻게든 주우길을 잡고 산서 병력을 와해시켜야 한다는 말인데… 휴~ 상당히 힘든 격전을 치러야 한다는 말이군.'

이자성은 대신들과 장군들이 우금성의 말에 반박하는 것을 들었다. 하지만 자신이 알고 있는 우금성은 섣불리 짐작하고 말하는 인물이 아니었다. 더욱이 가장 믿음직한 이암도 부분적으로 동의를 하자 우금성의 말을 곱씹으며 생각에 잠겼다. 그러면서 나름 결론을 생각했고, 자신이 내린 결론이 탐탁지 않은지 절로 이마에 주름이 잡혔다. 막상 맞상대를 해야겠다고 결론이 났지만, 어서 신강으로 오라고 주우길이 손짓을 하고 있기에 쉽지 않은 전투가 될 것이 명백했기 때문이다.

주우길의 작전은 깊게 생각하지 않아도 쉽게 파악할 수 있었다. 길목을 걸어 잠그고 상대의 발목을 잡고자 하는 것이다. 어떻게든 길을 열어주지 않기 위해 최선을 다할 것이다. 더욱이 공격하는 것보다 수비하는 것이 더 유리하다. 상당한 이점이 있는 것이다. 하물며 그동안의 전투로 산서성의 병력이 대부분 와해되었다고 생각한 이자성의 오판까지 있었으니 이젠 돌파밖에 없었다. 어떻게 하든 주우길의 수비를 뚫으며 북경까지 밀고 올라가는 수밖에 방법이 없었다.

"우 상서, 주우길이란 장수에 대해 상세히 설명해 보라. 도대체 주우길이란 장수가 어떤 인물인가?"

"주우길은 산서총병으로 있기에는 상당히 젊은 장수입니

다. 하지만 요동총병 오삼계와 비견될 정도로 용맹과 지략이 뛰어나다는 평가를 듣고 있고, 숭정제는 물론 여러 대신들과 장군들의 신망과 총애를 받는 명장입니다."

"그런가?"

"더욱이 주우길의 부친은 주상덕이란 자로서, 현재 북경부윤(北京府尹)으로 있습니다."

"부윤? 북경부윤이라면 북경을 총괄하는 직책으로 정삼품이 아닌가? 부친 덕을 많이 본 인물이로군."

"폐하, 그렇게만 보시면 안 될 인물이 바로 주우길이옵니다. 처음엔 부친의 덕을 보았지만, 조정의 대신들과 숭정제가 뛰어난 지략과 용맹을 인정한 장수입니다. 더욱이 숭정제가 가장 총애하는 소인공주와 맺어주려 할 정도로 그 신임이 두터운 자입니다."

"호~ 그렇다면 숭정제에 대한 충성이 남다르겠군. 더욱이 우 상서가 그 정도로 평가할 정도라면 꽤 괜찮은 인물인 것 같구먼. 그 정도라면 충분히 신강에 포진하고 있다는 병사들을 구성할 정도는 될 것이다. 그 정도의 인물이 전면에 나섰다면, 충분히 그만한 병력을 만들 수 있을 것이다. 그렇지 않은가, 승상?"

"폐하의 판단대로 숭정제와 조정에서 그만한 신망과 총애를 받는 자라면 충분하고도 남을 것입니다."

"그렇다면 우 상서가 파악한 정보가 신빙성이 높다는 말이로군."

"송구하옵니다, 폐하."

"아니다. 상대를 정확히 알아야 이길 방법을 모색할 수 있지 않겠는가. 그렇지 않소, 승상?"

"지당하신 말씀이옵니다, 폐하."

"좋다. 그럼 병력 구성이 어떻게 되는지 말해봐라. 설마 모든 병사가 훈련을 받은 정병은 아니겠지?"

"그렇지는 않습니다, 폐하. 자체적인 병력도 있지만 폐하께서 북경으로 진격을 결정한 이후 하북성과 섬서성에서 퇴각한 병사들을 규합했고, 본진의 병력 수를 파악한 후 급히 백성들중 건장한 남성들을 대상으로 하여 강제로 징집한 것으로 파악되었습니다."

"그런가? 그렇다면 병사들의 사기나 훈련 정도는 우리와 상대가 안 된다는 말인데… 하지만 주우길이란 장수, 북경의 부친과 공주 때문에라도 상당히 거센 저항을 보이겠지? 어떻게 생각하나, 우 상서?"

이자성은 우금성에게 말을 하면서도, 마치 자신에게 묻는 것처럼 턱을 매만졌다. 시선도 우금성을 향한 것이 아니라 모호한 곳을 향하고 있어, 과연 누구에게 질문을 하는 것인지 분간이 되지 않을 정도였다.

하지만 모든 대신들이 고개를 숙이고 있어 이자성의 시선이 어디를 향하는지 알지 못했다. 그저 마지막에 우금성을 지목하자, 우금성이 반사적으로 고개를 든 것이다.

"아마도… 그렇게 될 것 같습니다, 폐하."

"그렇단 말이지? 흐음… 이거 참, 북경으로 가는 길이 꽤 험난하겠군. 그렇다면 승상과 우 상서는 이에 대한 전략을 생각해 놓은 것이 있는가?"

"현재로서는 안타깝게도 힘으로 밀고 올라가는 수밖엔 없습니다. 분명히 주우길은 성벽을 방패 삼아 농성을 할 것입니다. 신강성 주위로 목책을 세웠다는 보고도 있으니 이는 정확할 것입니다."

"그렇다고 후방을 염두에 두어야 하기 때문에 돌아서 갈 수도 없지 않은가."

"그렇기에 반드시 주우길을 패퇴시켜야 합니다. 성 밖으로 나온다면 승상과 소신이 여러 가지 작전을 구상해 볼 수 있겠지만, 성문을 틀어막고 지키려고 한다면 어려울 것입니다. 우리에게도 화포가 있지만, 공성전을 치르기에는 부족합니다. 따라서 성벽을 타고 오를 수밖에 없는데, 시일이 많이 걸릴 것입니다."

"그것은 당연하겠지. 우 상서의 말을 들어보건대, 이미 그런 조짐을 보이고 있으니 짐에게 고하는 것이겠지?"

"…그렇습니다, 폐하."

"어쩔 수 없겠군. 상황이 여의치 않다면 철저하게 부수며 진군하는 수밖에. 우 상서는 수시로 정탐병을 보내 상황을 주시하며 작전을 구상하도록 하고, 승상과 장군들은 혹시라도 치열한 격전을 치르게 되면 병사들의 사기가 떨어질지도 모르니 각별히 신경을 쓰도록 하라."

"폐하의 명을 따르겠습니다. 충!"

"흐음……."

'시간에 맞추어 선화에 도착해야 하는데… 선부(宣府)와 거용관(居庸關) 같은 요새도 공략해야 하는데, 괜히 고집을 부려서 용문을 넘은 것 같군.'

이자성은 지그시 눈을 감았다. 머리가 지근거렸다. 하지만 적군을 눈앞에 두고 회군할 수는 없기에 병사들이 큰 피해 없이 주우길이란 장벽을 넘어주었으면 좋겠다는 바람뿐이었다.

"휴~ 오늘도 꽤 힘든 하루였다. 하루 종일 말을 탄다는 것도 쉬운 일이 아니야. 그렇지 않냐?"

"그걸 말이라고 하냐? 난 지금 엉덩이에 물집이 다 잡혔다. 젠장!"

"이제 시작인데 벌써부터 물집 잡혔다고 엄살을 부리면 어떻게 하냐? 걸 부대주도 가만히 있잖냐."

"걸 부대주는 그동안 유 장군 밑에 있으면서 단련이 됐으니까 버틴 것이지. 그동안 우리가 이 정도로 말을 타고 행군한 적이 있었냐?"

"하긴… 그나저나 무공은 진전이 좀 있냐? 지금 보니까 영단의 약효는 모두 소화한 것 같은데."

"내공이 늘기는 했지. 하지만 아직 진명패천도를 완전하게 펼칠 정도는 안 된다. 반 갑자는 되어야 어느 정도 제대로 된 초식을 펼칠 수 있을 것 같은데… 아직 멀었어. 겨우 소성에서 멈췄다. 아무래도 병 아저씨가 가르쳐 준 진무심법으로는 완벽하게 진명패천도를 펼칠 수 없을 것 같다. 내공도 받쳐 주지 못하고, 초식을 시전하는 데 자꾸 중간에 끊겨서 더 이상 수련을 못하고 있는 실정이다. 참! 걸 부대주는 얼마나 익혔소?"

"흠! 나도 아직… 겨우 소성을 바라보고 있는 형편이네. 요즘 들어서 나도 나 부대주와 같은 생각을 하고 있네. 역시 진명심법을 익히지 못한 것 때문에 초식에 한계가 있는 것 같다는 말이지."

"……."

'둘이 비슷할 줄 알았더니 그것도 아니네? 역시 영단의 약효에서 차이가 나기 때문에 그런가? 그나저나 유 장군이 심법은 알려주지 않은 것 같군. 그렇다면 지금까지 진무심법을 연마했다는 것인데, 겨우 진무심법으로 절정의 무공을 소성까지 익혔다니 꽤 열심히 수련을 했나 보네.'

영인은 명규와 영도의 대화를 들으면서 나름 두 사람 모두 혼신의 힘을 다해 무공 수련에 임했음을 파악할 수 있었다.

유종민은 무림에서 진명도라는 명호를 얻었을 정도로 절정의 고수였다. 다시 말해 명규와 영도가 소성에 이르렀거나 근접했다는 것은 이젠 일류고수 소리를 들어도 하등 문제가 없다는 말과 같은 것이다.

진무심법이 비록 무당파의 심공이지만, 속가제자들이 배우는 기본 심법에 지나지 않았다. 그런데 이와 같은 경지에 올랐다는 것은, 거의 기적이나 마찬가지였기에 영인은 새삼스럽게 둘의 얼굴을 쳐다볼 수밖에 없었다.

"걸 부대주도 그런 생각을 하고 있었나? 흠, 역시……."

"유 장군이 심법만은 가르쳐 주지 못한다는 말을 했지만, 지금 같아서는 바짓가랑이라도 잡고서 가르침을 청하고 싶은 마음뿐이네."

"어쩔 수 없지. 우리가 유 장군의 제자도 아니었고, 당시 부하로 있으면서 죽자 살자 매달려 가르침을 받은 것이니까. 아마도 우리가 애걸복걸하며 청한다고 해도 절대 진명심법은 가르쳐 주지 않을 것이네. 그나마 초식이라도 완전하게 가르쳐 준 것만으로도 유 장군께 감지덕지해야지."

"훗, 그렇기는 하지. 휴~ 그나저나 나 부대주가 벌써 소성을 이뤘다니 정말로 축하하네. 자네가 부럽군."

"부럽기는, 겨우 종이 한 장 차이밖에 나지 않는데 무슨. 여하튼 축하를 받으니까 쑥스럽구먼. 자자, 기분이다! 오늘은 노인네들 빼고 한 살이라도 젊은 우리들끼리 거하게 한잔할까? 아까 보니까 기녀들도 제법 보급부대 뒤를 따라온 것 같던데……."

"어? 정말? 기녀들이 따라왔다고?"

"그렇다니까. 그런데 네가 왜 그렇게 호들갑이야?"

"아니, 난 그냥… 건장한 남자들도 힘들어하는 행군에 따라왔다고 하니까……."

"그래? 큭큭, 아무리 봐도 그게 아닌 것 같은데?"

"뭐가 아니야? 너도 생각해 봐라. 우리도 힘들다고 이렇게 구시렁거리고 있는데, 기녀들이 따라왔다고 하는데 놀라지 않겠냐?!"

"하하! 안다, 알아. 그렇게 정색을 할 필요는 없잖냐. 내가 네 속을 왜 모르겠냐?"

"맞다니까!"

"큭큭, 하긴… 아직 총각 딱지도 못 떼고 있으니 기녀가 왔다는 소리에 안달이 날 만도 하지. 더구나 서경에서의 일도 있고."

"그만! 서경에선 그럴 만한 사정이 있었다니까!"

"그러냐? 뭐, 사정이야 있었겠지. 큭, 좋다! 오늘은 내가 화대 전부를 쏠 테니까 마음껏 놀아보자. 영인이 너, 이번에도 서경에서처럼 뻣뻣하게 굳은 목석처럼 아무것도 못하면 화대 돌려달라고 할 거다. 알았냐?"

"오늘은 아니라니까!"

"알았다. 뭐, 내일이면 알게 되겠지. 큼! 그리고 걸 부대주, 자네도 오늘 함께할 거지?"

"흠! 나야 뭐……."

영도는 명규의 말에 살짝 고개를 끄덕이면서도 얼른 시선은 다른 곳으로 돌렸다. 자신 역시 영인처럼 아직 여자 손목도 잡아보지 못한 숫총각이었기 때문이다. 그렇기에 명규의 제안이 은근히 기대가 되면서도 가슴이 벌렁거렸다. 마치 대낮에 독하다는 백주를 거하게 마신 것처럼 얼굴이 붉게 달아올랐다. 감추고 싶었지만, 그것이 마음대로 되지 않았다. 그렇기에 얼른 고개를 돌린 것이다. 하지만 그 누구보다 눈치가 빠른 명규가 이런 영도의 행동을 놓칠 리가 없었다.

"이거 정말… 여기 동정남이 또 한 명 있었구먼. 영인아, 너보다 더한 사람이 여기 있었다. 서른세 살이나 먹도록 지금까지 여자와 합방도 못했다니… 자네, 다시는 내 앞에서 사내대장부라고 말하지도 말게. 이거 창피해서 대원들 앞에 얼굴도 못 내밀겠군."

"아니, 난! 끄응."

"정말? 걸 부대주도 그럼 이번이 처음…….."

"딱 보면 모르겠냐? 하긴, 네가 뭘 알겠냐? 거기서 거기인데."

"야! 겨우 그런 걸로 너무하는 거 아냐? 바쁘게 살다 보면 아직까지 못할 수도 있지!"

"뭐가 너무해?! 그래, 그래. 그나마 넌 이해해 줄 수 있다. 하지만 걸 부대주는 환관이라고. 알아? 물건이 있으면 뭐 해? 그걸 쓰지 않으면 고자나 다름없지."

"허흠!"

명규의 계속된 핀잔에 영도는 차마 얼굴을 들 수가 없었다. 자신은 절대 환관이나 고자가 아니라고 말하려 해도 차마 입이 떨어지지 않았다. 자신이 생각하기에도 명규의 말에 제대로 반박할 만한 말이 없었던 것이다.

그동안 주변으로 살짝 시선만 돌려도 홍등가가 널려 있었고, 보위대 부대주로 있으면서 많은 여인들이 추파도 던졌기 때문이다. 만약 그들 중 한 명만 손을 살짝 잡아주었어도 지금과 같이 명규에게 놀림을 당할 일은 없었을 것이다.

"아! 걸 부대주가 아직이라면… 혹시 굴비 형도?"

"어라? 그러고 보니 굴비가 여자 얘기를 한 번도 한 적이 없네?"

"그렇지? 나도 들어본 기억이 없어. 그렇다면……."

"굴비는… 수, 숫총각이 아니네. 흠!"

"정말? 이거 의외인데?"

"그런가? 역시 굴비는 정상적인 사고방식을 가지고 있는 사내대장부로군. 그렇다면 굴비는 됐고, 자~ 그럼 비정상적인 환관들을 데리고 어디로 가나? 아까 보니까 화월이란 아이의 미태가 여간 아니던데, 그쪽으로 갈까?"

"화월이? 이름 좋은데? 그쪽으로 가자. 빨리 앞장서!"

"흠흠! 나도 그쪽이 좋을 것 같네."

"큭큭, 알았다. 그럼 환관들은 진정한 남아대장부 뒤나 따라오라고. 오늘 아주 있으나마나 한 물건, 뿌리까지 뽑아내라고 할 테니까. 하하하!"

"…쩝."

'동창 녀석들을 상대할 전략을 짜려고 했는데 졸지에 여자를 안게 생겼네. 그래도 화대를 내주겠다는데 안 가면 미친놈이지. 에라, 모르겠다. 변태새끼들 만나기 전에 총각이나 면해야겠다. 재수없게 죽더라도 총각으로 죽으면 너무 억울하잖아.'

"헛, 흠! 마, 마음대로 하게."

"하하하!"

＊　　　＊　　　＊

둥! 둥! 두웅~!

척, 척! 척, 처억~!

"군진에 맞추어 전열을 정비하라~!"

척, 척! 척, 처억~!

"빨리빨리 움직여라! 주변을 살피며 군열을 정비하란 말이
다~!"

척, 척! 척, 처억~!

"헉, 헉……!"

"서둘러라! 목책을 세우고 흙을 퍼 날라 단단히 고정시키란
말이다! 목책이 흐트러진 곳은 새끼줄로 단단히 묶고, 기병들
의 진격을 막을 수 있도록 끝을 날카롭게 다듬어라~!"

부백호(副百戶)와 군호(軍戶)들이 사방을 돌아다니며 병사들
을 독려했다. 하루 종일 소리를 질러 목이 다 쉬었지만, 그래도
할 일이 많기에 조용할 수가 없었다.

"거기! 목책을 더 세우고 흙을 더 퍼 넣어라! 그렇게 해가지
고 제대로 설 수 있겠나!"

"알겠습니다, 군호."

"흠, 잘하고 있군. 자네들은 유적군의 정탐병이 있는지 주변

을 살피고, 혹시 모르니 주변 경계에 만전을 기하도록 하게. 한 시도 소홀히 해서는 안 될 것이다."

"옛, 정천호!"

정천호의 명을 받은 부천호들은 휘하의 백호소와 정백호에게 상관의 명을 하달했다. 그에 군영은 더욱 어수선해졌다. 하지만 금방 자신의 자리를 찾기 시작했고, 병사들이 일사불란하게 움직이며 사방을 경계하기 시작했다.

하지만 대순군이 신강까지 오려면 이틀은 더 있어야 했다. 이렇게 부산을 떨 필요는 없었던 것이다. 그렇지만 십만 명이 넘는 대병력이 몰려오고 있었기에, 지휘부에선 병사들의 사기를 고려하지 않을 수 없었다. 더욱이 강제로 징집한 병사도 많았고 훈련도 부족했기에 자칫 군율을 엄중하게 하지 않았다가는 언제든지 경계를 뚫고 도주할 수도 있었다. 그만큼 지휘부에선 힘든 싸움을 예상하고 있었던 것이다.

병사들이 한두 명씩 야밤에 도주하기 시작하면 금방 사기가 떨어지고 혼란스럽게 된다. 그렇다면 아무리 지휘부에서 엄하게 다그친다고 해도 전투에선 밀릴 수밖에 없다. 싸우고자 하는 의지보다 어떻게든 도망쳐 살려고 하는 의지가 강하다면 더 이상 병사라 할 수 없었기 때문이다. 이에 군율을 엄중히 하는 것으로 병사들을 다그칠 수밖에 없었다.

"상황은 어떠한가?"

"예상보다 심각한 정도는 아닙니다. 다만… 일부 병사 중에 불만을 토하는 자들이 있어 본보기로 참하라는 명을 내렸습니다."

"잘했네. 병사들의 목숨이 가엾기는 하지만 인정을 두어 가 벼운 징계로 끝난다면 내부 혼란만 가중될 뿐임을 명심하도록 하게."

"잘 알고 있습니다, 총병님. 그렇지 않아도 부하들에게 주지 시켰습니다."

"좋네. 그리고 식량과 화살 등 필요한 군수품은 확보하였는 가? 특히 화포는 최대한 확보해야만 하네."

"그렇지 않아도 그 일 때문에 문제가 좀 있습니다."

"문제?"

주우길은 부총병의 말에 인상을 찡그렸다. 문제가 발생하지 않아도 걱정스러운 판국에 문제가 있다고 하니 심기가 불편했 던 것이다.

"현재 확보된 화포는 총 이십 문입니다. 하지만 인마 살상용 인 홍이포(紅夷砲)의 수는 팔 문밖에 없고, 화약과 포탄 수가 턱없이 부족한 실정입니다."

"홍이포는 워낙 귀한 것이니 어쩔 수 없지만, 천자철포는 왜 그것밖에 없는가? 태원상가(太原商家)와 용문표국(龍門鏢局)에 서 저번에 받아놓은 것이 있지 않은가?"

"그렇기는 하지만, 만약 공성전이 벌어진다면 포탄은 하루 를 넘길 수 없는 분량밖에 없습니다."

"뭐라? 도대체 얼마나 있기에 하루를 못 넘긴단 말인가?"

"검수해 본 결과, 현재 포탄은 천 개가 있습니다. 하지만 칠

할가량이 천자철포에 사용되는 포탄이고, 홍이포에 사용할 포탄은 삼 할에 불과합니다. 따라서 홍이포 일 문 당 오십 개의 포탄밖에 분배할 수가 없습니다."

"그렇다면 큰일이지 않은가? 분명 장 대인하고 왕 대인에게 내가 부탁했던 것으로 기억하는데, 어찌해서 그 정도밖에 없단 말인가?"

"워낙 물량을 구할 수 없는 것들이라 장 대인도 힘들었던 것 같습니다. 그리고 하진에 유적들이 진을 치고 있는지라 왕 대인의 움직임이 자유롭지 못합니다. 더욱이 물량도 많이 확보하지 못한 것으로 알고 있습니다."

"이거 참, 큰일이로군."

원거리 공격이 가능한 화포는 주우길에게 있어서 큰 버팀목이라 할 수 있었다. 그리고 공성전을 유도하며 농성을 계획하고 있는 상황이었기에 적의 발목을 잡을 수 있는 유일한 수단이었다.

"적들에게 화포와 포탄이 별로 없기를 바랄 수밖에 없다는 말인가? 계획에 상당한 차질이 생기겠군."

"지금으로서는 포탄을 최대한 아낄 수밖에 없습니다. 하지만 우리가 농성을 한다면 저들은 총공세를 펼칠 것입니다. 정보에 의하면 청봉과 고당(高唐)에 유적들의 선봉대가 진영을 구축했다고 합니다."

"청봉과 고당에?"

"그렇습니다, 총병님."

"청봉은 하남에 있으니까 유적들이 활개를 쳐도 어쩔 수 없지만, 고당은 산동성에 있지 않은가? 그런데 이를 저지하는 관군이 하나도 없었다는 말인가?"

"제남에 군사들이 있지만 도지휘사(都指揮使)가 겁을 먹고 군사를 움직이지 않은 것 같습니다."

"뭐라?! 이런, 빌어먹을! 도대체 이게 말이 되는 것인가? 황제 폐하를 보위해야 할 군사들을 사사로이 사용하는 것도 모자라, 이젠 알량한 목숨을 지키려고 성문만 틀어막고 있으면 어떻게 나라와 폐하를 지킬 수 있단 말인가! 정이품이나 되는 양반이 자기 살 궁리나 하고 있다니……."

"그만 노여움을 푸시지요. 워낙 유적군의 기세가 흉험하고 드세기에 군사를 모아 출병하는 것이 쉽지 않습니다. 오히려 백성들이 봉기하는 것만 막기에도 벅찬 것이 현실임을 잘 아시지 않습니까."

"끄응! 이번에 유적들을 패퇴시킨다면 반드시 산동성뿐만 아니라 자라새끼처럼 눈치만 보며 제 살길을 모색했던 관리들의 목을 칠 것이다. 더욱이 유적군에 가담했던 무림인과 문파는 물론, 세가에 책임을 물어 구족을 멸하여 이 나라가 누구의 것인지 알게 해줄 것이네."

"총병께서 못하신다면 필히 황제 폐하의 동의를 구해서라도 처단해야 할 것입니다. 그래야만 흐트러진 기강을 바로 세울 수 있습니다."

"옳은 말이네. 가뜩이나 북방엔 청나라의 침입 때문에 하루도 편할 날이 없는데 내부에서 봉기를 하다니……. 만약 오 총병이 청나라를 막지 못하여 산해관을 넘는다면 옛날 원나라에게 핍박받을 때처럼 우리 한족은 숨조차 제대로 쉬지 못한다는 것을 왜 모른단 말인가. 정말 통탄스러운 일이네. 이자성이 조금이라도 머리가 있는 자라면 이런 시기에 자중해야 할 것이 아닌가."

"저들은 북방의 상황을 정확히 모르고 있는 것 같습니다. 아니면 나라와 백성의 안위보다 권력에 욕심을 부리는 호웅(豪雄)일 것이 분명합니다."

"훗, 호웅은 무슨! 만약 이자성이 호웅이라면 북방을 먼저 안정시킨 후 자웅을 겨루고자 했겠지. 효웅(梟雄)도 못 되는 나라의 역적일 뿐이네."

"역적이지요. 맞습니다, 총병."

"흐음."

부총병의 호응이 있어서 그런지 주우길은 불같이 일어서는 분노를 가라앉힐 수 있었다. 그리고 자신의 말에 응대해 주는 부총병을 새삼스럽다는 듯 쳐다보았다. 평소 과묵한 성격으로 아첨하고는 거리가 먼 사람이었기 때문이다. 그에 자세히 보니 자신의 마음이 가라앉은 듯하자 살짝 고개를 끄덕이는 것이 보였다.

'지략에도 뛰어났던가? 분위기를 반전시킬 줄도 아는 위인이로군.'

"흠! 부총병에게 못난 모습을 보였네."

"아닙니다. 소장도 화가 나는데 총병께선 오죽하겠습니까. 그나저나 지금의 병사들로 과연 유적들의 정병들을 막을 수 있을지 걱정입니다."

"휴~ 무조건 막아야 하네. 이곳이 뚫리면… 아니, 절대로 하북성으로 진입하지 못하도록 산서성에서 저지해야만 할 것이네. 저들이 산서성을 넘게 되면 북경은 고립되게 되네."

"황망한 일이지만, 그렇게 될 것입니다. 그러니 이곳에서 안 된다면 후퇴를 하더라도 최대한 시간을 끌어야 할 것입니다. 유적들이 병사들을 나누어 진군하는 것은 황성을 고립시키기 위한 것도 있겠지만, 무엇보다 동시에 황성으로 진입하려는 계획의 일환일 것입니다. 따라서 이자성이 있는 본진을 막아 내거나, 그것이 안 된다면 시간을 벌어 폐하와 대신들이 위기를 타파할 방법을 모색하게 해야 할 것입니다."

"본인의 생각도 부총병과 같네. 우린 무슨 수를 써서라도 저들의 발목을 잡아야 하네. 그러니 이 점, 부총병도 각별히 유념해서 작전에 임하도록 하게. 참, 이후 선 조치, 후 보고를 하게. 군율에 크게 위배되는 행동이 아닌 한 부총병의 행동을 탓하지 않겠네."

"알겠습니다. 총병께서 저를 믿어주시니 감사합니다."

"뛰어난 지략가나 맹장에게 믿음을 주는 것이 군에 이롭기에 행한 조치일 뿐이네. 그러니 최대한 지략을 발휘해 보게."

"최선을 다해 유적군을 막아보겠습니다. 그럼 저는 이만……."

"흐으음……."

'어떻게든 막겠다. 산서성이 뚫리면… 부친과 공주의 얼굴을 어떻게 본단 말인가. 반드시, 반드시 막아내고야 말겠다.'

주우길의 손에 힘이 들어갔다. 있는 힘껏 주먹을 쥐어보지만, 무언가 아쉬운 듯 허전했다. 그에 계속해서 주먹에 힘을 주었다. 하지만 힘만 들어갈 뿐 만족감을 느낄 수가 없었다.

第五章
우리 살아남아서 떵떵거리며 살아보자!

따각따각.

히이잉~!

퍽!

"이 녀석아, 좀 조용히 해라. 시끄러워서 잘 수가 없잖아."

히이잉~

"야, 살살 해라. 그러다가 말이 날뛰기라도 하면 어떻게 하려고 그래?"

"날뛰지 않으니까 걱정 마라."

"흠! 그런데 어제 힘 좀 썼나보네? 서경에서처럼 손도 못 댈 줄 알았더니."

"서경 얘기라면 그만해라. 이제는 귀에 딱지가 앉을 정도로

지겹다. 그리고 그때는 만취해서 움직이지도 못했다고 했잖
아."

"알았다, 알았어. 그나저나 어떠냐, 진정한 남자가 된 소감
이?"

"모르겠다. 딱히 생각해 보지 않았고, 술에 취해서 어떻게
했는지도 모르겠다. 그냥… 화월이가 알아서……."

"정말? 화월이가 알아서 다 했단 말이야?"

"그, 그래."

"와! 그럼 화월이가 위에 올라탔겠네? 큭큭, 알 만하다."

"뭐가 알 만하다는 거야? 화월이가 알아서 하겠다고 해서
그렇게 놔둔 건데."

음담패설.

영인은 태어나서 처음으로 음담패설다운 음침한 얘기를 하
고 있었다.

그동안 경험이 없기 때문에 이런 음담패설을 늘어놓는 장정
들을 보면 부러웠었다. 그리고 자신도 모르게 귀를 쫑긋 세우
고서 들었다. 하지만 워낙 이런 음담패설은 조용하게 소곤거
려야 제맛인지라, 처음엔 웬만큼 들려도 막상 중요한 대목에
들어서면 사방이 조용해진 듯 귀에 들리지 않았다.

그에 아쉬운 마음을 달래며 돌아서길 수백, 수천 번.

하지만 이젠 자신도 다른 사람들 못지않게 음담패설을 주고
받을 수 있는 경지가 된 것이다. 단 하룻밤의 일이지만, 여자뿐
만 아니라 남자에게도 결코 잊을 수 없는 기억인 것이다.

"그래? 그럼 오늘은 내가 화월이랑……."

"미쳤냐? 화월인 앞으로 나하고 함께하기로 했으니까 넌 다른 기녀나 알아봐. 그리고 기분 나쁘게 왜 화월이야?"

"하하, 알았다. 아주 화월이한테 푹 빠졌구먼. 좋을 때다. 하지만 너무 푹 빠지진 말아라. 자고로 여자한테 빠지면 패가망신한다. 특히 상대가 기녀라면 말이지. 알았냐?"

"나도 그 정도는 안다. 그러니 다시 한 번 말하지만 화월이는 안 돼! 꿈도 꾸지 마! 알았어?!"

"그래, 알았다. 그런데 걸 부대주도 입이 귀에 걸렸구먼. 자네도 그렇게 좋았나?"

"헛, 흠! 좋다기보다… 옛날 일이 잠시 떠올라서 그런 것이네."

"옛날 일?"

"이런 말 하긴 뭐하지만, 내가 한때 강호를 떠돌아다닌 적이 있었다는 것은 알 것이네. 나 부대주도 꿰 아저씨나 굴비하고 친하니까 조금은 들었겠지? 흠! 난 너무 어린 나이에 강호를 떠돌기 시작했고, 그러다 보니까 많은 경험을 했지. 그중에 환관이 되어보지 않겠냐는 말도 들었네."

"뭐, 환관?"

"정말? 변태새끼들이 우글거리는 무리에 들라 했다고?"

"흠! 환관이라고 모두 변태는 아니오, 대주."

"그런 건 몰라. 환관은 무조건 변태야, 나한텐!"

"알았어, 알았어. 변태 얘기는 그만하고. 자자, 그래서?"

명규는 오랜만에 흥미로운 얘기를 듣게 되었다는 생각에 귀를 쫑긋 세우며 말을 영도 곁으로 이끌었다. 물론 영인도 말의 속도는 살짝 늦추며 은근슬쩍 영도의 곁으로 이동했다.

"그러니까 내가 궤 아저씨를 만난 것이 열세 살 때의 일이니까 벌써 이십 년이 흘렀네? 어떻게 하다 보니 벌써 떠돌이 생활만 이십 년이군. 여하튼 그때 궤 아저씨가 무림전성시대라는 희대의 잡서에 적혀 있는 것들을 들려주었지. 그땐 세상엔 그런 별천지에 사는 사람들도 있구나 하는 생각에 나름 환상을 가지게 되었지. 어릴 때라 세상 무서운 줄 몰랐고, 하늘을 휙휙 날아다닌다는 고수들을 찾아가서 제자가 되겠다는 생각으로 무작정 마을을 나섰네."

"어릴 때라면 그런 상상을 할 만하지. 한때 나도 그랬으니까."

"그런가? 흠! 하여간 강호를 오 년 정도 떠돌았을까? 아무튼 그때 정처없이 떠돌아다니는 것도 지치고 하루하루 먹는 것도 힘든 처지라 아무 표국에라도 들어가 쟁자수라도 하는 것이 좋겠다는 생각이 들었지. 그땐 허드렛일이라도 좋으니 얼마간이라도 한곳에 머물며 쉬고 싶은 생각밖에 없었네. 그리고 못 먹었지만 체격도 여느 장정에 비해 꿀리지 않을 정도라 내가 하겠다고만 하면 당연히 받아줄 것이라 생각했다네."

"흐음."

"그런데 시국이 어렵다 보니 어떤 표국에서도 날 받아주지 않더군. 내가 세상을 쉽게 본 것이었지. 그에 실망한 나는 객

점에 들러 술을 떡이 되도록 마셨고, 그만 정신을 잃게 되었네. 그런데 일어나 보니 객점이 아니더라고. 나 부대주, 내가 어디서 깼는지 짐작할 수 있겠나?"

"내가 그걸 어떻게 아나? 괜히 궁금하게 말 돌리지 말고 어서 계속하게. 그래서?"

"하하, 사람 참. 대주하고 함께하더니 욱하는 성격이 생겼구면."

"뭐? 내가 언제 욱했다고 그래?"

"뭐야, 왜 가만히 있는 나를 끼워 넣는데? 그리고 내가 언제 욱했어? 좀 급하긴 해도 욱하는 성격은 아니야."

예전과 다른 말투.

아니, 어제와 오늘이 달랐다.

함께 만취할 정도로 술을 마시고 옆에 기녀를 끼고 못 볼 꼴 다 보여줘서 그런지 영도에게 하는 영인의 말투에 스스럼이 없었다. 상당히 자연스러워진 것이다. 그리고 영도 역시 영인의 말을 격의없이 받아주고 있었다.

"알았다. 너 성격 급한 건 보위대가 인정하니까 그만하고. 걸 부대주, 빨리 말해보게. 도대체 어디였나?"

"흠, 유가(劉家)였네. 흔히 하북유가(河北劉家)라고 불리지. 나 부대주는 유가가 어디인 줄 아나? 아니, 무슨 일을 하는 곳인지 아나?"

"글쎄… 유 씨가 흔한 성은 아니지만, 그렇다고 적은 성씨도 아니라서……."

"그렇지. 하지만 관부에서, 특히 환관들한텐 꽤 유명한 곳이지. 특히 도아장(刀兒匠)을 거론할 때 안휘성 합비(合肥)에 있는 필가(畢家)와 함께 거론되는 곳이 바로 유가라네."

"도아장? 그럼 그 유가란 곳이 거세를 해준다는 도수(刀手)들이 모인 곳인가? 아니지. 유가라고 했으니 유 씨 모두 도수들이란 말이군."

"맞네. 그런데 그곳에서 나한테 제안을 하더군. 아니, 권유라고 해야 하나? 자궁(自宮)할 생각이 없냐고 말이야. 내 체격이 있고 나이도 어리니 만약 거세를 한다면 자신들이 환관으로 만들어주겠다고 했지."

"환관으로 만들어줘? 일개 세가가? 와~ 그 유가란 곳이 꽤 대단한 권력을 가진 곳인가 보군. 형편이 어려워 부모들이 간혹 아이들을 거세시키고 환관으로 만들려고 한다는 것은 알고 있지만, 그건 엄연히 나라에서 불법으로 정한 일인데?"

"불법이지. 그러나 공공연히 벌어지는 일이기도 하지. 당시 심정으론 확 거세나 하고 환관이 되어볼까도 생각했었네. 강호를 떠돌아도 궤 아저씨가 얘기했던 고수 그림자도 볼 수 없는데, 차라리 환관이 되어 권력이라도 갖는 것이 어떨까 하면서 말이야. 하지만 한 가지가 마음에 들지 않더라고. 그래서 거절했네."

"한 가지? 뭐가 마음에 들지 않았나?"

"나중에 알고 보니 유가나 필가는 거리를 떠도는 남자 아이들을 데려다가 나처럼 권유를 하여 승낙하면 환관을 만들어주는 일도 가끔 한다더군. 그리고 그 당시 황궁에서 대대적으로 환관을 모집하던 시기였고. 그런데 문제는 환관이 된 후 적당한 직위에 오르기 전까지 일정한 수입을 줘야 한다는 것이네. 어찌 보면 편법이지만 힘들게 환관을 만들어주었으니 그에 따른 대가를 주는 것이라 할 수 있지. 물론 적당한 지위란 서로에게 이익을 줄 수 있는 상황을 말하는 것이고."

"그렇겠지. 그런데 지금은 후회하는 건가? 아까 표정을 보니까 후회하는 것 같지는 않던데……."

"후회는 무슨. 난 지금의 내가 좋네. 아니, 그때 환관이 되지 않은 것이 잘한 일이라 생각하네. 알겠나? 남자로 태어나서 여자를 안는다는 것이 그 정도로 황홀한 경험일 줄 몰랐네. 난… 앞으로 밤에 여인이 없으면 안 될 것 같네. 헛흠!"

"뭐? 하하, 그럼 그 얘기를 하려고 옛날 일을 꺼낸 거였나?"

"흐음."

'쩝, 나도 그 말엔 동감이다.'

영도의 마지막 말에 영인의 고개가 자연스럽게 끄덕여졌다. 그리고 자연스럽게 간밤의 뜨거웠던 일이 생각났고, 어쩔 수 없이 얼굴이 붉게 달아올랐다. 영도의 말대로 그건 정말 황홀한 경험이었던 것이다. 비록 소중히 간직하고 있던 동정을 생전 처음 보는 기녀에게 상납했지만.

대순군은 하진을 출발한 후, 하루 반나절을 행군해서야 신강을 눈앞에 둘 수 있었다. 그럭저럭 여유있게 행군을 했는데도 빠르게 도착한 것이다.

점심시간도 안 되어 도착했기 때문에, 아직 해가 지려면 두 시진이 넘게 남았다. 그에 진영을 구축한 다음 병사들에게 식사 배급을 시작했고, 신강에서 농성에 들어간 주우길의 상황을 파악하기 위해 정탐병들을 내보냈다.

"정탐병들이 쓸 만한 정보를 가지고 왔는가?"

"안타깝게도 이미 예상하고 있던 내용들이 대부분이었습니다, 폐하."

"그런가? 그렇다면 정공밖에 없다는 말이로군. 이거… 처음부터 쉽지 않은 전투가 되겠군."

"뭘 그리 고민하십니까, 폐하? 소장이 별동대를 끌고 가서 단숨에 목책을 돌파해 보겠습니다."

"그렇게 쉬운 일이 아니네, 이 장군."

"쉽지 않으니까 소장이 앞장서겠다는 것입니다, 폐하. 소장을 믿어주십시오. 언제 소장이 폐하를 실망시켜 드린 적이 있습니까?"

"흐음."

이자성은 자신의 가슴을 탕탕 치며 자신감을 드러내는 이래형을 보며 한숨이 나왔다. 이래형 말대로 별동대가 앞장서고 수만의 보병이 뒤를 따른다면 목책을 넘을 수 있을 것이다. 그러나 상당한 피해를 감수해야만 하기에 이후의 일을 생각하여 섣불리 허락할 수가 없었다.

"폐하, 크게 심려하시지 않아도 될 것 같습니다."

"그게 무슨 말인가, 우 상서? 무슨 좋은 전략이라도 있는가?"

"쉽지는 않겠지만 목책을 넘을 수 있는 방도를 생각해 둔 것이 있사옵니다."

"우 상서가 좋은 책략을 생각해 냈나 봅니다. 한번 들어보십시오, 폐하."

"그런가, 승상? 흐음, 그렇다면 들어봐야지. 그래, 그것이 무엇인가, 우 상서?"

신강에 도착한 후 잠시 적진을 살핀 이자성의 이마에 깊은 주름이 잡혔다. 과연 자신을 막기 위해 주우길이 어떤 준비를 하고 기다리나 하며 살펴보았는데, 준비 상태가 자신이 생각했던 것보다 더 뛰어났던 것이다.

신강 안으로의 진입을 막기 위해 성문 앞 오백 보 정도에 목책을 설치했는데, 한눈에 보아도 단단하게 고정된 것을 알 수 있었다. 더욱이 기마병들의 진격은 물론, 접근조차 쉽게 할 수 없게끔 중간 중간에 날카롭게 다듬어진 목재를 사선으로 박아 놓았다. 한마디로 단단히 준비하고 기다리고 있었던 것이다.

당연히 이런 상황을 자신의 두 눈으로 직접 확인한 이자성으로서는 속이 쓰릴 수밖에 없었다. 앞으로의 전투가 우려되었기 때문이다. 그런데 우금성이 이를 타파할 좋은 책략이 있다고 말하자, 의자에 눕다시피 앉아있던 이자성의 몸이 자연스럽게 앞으로 당겨졌다.

"폐하, 동관에서 손전정을 참하셨을 때 획득한 것을 활용하면 쉽게 신강을 공략할 수 있을 것 같습니다."

"손전정에게 획득한 것을? 그래, 도대체 무엇을 활용한단 말인가?"

"그때 획득한 물품 중에 화포와 포탄이 있었사옵니다. 비록 사용할 수 있는 화포가 육 문밖에 되지 않았지만, 포탄은 상당히 많았습니다. 그에… 마차에 포탄을 실어 목책에 접근시킨 후 터뜨리면 어떨까 하는 구상을 해보았습니다."

"포탄을 마차에? 흐음… 짐이 생각해도 좋은 전략인 것 같기는 한데, 쉽게 접근할 수 있을까 염려스럽군. 승상은 어떻게 생각하는가?"

"폐하의 말씀대로 쉽지는 않을 것 같습니다. 하지만 성공한다면 저들이 준비한 것을 쉽게 격파할 수 있을 것입니다."

"그렇겠지. 하지만 우 상서, 마차를 목책 앞까지 몰고 가려면 적들의 공격을 견뎌내야 하고 움직임도 빠른 병사들을 보내야 할 것이 아닌가? 과연 누가 있어서 그 일을 해낸단 말인가? 짐의 생각으론 일반 병사들로는 어림도 없을 것 같은데?"

"폐하의 말씀대로 소신도 그 점이 가장 염려스럽습니다. 지금쯤 하진에 있을 최 장군이나 유 장군 정도의 무공을 익힌 고수가 작전을 수행한다면 큰 어려움이 없겠으나, 현재 본진에는 그런 고수가 없으니 어느 정도 병사들의 희생을 감수할 수밖에 없을 것 같습니다."

"우 상서 말대로 다소 병사들의 희생이 있다고 해도 가능성이 있다면 해야겠지. 다른 대신들과 장군들의 의견은 어떤가?

가능성이 있겠는가?"

　이자성으로서는 병사 몇 명이 희생되는 것은 중요하지 않았
다. 아니, 수백 명이 희생된다고 해도 목책을 넘을 수 있다면
아무런 상관이 없었다. 중요한 것은 병사들의 목숨이 아니라
빠르게 주우길을 물리치고 북경으로 향하는 것이었기 때문이
다.

　"소신이 생각하기에도 충분히 가능성이 있는 것 같습니다.
문제는 마차를 목책까지 무사히 끌고 간 후, 포탄에 불을 붙일
수 있는 병사가 있어야 한다는 것입니다."

　"소장도 같은 생각입니다, 폐하."

　"병사들의 희생이 따르겠지만 성공한다면 폐하의 근심이
해소될 수 있을 것입니다."

　"그런가? 다들 그렇게 생각한다면 충분히 가능성이 있다는
말이로군. 좋다, 그렇다면 우 상서는 세세하게 작전을 설명해
보라."

　막사 안에 자리하고 있는 대신들과 장군들이 모두 승산이
있다는 말을 하자, 이자성은 기분 좋은 미소를 입가에 그리며
우금성을 향해 시선을 돌렸다.

　"알겠습니다, 폐하. 흠! 우선 마차는 폭이 좁지만 포탄을 충
분히 실을 수 있는 정도가 되어야 할 것입니다. 그리고 적들이
마차가 접근하면 화살로 공격할 것이기에 목책 앞까지 도착할
동안 곁에서 화살을 막아줄 수 있는 병사들이 있어야 합니다.
그들은 마차의 전방과 측면, 그리고 무엇보다 포탄이 실린 곳

을 철저히 방어할 수 있어야 작전이 성공할 수 있을 것입니다."

"흠! 그렇다면 마차를 겹겹이 에워싸며 가야 한다는 말인데, 빠르게 달릴 수 없겠구려."

"그렇습니다, 도어사. 마차의 속도에 맞추는 것이 아니라 병사들의 걷는 속도에 맞추며 가야 하기 때문입니다."

"그렇다면… 목책 앞에 도착한 후 포탄에 불을 붙이는 것으로 병사들의 임무는 끝난다는 말인데. 과연 포탄이 터지기 전에 병사들이 피할 수 있는 여유가 있겠습니까? 작전에 투입되는 마차도 한 대가 아니라 최소한 세 대에서 다섯 대가 동원될 텐데, 우 상서의 계획대로라면 병사들 역시 백 명 넘게 희생된다는 말이군요."

"…아마도 그 정도는 되어야 성공할 수 있는 가능성이 높겠지요."

이암의 말에 우금성의 인상이 살짝 경직되었다. 마치 자신을 추궁하는 것 같은 인상을 받았기 때문이다. 그러나 전쟁에서 병사가 희생되는 것은 당연한 일이기에 우금성은 이암에게 시선을 돌린 후 대신들과 장군들을 쳐다보았다. 그리고 이자성에게 시선을 돌려 자신의 계획에 대한 결정을 내려줄 것을 간접적으로 요구했다.

이자성은 우금성의 시선을 받은 후 살짝 주변 분위기를 살폈다. 이암의 우려에 동조하는 대신과 장군이 몇몇 있었지만, 대부분의 대신들과 장군들이 우금성의 계획에 동조하는 분위기였다. 약간의 희생을 감수하더라도 승리할 수 있다면 충분히 실행할 만한 계획이라 생각하고 있음을 알 수 있었다. 그리고 무엇보다 이자성 역시 그런 생각을 하고 있었고.

"좋다, 소탐대실(小貪大失)이라고 했다. 작은 희생이 두려워 우 상서의 계획을 물린다면 아마도 신강을 점령하기 위해선 그보다 더 큰 희생을 치러야 할 것이다. 그러니 우 상서는 내일 아침 공격할 수 있도록 만만의 준비를 하도록 하라. 백 명이 아니라 천 명이라도 좋으니 무조건 목책을 허물 수 있도록 해야 할 것이다. 알겠나?"

"송구하옵니다, 폐하. 최선을 다해 준비하겠습니다."

"좋다, 그럼 내일을 기대하겠다."

우금성의 확신에 찬 대답을 들으며 이자성은 막사를 나와 자신의 침실로 만들어진 막사로 향했다. 그동안 계속된 행군으로 인해 지친 몸을 달래기 위해서였다. 또한 자신이 빠져나옴으로써 우금성과 송헌책을 주축으로 하여 세부적인 작전회의를 할 것이고, 그에 따라 내일 있을 전투의 승패가 결정되기 때문이다.

이자성은 피곤에 지친 몸을 뜨거운 물이 가득 담긴 욕조에 빨리 담그고 싶었다. 더불어 나긋나긋한 시녀들의 시중도 받고 싶기도 했다. 비록 신시밖에 안 되어 시녀들을 끼고 잠자리에 들기엔 이른 시간이었지만, 추운 날씨에 개운하게 목욕을 즐길 수 있다는 것만으로도 흐뭇했다.

'이게 권력이지. 황제… 난 진정한 황제가 될 것이다. 예전

엔 살아남기 위해 싸웠지만 지금은 권력을 위해 싸운다. 황제의 권력을 위해서.'

*　　　*　　　*

둥! 둥! 두웅~!

척, 척, 처억~

"간밤에 이상은 없었나?"

"옛, 이상 없었습니다."

"알았다. 하지만 조금 있으면 보급병들이 아침을 준비할 것이다. 따라서 혼란을 틈타 적의 기습이 있을 수도 있으니 너희들은 더욱 경계를 철저히 해야 할 것이다. 무슨 말인지 알겠나?"

"알겠습니다, 백인대장."

"우리가 경계를 한두 번 섭니까? 그러니 백인대장께선 염려하지 마십시오."

"흠! 그럼 너희들을 믿고 간다."

워낙 많은 인원이 진영을 꾸렸기에 각 구역을 책임지고 있는 진영에선 백인대장들이 돌아다니며 경계에 이상이 없었는지 확인하는 작업이 한창이었다. 원래는 십인대장들이 발 빠르게 돌아다니며 확인해야 할 일이지만, 적을 눈앞에 두고 있는 상황이라 경계의 중요성이 대두되었기에 책임자를 백인대장 급으로 조정된 것이다.

하지만 간밤의 경계가 어떻게 됐는지 신경조차 쓰지 않는 곳이 있었다. 바로 보위대였다. 대주인 영인은 모든 권한을 부대주들에게 넘겨주었다고 말하면서 신경 쓰지 않았고, 부대주인 명규와 영도는 대원들 각자가 알아서 할 일로 치부해 버렸기 때문이다.

물론 완전히 경계에 소홀한 것은 아니다. 황제가 기거하는 막사 근처에 진영을 꾸렸기에 특별히 경계에 신경 쓰지 않는 것이다. 다른 병사들이 알아서 해줄 것이기에.

그러나 영인은 간밤에 한잠도 못 잤다. 그것은 명규와 영도도 마찬가지였다. 뜬금없이 우금성이 막사에 방문했고, 얼토당토않은 명을 내렸기 때문이다.

어이없고, 황당했다.

우금성이 찾아준 것은 반가운 일인데, 좋은 일로 찾아온 것이 아니었기 때문이다. 전혀 생각지도 못한 명을 받았고, 그것은 생명을 보존하기 힘든 위험한 일이었기 때문이다.

그에 영인은 부랴부랴 명규와 영도를 불렀고, 악호 등 허심탄회하게 대화를 할 수 있는 사람들을 불러 모았다. 그리고 우금성으로부터 전해진 명령을 차근차근 설명했는데, 처음엔 모두들 무슨 소리를 하는지 어리둥절해했다.

어찌 보면 당연한 일이었다. 그리고 상황이 어느 정도 정리된 후 찾아온 것은 분노와 억울함, 그리고 허탈이었다. 하지만 아무 생각 없이 시키는 대로 할 수만은 없었다. 너무도 위험한 일이었기 때문이고, 어떻게든 이 위기를 모면할 수 있는 방도를 찾기 위해 머리를 맞대고 숙의했다.

그러나,

아무리 머리를 맞대도 답이 나오지 않았다. 그것이 아침까지 이어졌고, 지금은 모두의 입에서 한숨만 나오는 상황이 되었다.

"도대체… 왜 아무 말이 없어? 우리 머리가 이 정도로 나빴냐? 제대로 된 해결책 좀 내놔봐."

"이게 머리가 나빠서 그러냐? 왜 보위대가 그 말 같지도 않은 일을 해야 하냐고. 왜?"

"흠! 보위대가 아니라 우리네."

"하지만 알아서 열 명을 데려가라고 했잖아."

"그래서? 그게 중요해? 열 명이든 백 명이든 중요한 게 아니잖아. 안 그래?"

"젠장! 그러니까 내가 더 열 받는 거라고. 네 말대로 몇 명을 데려가든 중요한 게 아니다. 문제는 우리가 가야만 한다는 거지. 이건 우리에게 포탄을 줄 테니까 알아서 자폭하라는 말이잖아. 안 그래요, 퀘 아저씨?"

"흠! 그렇기는 하다만……."

"아무리 생각해도 이번엔 우 대인이 무리한 작전을 세운 것 같구나. 아니면 너희들과 병사들의 희생을 감수하더라도 성공해야만 하는 이유가 있던가."

"나도 송 형의 말에 공감하네. 하지만 병사들의 목숨이 아무리 하찮다고 해도 우 대인은 군부를 책임지고 있는 병부상서네. 그런데 병부상서가 이런 작전을 세웠다니, 도저히 내 상식으로는 이해가 되지 않네."

"병 형, 전쟁터에선 상식이 통용되지 않는 곳이네. 하물며 우 대인은 일국의 병부상서네. 병사들이 다소 희생된다 해도 그것이 승리로 직결된다면 뛰어난 전략이라고 생각할 걸세."

"그럼 전 형은 저 녀석들이 죽어도 어쩔 수 없다는 것인가?"

"누가 그렇다고 했나? 난 그냥……."

"자자, 그만들 하게. 이미 아침이고, 더 이상 논의할 시간도 없네. 조금 있으면 전투가 벌어질 것인데, 우리가 아옹다옹해 봐야 뭐가 달라질 것인가."

"정말 미치겠네! 아저씨들, 정말로 우리가 살 수 있는 방법이 하나도 없습니까?"

"영인아, 우 대인이 너를 찾아와 그런 말을 했다면, 이미 황제도 허락한 것임을 알잖느냐."

"휴~ 지겹다, 지겨워! 도대체 내 인생은 왜 이렇게 편할 날이 없냐. 영단 몇 개 쥐어주더니 이젠 포탄을 쥐어주는 격이잖아."

"차라리 이대로 도주할까?"

"도주?"

"그래. 이젠 우리도 일류라고. 이 정도 실력이면 어디를 가든 먹고사는 것은 걱정하지 않아도 되잖아. 표국에 가면 아마 표두(鏢頭) 자리도 가능할걸? 아니면 상가의 호위무사가 되어도 괜찮잖아."

"참나, 너 정말 생각없이 산다."

영인은 명규의 말에 할 말이 없었다. 그리고 이번 일을 계기로 명규보다 자신의 머리가 더 똑똑하다는 것을 느낄 수 있었다.

"왜? 너 설마… 지금 있는 보위대 대주 자리가 아까워서 그러냐?"

"미친놈. 네 말대로 도주를 하면? 뭐, 먹고사는 건 걱정하지 않아도 되겠지. 그런데 잊은 건 없냐?"

"뭘 잊었다는 거냐?"

"야, 정신 똑바로 차리고 들어! 지금 이곳이 어디인 줄 알아? 전쟁터야, 전쟁터! 그리고 우리가 어디로 진군하고 있냐? 바로 북경이라고. 만약 폐하가 북경을 점령하고 천하의 주인이 된다고 생각해 봐. 뭐, 표국? 상가의 호위무사? 젠장! 그때가 되면 우리가 중원에서 살아갈 수 있을 것 같아? 한동안은 전국이 어수선하니까 신경 쓰지 않겠지. 그러나 그것이 언제까지 갈까? 아마도 전국에 우리 얼굴이 그려진 방이 덕지덕지 나붙을 거다. 평생 도망치면서 살고 싶냐? 난 그렇게는 못살아. 그렇게라도 살고 싶으면 너나 도망가!"

"그… 크흠……."

"흐음."

영인의 일갈에 명규는 할 말을 잃었다. 전혀 가능성이 없는 이야기가 아니었기 때문이다. 그런데 문제는, 명규처럼 옆에 앉아 있던 영도의 고개도 힘없이 숙여졌다는 것이다. 영도 역시 명규와 같은 생각을 하고 있었고, 도주만이 살길이라 판단한 상태였기 때문이다.

"휴~ 아무리 숙의해도 이 위기를 모면할 방법은 없는 것 같다. 내가 욕심이 컸다. 아니, 너무 기대하고 있었다."

"크흠!"

"하……!"

"이젠 어쩔 수 없어. 방법이 없다면 몸으로 때워야지. 죽지만 않으면 되니까 각자 알아서 살아남아. 우 대인 말대로 살아만 남는다면 확실하게 뒤를 밀어준다고 했으니까. 알았냐?"

"휴~ 알았다. 도주도 못하는 상황이라면 어쩔 수 없지."

"알았소. 우 대인이 그렇게 말했다면 보상은 확실할 것이오."

"나도 그건 알아. 그러니까 도주보다는 일을 해보려는 거지."

"헛흠! 영인아."

"왜요?"

"우리가 같이 가주랴?"

"그래, 병 형 말대로 우리가 옆에서 도와주면 너희들도……."

"노인네들이 이젠 노망이 들었나! 미쳤어요? 어딜 따라오겠다고 그래요! 죽을 자리 찾으러 다닐 거면 다른 곳을 알아봐요."

"이 녀석이! 우리가 도와준다고 할 때 고맙다고 하며 넙죽 받으면 어때서 그래?"

"뭘 도와줘요? 아저씨들이 따라오는 것 자체가 힘들게 하는 것임을 왜 몰라요? 그냥 여기 조용히 있으면서 무사히 돌아올 수 있도록 기원이나 해주는 것이 도와주는 겁니다."

"젠장할 녀석 같으니! 꼭 말을 해도 저따위로 하니까 정이 뚝 떨어지지. 에잉!"

"흣, 저게 다 우리 영향 아닌가."

"허허."

"자자! 저 노인네들은 신경 쓰지 말고, 우린 살아남는 것만 생각해라."

"그래, 살아남는 것만 생각하자."

"살아남으면 크든 작든 보상이 있을 거다. 그리고 지금은 우 대인의 말을 믿어보는 수밖에 없으니 어떻게든 살아남아 그 보상이라는 것이 어떤 것인지 받아보자. 그리고 웬만한 화살은 방패병들이 막아준다고 했으니까 각자 포탄과 양옆에 세울 대원들을 골라라."

"음… 그럼 다섯 명 정도는 있어야 되겠는데? 하지만 우리가 세 명이니까 열다섯 명은 있어야 한다는 말인데?"

"그렇겠군. 우 대인이 열 명만 뽑으라고 했는데……."

"젠장! 우 대인이 열 명 뽑으라고 했다고 꼭 그렇게 해야 돼? 필요하면 더 뽑아도 되니까 각자 다섯 명이 됐든 열 명이 됐든 화살만 제대로 막아줄 녀석들로 뽑아. 그래야 살아날 수 있는 여지가 더 높을 테니까. 알았어?"

"정말 그래도 돼?"

"그래, 대주가 하라고 했는데 누가 뭐라고 그래? 안 그래? 그리고 걸 부대주도 내 말 명심하고, 알아서 뽑도록 해."

"그, 그래도… 알았소. 그렇게 하겠소."

영도는 아무래도 우 대인의 말에 따르는 것이 좋지 않은가 하는 마음이 컸지만, 쌍심지를 켜고 자신을 바라보는 영인의 눈빛에 그만 고개를 끄덕일 수밖에 없었다.

"그럼 저녁때 살아서 보자. 위험하고 무모한 계획이지만, 보상이 있다고 하니 해볼 만하잖아?"

'이렇게 되면 대원들 중 어떤 녀석들을 뽑아야 하나? 가자고 해도 흔쾌히 함께할 녀석들이 있으려나? 이거… 문제네.'

영인의 마지막 말은 다른 사람이 아닌 스스로에게 하는 것이었다. 이렇게라도 해야 자신의 결정에 대한 후회가 없을 것 같았기 때문이다. 그러면서도 자신이 함께 가자고 하면 따라올 대원이 있을까 하는 생각에 고민이 되었다. 말이 함께하자는 것이지, 함께 죽으러 가자는 말과 다름없었기 때문이다.

둥, 둥, 두우웅~!

"와아~!"

"전열을 정비하라! 모든 장수들은 각자 진영을 정비하라~!"

척, 척, 척~!

일선의 천인대장들이 이리저리 말을 달리며 병사들을 독려했고, 그에 맞추어 백인대장들과 십인대장들이 일사불란하게 휘하의 병사들을 정리했다. 그러자 금방 넓게 자리한 구릉 지대가 병장기를 높이 치켜든 병사들로 꽉 찼으며, 바늘 하나 들어가지 못할 정도로 정비되었다.

"준비는 되었나, 우 상서?"

"예, 폐하. 보위대 태 대주와 부대주들이 마차를 몰 것이며, 방패병들이 각각 백 명씩 함께할 것입니다."

"보위대? 흐음, 일전에 승상과 우 상서의 주청으로 영단을 보냈던 것으로 아는데, 이번 일에 동원하기엔 아깝지 않을까?"

"그만큼 폐하께 충성을 아끼지 않는 인물입니다."

"그런가? 하긴, 동창을 상대하겠다고 할 정도의 인물이니……."

"만약 이번의 일을 성공시킬 경우 폐하께서 더욱 아껴주신다면 크게 감읍할 것입니다."

"하하! 성공만 한다면 충분한 보상이 있을 것이다. 태 대주뿐만 아니라, 이번 작전에 참가한 모든 병사에게도 상금을 하사하겠다. 그러니 우 상서는 짐의 뜻을 전하도록 하라."

"황공하옵니다, 폐하."

이자성의 호쾌한 웃음에 우금성의 입가에 엷은 미소가 걸리며 깊이 허리를 숙였다. 이로써 이번 작전이 성공한다면 조정에서 자신의 발언이 더욱 힘을 얻을 수 있는 발판이 마련될 것이라 판단되었기 때문이다.

그동안 알게 모르게 이암과 잦은 충돌을 벌여왔다. 만약 승상인 송헌책이 자신의 뒤를 받쳐 주지 않았다면 벌써 밀리고도 남았을 정도로 치열한 상태였다. 더욱이 이번 계획을 내놓으면서도 충돌이 벌어졌는데, 예상했던 대로 이자성이 자신의 손을 잡아주었기에 강행할 수 있게 된 것이다. 만약 이자성이 최대한 빠르게 북경으로 가야 한다는 다급한 심정이 아니었다면 이토록 쉽게 결정을 내릴 수 없을 정도로 무리한 작전이었기 때문이다.

"그럼 저들만으로 전투를 벌이는 것인가?"

"아닙니다, 폐하. 이미 왕소우 장군과 고일공 장군이 적을 혼란시킬 준비를 하고 있으며, 여의치 않으면 이래형 장군의 별동대도 동원할 계획입니다."

"그래? 별동대까지 동원하겠다. 흐음."

"적들의 시선을 다른 곳으로 유도하기 위해선 어쩔 수 없습니다."

"그렇기도 하겠군. 그럼 이참에 화포를 사용하면 어떤가? 비록 육 문밖에 없지만 포탄은 충분하다고 했지 않은가?"

"실은 소신도 그 생각을 했사오나, 불행하게도 저희 군대엔 화포를 다뤄본 병사나 장수가 전무하옵니다. 만약 화포를 사용할 수 있었다면 오늘과 같은 작전은 필요하지 않았을 것입니다."

"흐음, 그렇겠군. 실로 안타까운 일이다. 이후 우 상서는 화포를 사용할 수 있는 방법을 강구해 보도록 하라. 아마 북경을 점령하려면 화포가 필요할 수도 있을 것이니. 알겠나?"

"예, 폐하. 명심하겠습니다."

우금성의 말대로 현재 화포는 있으나마나한 애물 덩어리에 불과했다. 이것은 모두 대순군의 주축이 농민들로 이뤄진 봉기군이었기 때문인데, 비록 봉기군 중 군부에 종사를 했던 병사가 있다고 해도 화포를 다뤄본 경험이 있을 수 없었다.

그만큼 화포는 일반 병사들이 취급할 수 없는 귀한 병기였고, 화포를 능숙하게 다루는 병사들은 나라에서 따로 관리를 했기 때문이다. 특히 화포병들은 대우도 좋았기에 일반 보병들과 명확히 구분되었다.

"언제 시작하는가?"

"조금 있으면 진시가 되옵니다. 주우길이 미리부터 농성을 할 준비를 하였으니 아마 화포도 있을 것입니다. 그에 고 장군과 왕 장군이 좌우에서 움직이며 적의 혼란을 유도하고, 더불어 화포의 사용을 종용한 다음에 본격적으로 작전을 시작할 생각입니다."

"좋군. 기대해 보겠다, 우 상서."

"실망시켜 드리지 않겠사옵니다, 폐하."

우금성은 이자성에게 깊이 예를 취한 후 천천히 군진이 한눈에 내려다보이는 곳으로 걸어가선 자세를 굳건히 했다. 이제 시작인 것이다. 뚫어야 하는 자와 막아야만 하는 자들의 전투가.

우금성과 주우길.

이자성의 북진을 앞에서 이끌게 된 우금성과, 소중한 이들과 출세의 끈을 놓지 않기 위해 저지해야만 하는 주우길의 처절한 싸움이 시작되는 전주곡이 매서운 겨울바람이 쓸고 지나가는 신강에 울렸다.

둥, 둥, 두웅~!

"고 장군과 왕 장군은 속히 작전을 시작하시오!"

"알겠습니다, 우 상서."

진시에 맞추어 진격할 시간을 알려주는 북이 울리자, 우금성은 미리 앞에서 대기하고 있던 고일공과 왕소우를 향해 진격 명령을 내렸다.

"황제 폐하의 명이 떨어졌소! 장군들은 전열을 맞추어 진격하기 바라오!"

"알겠습니다!"

히이잉~!

"폐하의 명이 떨어졌다! 장수들은 작전에 따라 적진을 향해 진격하라~!"

"진격하라~!"

척, 척, 처어억~!

둥, 둥, 두웅~!

"와아~!"

장수들의 명에 따라 병사들이 일정한 간격을 두며 목책을 향해 좌우로 진격하기 시작했다. 그렇다고 중앙 쪽이 텅 빈 것은 아니었다. 적을 교란시키기 위해 일정한 공간을 채워야 했기에 양쪽의 군진에서 날쌘 병사들이 말을 타고 이리저리 움직이며 적들의 시선을 유도했다. 또한 이따금씩 목책 근처까지 말을 몰고 가며 화살을 날렸는데, 이런 행동들로 인하여 관군들이 움직임을 예의 주시하도록 만들었다.

영인은 눈앞에서 벌어지는 상황을 바라보며, 자신이 어떤 경로를 통해 움직일 것인지 결론을 내렸다. 아무리 중앙 쪽으로 경로가 잡혔다지만, 무턱대고 직선 경로로 갈 수는 없었기 때문이다.

"흠, 이제 시작인가 보다. 정신 똑바로 차리고, 대원들이 포탄에 불을 붙이자마자 피해라. 알았냐?"

"당연한 말 하지 말고 너나 잘해라."

"대주, 어차피 목책까지 가는 것은 방패병들을 믿는 수밖에 없소. 괜히 화살 맞지 말고 가는 도중에라도 방패병들이 흐트러지지 않도록 해야 할 것이오."

"저 녀석들이 진영을 흩트려서 화살이 나한테 한 발이라도 날아오면 이번 작전에 살아나도 나한테 죽어. 이건 너희들도 마찬가지다. 내가 어떤 놈인지 알고 있지?"

"헛흠! 알겠습니다, 대주."

"최선을 다하겠습니다."

"그래, 반드시 최선을 다해라. 그리고 어떻게든 살아서 우 대인이 어떤 보상을 해주는지 꼭 받아봐라. 알았냐?"

"옛, 대주."

"명심하겠습니다."

"좋아. 명규, 영도, 내가 준 영단들 소화 다 시켰으면 준 것 아깝단 생각 들지 않도록 반드시 살아남아라. 죽을 놈한테 영단 줬다는 자괴감에 빠뜨리지 말고."

"빌어먹을 새끼! 말을 해도 꼭 정 떨어지게 저따위로 말을 하고 지랄이야."

"크흐흠."

"뭐, 좋다. 우리, 살아남아서 떵떵거리며 살아보자!"

"그래! 명규 네 말대로 떵떵거리며 살아보자. 아저씨들, 내가 어떻게 살아남는지 잘 봐둬요. 반드시 살아서 돌아올 테니 오늘 저녁 화끈하게 술이나 한잔합시다."

"에잉~ 죽지나 말아라, 이 녀석아. 그리고 성질난다고 껍죽거리지 말고."

"너희들은 대주를 확실하게 보호해야 한다. 알았냐?"

"옛, 알겠습니다."

영인과 함께 마차에 올라 있던 대원들이 악호의 말에 힘껏 고개를 끄덕여 보였다. 악호 등이 보위대에서 높은 직위에 있진 않지만, 대주나 부대주들과 스스럼없이 지내고 있기에 대원들 사이에서도 쉽게 대하지 못했다. 오히려 실세 중의 실세로 여겨질 정도로 위세가 당당했다.

둥, 둥~!

"마차를 진격시켜라! 방패병들은 마차와의 거리를 유지하며, 화살을 철저하게 막아라~!"

"훗, 가야겠소. 그럼 이따가 봅시다. 이리얏~!"

히이이잉~

덜컹! 드드드드!

따그닥따그닥~!

마차가 움직이기 시작했다. 영인의 표정은 살짝 굳어졌고, 고삐를 꽉 움켜쥐며 마음을 다잡았다.

'살아서 돌아온다. 이 정도는 아무것도 아니야. 전투를 한 두 번 치른 것도 아니고, 변태새끼한테 걸렸어도 살아남았잖아. 화살 정도로는 날 죽이지 못해!'

"이리얏! 가자~!"

덜커덩덜커덩!

방패병들의 엄중한 호위를 받으며 영인의 마차가 힘을 내기 시작했다. 천천히, 그러나 목표로 했던 곳으로.

第六章
너만 아프냐? 나도 아프다

두두두두~

"와~!"

휙, 휙, 휘이익~!

픽! 퍼벅~!

"컥!"

"끄아아~!"

"적들을 향해 쏴라! 목책을 넘게 해서는 아니 된다!"

쏴아아악~!

"크아아~!"

"방패를 들어라! 방패를 전면에 세우고 조금씩 전진하라~!"

척, 척, 처억~!

"흐음……."

목책 뒤.

망루에서 목책을 향해 조금씩 전진하는 적들을 바라보며, 주우길은 침음을 애써 참아냈다. 하지만 조금씩이라도 거리가 좁혀지고 있고, 목책에서 쏘는 화살 수도 줄어들고 있었다. 더불어 이따금씩 적들이 쏘는 화살에 병사들이 쓰러지고 있었기에, 자신이 결단을 내릴 수밖에 없음을 직감하였다.

"이 상태로는 적의 진격을 막을 수 없을 것 같다. 곽 부총병은 정천호들에게 화포를 준비하라 전하게."

"화포를 사용할 생각이십니까?"

"그렇네. 어차피 예봉을 꺾어놓지 않으면 저들의 공세는 쉽게 가라앉지 않을 것이네."

"알겠습니다. 하면 홍이포를 준비하면 되겠습니까?"

"그래야겠지. 천자철포는 사거리가 짧으니 사용할 수 없지 않은가."

"명에 따르겠습니다, 총병님."

주우길의 명을 받은 곽상경(郭祥鏡)이 빠르게 망루를 내려갔다. 이미 화포가 요소요소에 배치되어 있지만, 방포를 하기 위해서는 준비할 것이 있었기 때문이다.

주우길은 홍이포의 수량 부족에 아쉬움을 느꼈다. 아니, 화포보다는 사용할 포탄의 부족이 더욱 아쉬웠다.

홍이포의 유효 사거리는 약 팔백에서 천 보에 이른다. 하지만 이것은 화란인들에 의해 만들어진 홍이포나 가능한 거리였다.

비록 명나라에서도 화란인들의 기술을 전수받은 장인들이 홍이포를 만들고 있지만, 사거리에서 차이가 났다. 그러나 천자철포보다는 멀리 나갔기에, 불만스럽더라도 만들어지는 족족 황궁을 방어하는 수비군과 친위군에 배치되었다. 그러고도 남는 것이 있다면 오군도독부와 북방의 수비를 책임지고 있는 산해관의 중요성 때문에 요녕홍성에 배치가 이뤄진 것이다.

당연히 주우길이 가지고 있는 홍이포는 명나라의 장인들이 만든 홍이포였다. 그렇기에 유효 사거리가 육백 보 정도였고, 최대한 멀리 보낸다고 해도 칠백 보가 한계였다. 이렇기에 천자철포를 사용하고 싶은 마음이 굴뚝같아도, 목책 안에서 고군분투하는 병사들을 죽이지 않기 위해선 절대 피해야 했다.

"준비가 되었습니다, 총병님."

"그렇다면 무엇을 기다리는가. 어서 방포를 명하게."

"옛, 알겠습니다. 모든 포병들은 방포를 시작하라~!"

"방포하라~!"

펑! 펑, 펑~! 퍼어엉~!

휘이이익~

쾅! 쾅! 콰아앙~!

"끄아악~!"

"내 다리! 내 다리~!"

히이잉~!

갑자기 날아온 포탄에 병사들과 기마병들이 피해를 입기 시작했다. 특히 밀집 대형으로 방패를 앞세우고 전진하던 병사들의 피해가 극심했다.

"뭐, 뭐야? 이봐, 뭐가 터진 거야?"

영인은 갑자기 들려온 폭음 소리에 깜짝 놀라 옆의 병사들에게 소리를 질렀다. 혹시라도 명규나 영도가 몰던 마차가 폭발한 것이 아닌가 하는 생각에서였다. 그러나 병사들도 모르겠다는 듯 오히려 영인을 향해 시선을 주고 있었다.

병사들은 전방의 상황을 주시하고 있었던 것이 아니라, 방패에 몸을 완전히 가리고 전진하고 있었기에 상황 파악을 할 수 없었던 것이다.

"젠장! 비켜봐!"

"아, 안 됩니다! 아직 화살이 날아오고 있습니다!"

"나도 알아! 하지만 뭐가 어떻게 돌아가고 있는지 알아야 할 것 아냐! 어서 방패를 치워봐!"

"끄응, 알았습니다. 그러나 위험한 행동은 자제해 주십시오, 대주님."

"알았다. 잠시만 살피면 되니까 어서 치워."

영인은 자신을 만류하는 대원들을 제치고 마차에서 일어났다. 밖에서 보면 방패들 사이에 머리가 갑자기 튀어나온 꼴이었다.

영인은 재빨리 주변을 살폈다. 자신의 양옆으로 둥그렇게 방패들에 싸여 움직이는 마차가 보였다. 안심이었다. 다행히 마차가 폭발한 것은 아니었기 때문이다.

"뭐야? 마차가 아니었잖아? 그럼 뭐가 폭발한 거야?"

펑! 펑, 펑~! 퍼어엉~!

휘이이익~

"응? 무슨 소리……?"

쾅! 쾅! 콰아앙~!

"컥!"

"크아아~!"

"분산하라! 분산하라~!"

"적들이 화포를 쏜다! 어서 분산하라~!"

"병사들은 진영을 풀고 산개하라~!"

"제, 젠장! 화포였잖아!"

두 번째로 포격이 가해진 후에야 영인은 적들이 화포를 쏘고 있음을 알게 되었다. 등골에서 식은땀이 났다. 화살만 생각했지 포탄이 날아올 줄은 몰랐던 것이다.

그에 영인은 빠르게 방패 속으로 머리를 집어넣은 후 병사들을 향해 고함을 질렀다.

"야, 이 새끼들아! 포탄이 날아온다! 빨리 전진해! 빨리~!"

"포, 포탄이라고요?"

"그래! 살아나려면 빨리 목책까지 가야 한다! 너희들 방패로 화살은 막을 수 있어도 포탄은 못 막아! 빨리빨리 움직여! 빨리~!"

"아, 알겠습니다. 움직여라! 포탄이 날아온다!"

"속도를 높여라~!"

척척, 척척, 처어억~

덜컹덜컹~! 드드드드득~

"니미럴! 도대체 포탄이 얼마나 많기에 화포를 쏘고 지랄이야? 똥물에 튀겨 죽일 새끼! 내가 이번 전쟁에 살아남는다면 주우길인가 뭔가 하는 산서총병 놈의 모가지를 따고야 말겠다! 젠장할 놈!"

자신의 병사들이 선전하고 있는 모습을 흐뭇하게 바라보고 있던 이자성은 갑자기 들려온 폭음에 자리에서 벌떡 일어섰다. 원하던 대로 포탄을 가득 실은 마차도 차근차근 목책 근처로 향하고 있었고, 조금만 있으면 허물어진 목책을 향해 군사들을 진격시켜야겠다는 생각에 우 상서에게 뭐라고 명령을 내릴 참이었다. 그런데 난데없이 병사들 사이에서 폭발이 일고 비명 소리가 들렸고, 자신의 병사들은 놀란 개미처럼 사방으로 도망치기 시작한 것이다.

"이, 이게 어찌 된 일인가, 우 상서?!"

"주우길이 화포를 사용한 것 같습니다, 폐하."

"나도 화포라는 것은 알고 있다! 하지만 거리가 있는데, 어떻게 병사들 사이로 포탄이 날아와 터질 수 있다는 말인가!"

"천자철포라면 불가능하지만, 홍이포라면 가능합니다."

"홍이포? 그 서양의 화란인들이 만들었다는 화포를 말함인가?"

"그렇습니다, 폐하. 하지만 포탄이 날아온 거리를 보니 화란인들이 직접 만든 것은 아닌 것 같습니다. 아마 명나라 조정에서 모방하여 만든 것이 몇 문 있었던 것 같습니다."

"그런가? 아무리 그렇다고 하더라도 이대로 방관만 하고 있을 수는 없지 않겠는가?"

"지금으로서는 다른 방법이 없습니다, 폐하."

"하지만 이대로 있다간 더욱 피해가 클 것이 아닌가. 그런데도 방법이 없단 말인가?"

"폐하, 지금 작전을 취소할 수 없습니다. 아무런 소득도 없이 작전을 물린다면 지금까지 희생된 병사들이 많습니다."

"크흐흠."

"폐하, 태 대주를 믿어보십시오. 태 대주라면 폐하의 근심을 덜어줄 것입니다."

"우 상서, 태 대주가 무공을 익혔다고 해도 고수가 아님을 짐이 알고 있다. 그런데 태 대주만 믿고 있으라는 말인가?"

"동창과 겨루어보겠다고 대전에서 폐하께 주청을 드렸던 태 대주입니다. 폐하께서 하사하신 영단도 있으니, 어느 정도 무공이 늘었을 것입니다."

"커흠! 그것은 우 상서와 승상이 주청한 일이 아닌가. 더구나 전체적으로 병사들의 사기를 올릴 필요성이 있었고, 그 대안으로 보위대가 거론되었던 것으로 알고 있는데 그렇지 않은가?"

"그렇습니다만, 폐하의 은덕으로 영단을 복용한 태 대주 등의 성취가 큰 것으로 알고 있습니다. 비록 내공이 미천한 상태지만, 능히 일류고수들과 겨룰 정도는 될 것입니다."

"일류고수와 자웅을 겨룰 정도라고? 지금 그걸 짐에게 사실이라고 말하는 것인가? 짐이 비록 무림과 가깝지는 않지만, 그들의 실력을 모르는 것이 아니다. 그런데 어찌 그런 얼토당토 않은 말을 하는가?"

"폐하, 소신은 무공에 대한 지식이 전무합니다. 하지만 태 대주는 폐하께서 하사하신 영단을 세 개나 복용했고, 부대주들도 각각 한 개씩의 영단을 복용한 것으로 알고 있습니다. 하지만 일전에 유 장군에게 들었던 말이 있는데, 내공이 아무리 높다고 해도 실전에서 실력을 발휘하지 못하면 하등 쓸모없다고 했습니다. 더불어 무공에서 내공의 높낮이가 크게 작용하지만, 절정에 들기 전에는 승패를 끝까지 봐야만 알 수 있다고 했습니다."

"흐음."

"폐하, 소신이 무공에 대해 몰라 잘못된 사실을 말했을 수도 있을 것입니다. 하지만 태 대주 이하 보위대는 자숙하는 동안 많은 훈련을 했습니다. 충분히 폐하의 검으로서 맡은 바 소임을 다할 것입니다."

"그래도… 휴~ 알겠다. 우 상서의 말을 믿어보도록 하겠다."

이자성은 우금성의 말에도 불구하고 안심이 되지 않았다.

그러나 믿지 않을 수도 없었다. 그에 우금성의 간곡한 주청을 들어주고, 만약 성공하지 못하게 되면 우금성에게 약간의 질책과 함께 세상일이 좋은 머리로 계획을 세우고 우격다짐으로 밀어붙인다고 하여 해결되지 않는다는 것을 말해줄 생각이었다.

그러나 우금성 역시 이자성에게 간곡하게 말했지만, 영인이 과연 작전을 성공시킬 수 있을까 하는 불안감을 가지고 있었다. 만약 이자성의 우려대로 영인이 실패를 한다면…… 우금성은 더 이상 생각하고 싶지 않았다. 이암을 확실하게 견제하기 위해선 반드시 성공해야만 했기 때문이다.

'태 대주, 그대가 성공만 한다면 어떤 부탁이라도 들어주겠다. 그러니 나의 출세와 그대의 앞날을 위해서라도 반드시 성공하라. 그렇지 않으면… 살아온다고 해도 산목숨이 아닐 것이다.'

우금성은 천천히 전진하고 있는 마차의 뒷모습을 보며 자신도 모르게 주먹에 힘이 들어갔다.

조금만 더,

조금만 더 빨리 마차가 앞으로 나가기를 바라며…….

펑! 펑! 퍼어엉~!

휘이이익~

쾅! 쾅! 콰아앙~!

"크아아~!"

"컥!"

두두두두두!

"활을 쏴라! 마차가 목책에 거의 다다랐다!"

쏴아아아!

푹, 푸푹, 푸우욱~!

"컥~!"

"끄윽······!"

"조금만 더 빨리 움직여! 거의 다 왔다! 빨리빨리~!"

"알았습니다! 속도를 높여!"

척, 척, 처억~!

드드드득~1

"젠장! 이러다간 언제 포탄에 맞아 죽을지 모르겠다. 차라리 죽어라고 달려라! 방패만 확실하게 들고 달려~!"

"다, 달리라고요?"

"그래, 달려! 어차피 이판사판이다! 지금쯤 저들도 우리를 봤을 거란 말이다! 목책에 있는 놈들이 모두 머저리가 아닌 다음에야 방패로 둘러싸인 우리를 의심하지 않을 놈이 있겠냐? 그러니까 지금부터는 무조건 앞만 보고 달려!"

"하지만 그렇게 되면 화살을 피할 수가 없습니다."

"방패를 하늘로 들어 올리고 달리면 된다. 맨 앞에 있는 놈들은 전방을 향해 방패를 들고, 그다음 녀석들부터는 머리 위로 방패를 올려! 머리와 가슴에만 화살이 맞지 않으면 살 수 있다!"

"아, 알겠습니다! 달려라! 죽기 싫으면 달려라~!"

"와아~!"

"가자! 지금부터는 너도 달려라! 이리얏!"

찰싹~!

히이이이힝~

드드드드득!

"장군, 저곳을 보십시오. 뭔가 수상쩍습니다."

"뭐가 수상하단 말이냐?"

"저쪽, 그리고 저쪽에 방패로 싸여 있는 곳을 보십시오."

"어디? 그렇구나. 방패병들로 원진을 구성했구나. 그런데 뭐가 수상하단 말이냐?"

"소장은 조금 전부터 저들을 지켜보고 있었습니다. 처음엔 우리의 화살을 방어하기 위해 방패병들이 모여 만든 것으로 생각했는데, 화포 공격을 시작한 이후에도 원진을 풀지 않고 있어 이렇게 장군을 찾아온 것입니다. 저렇게 원진을 구축한 상태에서 화포 공격을 받는다면 심각한 타격을 받게 되지 않습니까?"

"그, 그렇구나. 아무리 무지한 장수라도 화포 공격을 받게 되면 산개하는 것이 정석이다. 그런데 저들은 그렇지 않고 있구나. 그렇다면……."

"어? 장군님, 저들이 빠르게 달려옵니다."

"응? 그렇구나. 저들이 왜……?"

"마, 마차입니다. 방패들 사이를 보십시오. 분명 마차가 있습니다."

"뭐라? 마차?"

"옛, 장군. 방패병들이 마차를 호위하며 달려오고 있습니다."

"어디……."

부하의 다급한 목소리에 장군은 자신이 살펴보았던 곳을 향해 시선을 집중시켰다. 그러자 정말 방패로 엄중하게 호위를 받으며 달려오고 있는 마차가 보였다. 다른 두 곳은 아직 별다른 움직임이 없는데, 중앙에 있던 것만이 목책을 향해 돌진하고 있었던 것이다.

이에 심상치 않은 분위기를 느낀 장군은 마차를 유심히 쳐다보았다. 방패로 시선이 차단당했지만, 병사들이 달려오는 통에 진영이 허물어지며 마차에 무엇이 실려 있는지 어렵지 않게 파악할 수 있었다.

"이, 이런! 포탄이다! 마차에 포탄이 실렸다!"

"옛? 포탄이라 하셨습니까?"

"그렇다. 지금 포탄을 실은 마차가 돌진하고 있단 말이다. 병사들은 모두 마차를 공격하라! 어서~!"

"마차를 공격하라! 공격하라~!"

"모든 병사는 집중적으로 마차를 공격하라~!"

"마차는 방패들로 싸여 있다! 어서 그쪽을 공격하라!"

"이런, 지금 중앙으로 달려오는 마차가 보이지 않느냐! 먼저 중앙에 있는 마차를 공격하란 말이다. 어서! 급하단 말이다!"

"알겠습니다, 장군. 모든 사수들은 돌진하고 있는 마차를 향해 화살을 쏴라! 중앙에 있는 마차다! 절대로 목책에 마차를 접근시켜서는 안 될 것이다~!"

쏴아아아아~

퍽, 퍼퍽! 퍼퍼퍼퍽~!

"젠장!"

"대주님, 우리를 향해 공격이 집중되고 있습니다."

"나도 알아, 새끼야! 그러니까 죽고 싶지 않으면 더 빨리 달려~!"

"아, 알겠습니다."

"저 새끼들은 도대체 화살을 얼마나 비축하고 있었던 거야? 우라지게도 퍼붓는구나. 하늘을 덮을 정도라니… 빌어먹을 새끼들!"

퍼퍽! 퍼퍼억!

"컥!"

"끄억, 끄으으……."

"젠장할 놈들! 그래, 쏴봐라! 마음대로 쏘란 말이다, 이 새끼들아! 네놈들이 이기나, 내가 이기나 해보자! 해보자고~!"

목책에 접근할수록 화살을 맞고 쓰러지는 병사들이 많아졌다. 그러나 멈출 수가 없었다. 지금 멈춘다면 모두 죽은 목숨이기 때문이다.

병사들도 알고 있었다. 화살을 멈추게 하기 위해선 있는 힘껏 방패를 들고 달리는 수밖에 없었다. 자신들이 왜 이런 시련을 받는지 하늘이 원망스러웠다. 하지만 숨이 턱밑까지 차면서 왜 포탄이 실린 마차 옆에서 달려야 하는지는 중요하지 않게 되었다. 오직 중요한 것은 지금 달리지 않으면 내일의 태양은 더 이상 볼 수 없게 된다는 것이다.

쏴아아아아~!

퍽, 퍼퍽, 퍼어억~!

"끄억~"

"컥!"

"조금만 힘내라! 조금만 더 가면 된단 말이다~!"

펑! 펑펑! 퍼어엉~!

휘이이이잉~

쾅! 콰앙! 콰아아앙~!

"지랄 같은 놈들! 화살도 모자라 이젠 화포까지 쏘고 지랄이네.

쏴아아아아~

퍽, 퍼퍽, 퍼어억~!

"끄억~"

퍽~!

"큭!"

"대, 대주!"

"젠장할! 똑바로 막지 못해!"

"죄, 죄송합니다."

영인의 시야만 간신히 확보한 상태로 대원들이 양옆에서 큰 방패를 들고서 막고 있었다. 하지만 장맛비처럼 쏟아지는 화살을 모두 막을 수 없었다. 어떻게 틈새로 파고들었는지, 어깨에 화살이 날아와 박힌 것이다.

영인은 신경질적으로 왼쪽 어깨에 박힌 화살대를 부러뜨린 후 말고삐를 힘껏 움켜잡았다.

휙, 휘이익~!

푹!

"크윽, 젠장할 새끼들아! 또 날아왔잖아! 똑바로 막아! 더 이상 날아오지 않도록 막으란 말이다~!"

"죄, 죄송합니다."

"용서하십시오, 대주님."

"용서고 나발이고 간에 똑바로 방패나 들어! 더 이상 화살이 나한테 날아온다면 오늘은 살았어도 내일은 네놈들 머리가 떨어지는 날이 될 것이다! 알았냐!"

"예, 알겠습니다."

쐐아아아아~

꽉, 파팍!

"컥!"

"끄어어……."

푹~!

히이이잉~

"제, 젠장!"

"우왁! 말이 맞았다! 피, 피해!"

"말이 돌진한다! 피해라~!"

히이이잉~

두두두두두!

덜컹덜컹!

드드드드드!

"젠장할 새끼들! 피하지 마라! 방패를 들어! 너희들이 피하면 모두 죽는다! 무조건 방패 들고 그냥 달려~!"

휙, 철썩~!

히이이잉~

영인의 이마에 깊은 주름이 잡혔다.

설상가상.

안 좋은 일은 엎친 데 겹친다고, 지금까지 잘 달리던 말의 다리에 화살이 날아와 박혔다. 사실 지금까지 말이 살아 있는 것만도 용하다 할 수 있었다. 하지만 영인에겐 말의 고통을 챙겨줄 만한 정신이 없었다. 자신 역시 어깨와 허벅지에 화살이 박혔기 때문이다.

어깨에 맞은 화살은 임시로 화살대를 부러뜨렸다지만, 허벅지에 박힌 화살은 아직 손도 못 댔다. 지금은 무조건 앞으로 달리는 것만이 살아남는 길이었기 때문이다.

"야, 이 멍청한 말 새끼야! 너만 아프냐? 나도 아프다! 나도 화살을 두 대나 맞았단 말이다! 그러니까 달려! 달리란 말이다~! 쓰러지든지 죽든지 목책 앞까지 가서 하란 말이다!"

휘이익~

철썩!

히이이잉~

영인은 고통에 못 이겨 이리저리 날뛰려는 말의 등에 힘껏 채찍을 가했다. 화살에 맞은 아픔보다 더 큰 아픔을 줌으로써 고통스럽더라도 앞으로 달리라는 영인의 의념이 강하게 담긴 채찍질이었다.

영인의 채찍을 맞은 말은 폭주하기 시작했다. 함께 달리던 병사들은 말의 폭주에 급히 옆으로 피할 수밖에 없었다. 다행히 영인과 포탄을 방어하기 위해 마차에 함께 타고 있던 병사들이 있었기에 마차를 향해 비처럼 날아오는 화살을 어느 정도 막아주었다.

퍽, 퍼펙, 퍼퍼퍽~!

"됐다! 조금만 더 달려! 조금만 더 힘내!"

드드드드득!

히이이이잉~

"그래, 조금만 더……."

영인의 바람이 하늘에 닿았을까?

여러 대의 화살을 맞은 말은 힘겨운 숨을 토해내며 목책을 향해 질주했다. 그에 영인은 말고삐를 힘껏 움켜잡으며 뒤를 향해 소리를 질렀다.

"됐다! 너희들은 어서 포탄에 불을 붙여라!"

"아, 알겠습니다."

탁! 탁! 타타탁!

"아직이냐? 뭐가 이렇게 느려?"

"마차가 흔들려서 불을 붙이기가 힘듭니다, 대주님."

"젠장! 그럼 지금 마차를 멈출까? 말도 안 되는 말 지껄이지 말고, 죽을힘을 다해 불을 붙여!"

"예, 예!"

"그리고 불이 붙거든 알아서 뛰어내려! 네놈들이 할 일은 포탄에 불을 붙이는 일이다. 알았냐?"

"알겠습니다, 대주님."

탁! 탁! 타타타탁!

화악.

치이이익~

"아……!"

"부, 붙었습니다. 불이 붙었습니다, 대주님!"

"잘했다. 그럼 어서 뛰어내려! 어서~!"

"옛, 그럼!"

휙, 휘이익!

털썩, 터얼써억!

"끄억!"

"크윽, 끄으윽……."

"컥! 젠장!"

영인의 명에 따라 불을 붙인 대원들이 사방으로 뛰어내렸다. 그러나 달리는 마차 위에서 뛰어내리는 것은 결코 쉬운 일이 아니었다. 무공이 일류의 경지에 접어든 고수가 아니라면 자칫 목숨이 위험할 수도 있는 행동이었지만, 대원들은 뒤도 돌아보지 않고 두려움없이 뛰어내렸다. 대원들에게 있어서 당장 마차에서 뛰어내리는 것보다 뛰어내리지 않으면 곧 터질 포탄 때문에 죽는다는 것이 더욱 두려웠던 것이다.

드드드드득~

"이 정도면 됐다! 너희들도 떨어져!"

퍽! 퍼억!

"큭!"

"헉!"

털퍼덕, 데구르르르.

목책이 눈앞까지 다가오자 영인은 자신의 양옆에서 방패를 들고 꿋꿋하게 함께하던 대원들의 가슴을 있는 힘껏 밀쳤다. 더 이상 마차를 모는 것은 불가능했기 때문이다. 그에 영인은 먼저 대원들을 밀친 후 자신의 앞에 고정되어 있던 방패를 들고는 마차에서 뛰어내렸다.

털썩!

데구르르르.

"크윽, 젠장!"

마차에서 뛰어내린 영인은 지면과 부딪치면서 찾아온 통증에 절로 욕이 튀어나왔다. 허벅지에 박혀 있던 화살대가 충격으로 부러지면서 참을 수 없을 정도로 고통이 느껴졌기 때문이다.

"빌어먹을! 정신없이 마차를 모느라 화살대를 잊고 있었네. 뼈가 상하지 않았으면 좋겠는데……."

영인은 화살 때문에 의복이 붉게 물들어가고 있는 곳을 신경질적으로 찢었다. 그런 후 굴비에게서 배웠던 방식대로 상처보다 윗부분을 꽉 조여 매었다.

"휴!"

어느 정도 응급조치한 영인은, 아직까지 목책을 향해 달려가고 있는 마차 뒤를 향해 시선을 고정시켰다. 이제 마차는 길 안내를 하던 마부 없이 말이 이끄는 대로 목책을 향해 돌진할 수밖에 없었다. 남은 거리는 고작 삼십 보도 안 되는 거리였지만, 마차에서 뛰어내린 후 마차를 향해 시선을 고정시키고 있던 영인에겐 엄청나게 먼 거리로 느껴졌다.

혹시라도 말이 움직일 수 없는 치명적인 부위에 화살이 맞게 되면 어떻게 할까?

목책에 도착하기 전에 포탄이 터진다면?

명규와 영도는 잘하고 있을까?

포탄이 터진다면 난 살아날 수 있을까?

촌각의 시간이지만 영인의 머릿속은 수많은 생각이 주마등처럼 지나갔다. 그리고…….

히이이잉~

콰당~!

"피, 피해라~!"

쾅! 쾅쾅! 콰아아아앙~!

말은 영인의 바람을 끝까지 이루어주었다. 말이 목책을 들이받은 후 쓰러지자, 마차가 달려오던 속도를 못 이기며 목책 바로 아래에 주저앉았다. 이러는 와중에도 포탄은 사방으로 흩어지면서도 터지지 않았다. 하지만 불씨가 남아 있던 포탄이 있었고, 그것이 터지면서 근처에 있던 포탄들이 함께 터지기 시작한 것이다.

"하하, 하하하하~!"

"와아~!"

"살았다! 살았다~!"

"적들이 도주한다! 목책이 뚫렸다~!"

"우리가 목책을 뚫었다!"

"와~! 만세~!"

포탄들이 터지고 단단하게 고정되어 있던 목책들이 무너지는 것을 바라보던 영인의 입에선 기쁨을 주체하지 못한 웃음이 터져 나왔다. 더불어 살아남은 대원들과 병사들의 함성도 들렸고, 얼마 지나지 않아 양옆에서 비슷한 폭음이 두 번 더 들려왔다. 작전은 대성공인 것이다.

'성공했다. 지겹게 쏟아지던 화살을 뚫고, 대지를 찢어발기는 포탄들의 공세도 날 어쩌지 못했다. 내가… 내가 살아남았단 말이다. 하늘아, 내가 살아남았단 말이다~!'

영인은 대지에 누우며 하늘을 바라보았다. 차가운 기운이 등을 통해 들어오는 것 같았지만, 방패가 이불 대신 몸을 덮어주고 있어 견딜 만했다.

멀리 대지를 두드리는 말발굽 소리가 들렸다. 병사들의 힘찬 함성 소리가 들렸다. 가장 먼저 이래형이 이끄는 별동대가 달려오고 있었고, 그 뒤를 이어 수많은 병사들이 따랐다.

'이젠 너희들이 알아서 해라. 이번 전쟁에서 난 할 만큼 했다. 더 이상은… 힘들어.'

영인의 두 눈이 서서히 감겼다. 어제 한숨도 못 잤다고 해도 언제 죽을지 모를 전쟁터에서 잠을 청한다는 것은 있을 수 없는 일임에도 불구하고 영인은 잠이 들었다. 단잠이었다.

"끄으으……."

"대주님, 대주님?"

"정신 차리십시오, 대주님."

"쿠울쿠울~"

"……?"

"드르렁, 쿠울~ 드르렁, 쿠울~ 드렁, 컥! 흐으음~"

"대, 대주님? 대주님?"

"이런……."

"세상에……!"

마차에서 뛰어내린 후 간신히 살아남았던 병사들이 어느새 영인의 곁으로 다가와 있었다. 그리고 영인이 쓰러져 있자 죽은 것이 아닌가 하여 걱정했지만, 막상 영인에게서 코 고는 소리가 들리자 어이가 없었다.

"허, 세상에 전쟁터에서 잠을 자다니……."

"화살을 두 대나 맞았는데……."

"상처를 보라고. 이미 피로 붉게 물들었네. 그런데⋯⋯."

"쩝, 우리 대주가 꼴통이라는 말은 들었지만, 오늘 보니 정말 할 말이 없게 만드는군."

"아까 우리들 보고 욕하는 거 못 들었어?"

"들었지. 달리 제광마라고 불리겠어? 그러니 저런 상처를 입고도 이런 난리 통에 잠을 잘 수 있겠지."

"도저히 정상적인 정신을 가진 사람이 아니야. 난 아직도 간담이 서늘해 죽겠구먼."

잠에 빠져 일어날 줄 모르는 영인을 보며 대원들은 각자 속에 담아두고 있던 말을 꺼내기에 바빴다. 하지만 모두 영인의 곁에서 떨어지려고 하지 않았다. 상처가 있든 없든, 대원들은 영인의 주변에 서서 방패를 치켜들었다. 그리고 얼마 지나지 않아서 살아남은 방패병들도 합류하여 둥그렇게 원진을 구성했다. 인간 같지도 않은 영인의 모습에 고개를 좌우로 흔들었지만, 현재 자신들이 할 수 있는 것이라고는 이따금씩 날아오는 화살을 막는 것뿐이었다. 상처는 의술을 익힌 의병들이 담당할 몫이기에.

그렇게⋯

영인은 잠이 들었지만 아직 적군의 공격이 끝난 것은 아니었다. 계속해서 화포를 쏘고 있었고, 포탄은 어김없이 수많은 주검을 만들고 있었다. 하지만 그것이 다였다. 목책은 이미 제구실을 잃었고, 조금 있으면 대순군에 의해 완벽하게 점령될 것이기 때문이다.

영인과 수많은 병사들의 희생으로 사시가 되지 않아 이자성은 목책을 완벽하게 점령할 수 있었다. 목책 안으로 병사들을 진입시키지는 못하지만, 주우길의 병사들도 신강성 밖으로 쉽게 나오지 못하게 만든 것이다.

그리고,

목책을 점령하고 군진을 갖추기 시작하자, 이자성과 우금성이 우려했던 화포 공격이 거짓말처럼 멈췄다. 정말 다행스러운 일이 아닐 수 없었다. 무엇 때문에 화포 공격이 멈추었는지 모르지만 대순군으로서는 환영할 만한 일이었다.

더불어 대순군이 비록 신강성을 함락시키진 못했지만, 성문을 막고 접근을 저지하고 있던 목책이 무너짐으로써 주우길은 앞으로 힘든 싸움을 치를 수밖에 없었다.

첫 전투에서 의외의 일격을 받은 주우길.

신강성을 비추는 태양은 조금씩 고도를 높이며 떠오르고 있었다.

第七章
좀 조용히 하고, 내 자랑 좀 들어주면 안 되냐?

탁, 타탁!

화르르르~

"끄으응."

몸을 덮고 있던 모포를 살짝 치운 후, 영인은 실눈을 뜨고 주변을 살폈다. 막사 안이었다. 시야가 밝지 않았지만, 화롯불 때문에 그런지 따뜻했다.

영인은 자신이 막사 안에 있다는 것을 알고 난 후, 주변에 들리지 않을 정도로 살짝 안도의 한숨을 쉬었다. 그러나 쓴웃음도 나왔다. 전쟁터에만 나서면 부상을 당하지 않은 적이 별로 없었고, 그때마다 온몸에 피 칠을 하고 돌아왔으니 한심스러웠던 것이다.

그에 막 일어서려 했는데, 통증이 느껴져서 일어서려던 것을 그만두고 다시 누웠다. 그러면서 자신의 몸에 이상이 없는지 점검했는데, 화살이 박혔던 어깨와 허벅지가 천으로 감싸져 있었다. 한눈에 봐도 굴비의 솜씨라는 것을 알아볼 수 있었다.

'굴비 형이 또 뭐라고 했겠군.'

"이제 일어났냐?"

"응? 아~ 송 아저씨."

"그래, 나다."

"살아서 만났네요."

"그렇구나. 살아 돌아와서 고맙다."

"훗, 겨우 그 정도로 죽으면 안 되지요. 제가 누굽니까? 저, 영인입니다. 보위대 대주 태영인이라고요."

"그래, 이 녀석아. 그래도 네가 보위대 대주라는 것을 알긴 아는구나."

"당연하지요. 대주를 아무나 합니까. 그런데 여긴… 윽! 젠장, 몸이……."

"그냥 누워 있어라. 상처가 심하진 않지만, 그렇다고 해도 쉽게 움직일 정도는 아니라고 하더라."

"그렇습니까? 겨우 화살 두 대 맞은 것뿐인데……."

"이 녀석아! 그러게 화살을 맞은 놈이 차가운 땅에는 왜 드러누워? 그리고 자면 어떻게 하냐? 굴비가 아주 성이란 성은 다 내면서 갔다."

"아~"

'그렇지. 내가 잠이 들었었지.'

악호의 말에 영인은 자신이 전쟁터에서 잠이 들었었다는 것을 떠올릴 수 있었다. 그때는 몸을 일으킬 수 없을 정도였기에 나중에 대원들이나 병사들이 알아서 챙겨주겠거니 하며 누웠던 것이 잠으로 연결된 것이다. 하지만 영인의 바람은 빨리 이루어지지 않았고, 전장이 다 정리되어서야 병사들에 의해 의무대로 옮겨졌던 것이다.

'젠장, 시간이 꽤 걸렸었나 보군. 이 새끼들! 상관이 부상을 당해 쓰러져 있으면 알아서 챙겨야지. 내가 움직일 수 있게 되면 모두 죽음이다.'

영인은 있는 대로 인상을 썼다. 분명 그때 근처에서 수군거리는 대원들의 목소리를 들었던 기억이 떠올랐기 때문이다.

"끄으응~"

"왜 그러냐? 어디 아프냐?"

"아니오. 그냥 생각 좀 하느라고요."

"생각? 네가 생각을 한다고? 허, 혹시 어떤 놈 잡으려고 하는 거라면 그만둬라."

"잡긴 누가 잡는다고 그래요?"

"네가 생각할 것이 있다면 뻔하지. 혹여 네가 잠자는 동안 근처에 있던 대원들과 병사들이라면 오히려 고맙다고 해야 할 거다."

"니미! 고맙긴 뭐가 고마워요? 그 녀석들이 빨리 옮겼으면 이렇게 누워 있지 않아도 됐을 겁니다."

"이 녀석아, 네가 살아 있는 것이 다 그 녀석들 때문이다. 네가 태평스럽게 잠자는 동안 그들이 네게 날아오는 화살들을 모두 막아줬단 말이다. 알았냐?"

"화살이요?"

"그래. 이제 알았으면 나중에라도 고맙다고 해라. 아무리 네가 상관이라고 해도 대원들과 병사들의 도움을 받았으면 고개를 숙일 줄 알아야 한다. 그게 사내대장부가 지녀야 하는 마음이고, 장수로서의 자세다."

"흐으음."

악호의 설명에 영인은 자신이 운 좋게 살아난 것이 아님을 깨달았다. 주변에 몇 명이 있었는지 모르지만, 화살을 막아주려면 꽤 힘들었을지 모른다는 생각이 들었던 것이다.

'쩝, 아저씨 말대로라면 고맙다고 술이나 한잔 사줘야겠네. 그나저나 몇 명이나 살아남았으려나?'

"흠! 그런데 지금 몇 시나 됐습니까? 막사 안이 어두운 것을 보니 해가 진 것 같은데……."

"축시다."

"축시요? 축시면 한참 잠잘 시간이잖아요?"

"그래, 네놈 때문에 잠도 못 자고 있다. 네놈은 늙은이들 고생시키는 데 도가 튼 놈이다. 명규 녀석은 욕먹는 데 도가 튼 놈이고."

"아, 맞다! 명규와 영도는 어떻게 됐습니까? 분명 폭발음이 두 번 더 있었던 것으로 기억하는데…….”

“그 녀석들? 네가 무리를 하는 바람에 그놈들은 사지 멀쩡하게 살아 있다. 너무 멀쩡해서 탈일 정도다.”

“그래요?”

“그래. 완전히 살판났지. 네놈은 허구한 날 다쳐서 오는데 그놈들은 번번이 멀쩡하게 돌아오니…….”

“훗, 그렇기는 하네요.”

“그리고 명규 얘기라면 더 이상 묻지 마라. 아주 눈꼴이 시릴 정도라 말도 꺼내기 싫다. 에이, 개차반 같은 놈.”

“개차반이라……. 훗, 알 만합니다.”

영인은 악호의 입에서 험한 말이 튀어나오자 웃음이 나왔다. 평소 근엄하던 악호였기에, 오히려 명규가 어떻게 행동했으면 저런 말을 할까 하는 의구심이 들 정도였다.

“근묵자흑(近墨者黑)이라고 했다. 그 녀석하고는 오래 붙어다니지 마라. 네 인생에 하등 도움이 안 되는 녀석이다. 인간이란 모름지기 쓸모가 있어야 인간 대접을 받을 수 있다. 그런데 명규는 하등 쓸모없는 녀석이다.”

뭐가 그리 불만인지 악호는 명규에 대해 혹평을 쏟아냈다. 하지만 조용히 듣고 있는 영인의 입가엔 미소가 걸렸고, 점점 더 짙어지더니 재미있어 죽겠다는 표정을 짓고 있었다. 기고만장하는 명규의 행동이 눈에 선했기 때문이다.

“그런데 근묵자흑이 뭡니까? 어렵게 문자 쓰지 말라고 했잖아요.”

"모르면 좀 배워라, 이 녀석아. 무식한 것이 자랑이냐?"

"배울 시간이 있어야 배우지요."

"시간이 왜 없어? 마음만 있으면 충분히 시간을 만들 수 있는 것이 네놈 아니었냐? 네가 하는 일이 뭐가 있냐? 명규하고 영도가 보위대 일은 다 하는데. 그리고 그동안 굴비한테 많이 배웠잖아?"

"쩝, 배웠지만 그런 어려운 말들은 가르쳐 주지 않았다고요. 내가 언제 사서삼경이니 뭐니 하는 것들을 배웠습니까? 의학서를 가지고 배웠지."

"하긴, 그렇구나. 흠! 근묵자흑이란 한마디로, 먹을 가까이하면 검어진다는 뜻이다. 다시 말해, 명규같이 노인 공경하지 못하고 위아래 없이 기고만장하며 제 놈 잘난 맛에 살면서 주변에 피해만 입히는 막돼먹은 녀석과 붙어 지내면 언젠가 너도 그놈처럼 평생 욕이나 먹으면서 사는 인생 막장이 된다는 말이다."

"훗! 그런 뜻이었습니까? 그나저나 아저씨도 험한 말을 꽤 잘하시네요?"

"나도 인간이다, 이놈아."

"제가 볼 때 아저씨도 근묵자흑이란 말을 유념해야 할 것 같은데요?"

"웅? 갑자기 그건 무슨 말이냐?"

"아저씨 입에서 험한 말이 나오는 것이 모두 꿰 아저씨하고 함께하는 시간이 많아져서 그런 것 같아서요."

"그… 흠, 그럴 수도 있겠구나."

"있겠구나가 아니라 확실히 그럴 겁니다."

"그래… 여하튼, 내가 험한 풍파를 겪고 이렇게 나이를 먹다 보니 나름대로 사람을 볼 줄 알겠더구나. 그런데 명규를 보고 있자니 악의적으로 하는 말은 아니지만 싹수가 노랗다. 네가 그놈하고 같이 다니다간 언젠가는 피해를 볼 수도 있어. 그러니까 되도록 옆에 붙지 않도록 하거라."

"…한번 생각해 볼게요."

"건성건성 생각하지 말고 심사숙고해 봐라. 뭐, 내가 이러쿵저러쿵하며 뭐라고 하긴 그렇구나. 잘됐든 못 됐든 모두 네 복인 것을."

"말씀만으로도 감사하고 있습니다."

악호의 말대로 모든 것은 영인이 결정하는 일이었다. 그리고 이젠 자신이 결정한 일에 대하여 충분히 책임질 수 있을 정도로 성장하기도 했다. 예전 철부지 어린아이가 아닌 것이다.

"알았다. 더 이상 그 얘기는 하지 않으마. 그리고 그냥 누워 있어라. 조금 있으면 굴비가 올 거다."

"굴비 형이요? 축시라면서요?"

"그래. 하지만 네 상태가 어떤지 보러 온다고 했으니까 인시가 되기 전에 오겠지."

"그럼 이대로 누워 있는 것이 좋겠네요. 괜히 움직였다가 잔소리 듣고 싶지 않거든요."

"그렇게 해라. 굴비도 되도록 움직이지 못하게 하라고 했으니까, 누워 있는 김에 모포나 덮고 좀 더 자거라. 아직 겨울인지 밖의 날씨가 차다."

"예, 알았습니다."

악호의 따뜻한 말에 영인은 흐뭇한 미소를 지으며 두 눈을 감았다. 모포가 따뜻하게 느껴졌다. 가까이 화롯불이 있어서 그럴 수도 있겠지만, 악호의 미소를 보고 있자니 마음이 편안하고 포근하여 기분이 좋았다.

전장에서 서로 피를 튀기며 직접적으로 격전을 치르진 않았지만, 나름 험한 분위기에서 전초전을 치른 다음날.

대순군에게 어이없게 목책을 내준 주우길은 신강성의 문을 꼭 틀어막고 있었다. 갑자기 당한 일격이라 그 충격이 컸기 때문이다. 목책을 만들기 위해 거의 한 달을 고생했는데, 허무할 정도로 빼앗겼으니 할 말이 없을 정도였다.

하지만 방어를 하지 않을 수 없었다. 공격을 할 수 없으니 방어라도 철저히 하여 다시는 어이없는 실책을 저지르지 않기 위해 최선을 다해야만 했기 때문이다. 따라서 화포를 항시 대기시켜 명만 떨어지면 즉시 방포할 수 있도록 했으며, 주우길 이하 장수들은 망루에 올라 대순군이 어떤 움직임을 보이는지 예의 주시했다.

화포를 몇 발 쏜 것 같지도 않은데, 겨우 한 시진 만에 삼백 발의 포탄이 사용되었다. 이제 남은 포탄은 고작 칠백 발에 불과했던 것이다. 하지만 이보다 더 큰 문제가 있었다. 더 이상 홍이포를 사용하고 싶어도 그럴 수가 없다는 것이다. 홍이포에 사용되는 포탄을 이번에 모두 소모했기 때문이다.

천자철포로는 목책 뒤에 진영을 구축한 대순군을 향해서 포격을 가할 수 없었다. 최대한 각도를 조정한다면 어느 정도 가능하겠지만, 괜히 아까운 포탄만 허비할 수도 있었기 때문이다.

이에 주우길은 쓰린 속을 애써 달래며 망루 위에서 이자성이 공격할 때를 기다렸다. 대순군이 목책을 넘어서면 그때가 바로 모든 총력을 기울일 순간이었기에.

"하하하! 우 상서, 이번에 큰일을 해냈다."

"황공하옵니다, 폐하. 소신은 폐하의 뜻에 따라 행한 것밖에 없사옵니다."

"아니다. 천 명도 안 되는 병력 손실로 이 정도 성과를 거뒀다면 모두 우 상서의 작전이 뛰어났기 때문이다. 대신들은 어떻게 생각하는가?"

"폐하의 말씀이 지당하십니다. 실로 뛰어난 전략이었습니다."

"우 상서의 전략이 큰 힘을 발휘하였습니다. 감축 드립니다, 폐하."

"우 상서, 큰일을 해냈네."

"아닙니다, 승상. 당연히 병부의 수장으로서 해야 할 일이었습니다."

"하하하, 보기 좋도다. 이렇게 대신들이 서로를 격려한다면 무엇이 두렵겠는가. 그렇지 않은가?"

"그렇사옵니다, 폐하. 모두 대신들을 아우르는 폐하의 성심이 대해와 같이 크고도 넓기에 가능한 일이 아니겠습니까?"

"그런가? 하하하! 좋구… 응? 도어사, 도어사는 왜 아까부터 아무런 말도 하지 않는가? 몸이 불편한 곳이라도 있는가?"

이자성은 대신들과 장군들이 자신을 이구동성으로 칭송하자 세상을 다 얻은 것처럼 기분이 좋았다. 그에 막사가 떠나갈 듯 호쾌하게 웃고 있는데, 지금까지 아무 말도 하지 않고 있는 이암의 얼굴이 시선에 들어왔다. 다소 굳은 듯한 표정이 그리 좋아 보이지 않았다.

"아닙니다. 그저 소신이 불민하여 고뿔이 든 것 같습니다. 신경 쓰지 마십시오, 폐하."

"이런, 그러게 평소 조심하라 일렀거늘. 회의가 끝난 후 당장 의원들에게 탕약을 달이라 이를 테니 도어사는 몸조리에 신경 쓰도록 하라. 아니지. 일전에 무림세가에서 받은 영단이 있으니 이참에 도어사도 하나 복용하는 것이 좋겠군."

"아닙니다, 폐하. 그 귀한 영단을 어찌 소신이 받겠습니까. 의원들이 지어준 탕약만으로도 족합니다."

"허허, 이런 사람 하고는. 그럼 도어사의 말대로 할 테니 일전에 일러준 대로 너무 책만 파지 말도록 하라."

"알겠사옵니다, 폐하."

"흐으음."

"……"

'이 정도로는 폐하의 관심으로부터 도어사를 떼어낼 수 없는가? 승상과 내가 주도권을 쥐려면 아직 멀었구나. 흐으음.'

우금성은 이자성과 이암의 대화를 들으며 아직 자신이 넘어야 할 산이 많이 남았다는 것을 깨달았다. 하지만 시간이 다소 걸릴 뿐, 그리 어렵지 않게 느껴졌다. 이암이 뛰어나긴 하나, 권모술수에 능한 인물은 아니었기 때문이다.

"자자, 얘기가 다른 곳으로 샜군. 우 상서, 앞으로 우 상서는 충심을 다해 짐을 보필하도록 하라. 짐이 북경에 들어서 숭정제의 무릎을 꿇린다면 우 상서의 노고를 크게 치하할 것이다."

"성은이 망극하옵니다, 폐하. 최선을 다해 폐하의 기대에 부응하겠습니다."

"좋다, 우 상서의 진심을 믿겠다. 그리고… 이번 작전에 공을 세운 태 대주 등에게도 치하를 할 것이니 우 상서는 태 대주를 찾아가 짐의 뜻을 전하도록 하라. 어제의 공도 있지만, 앞으로도 짐의 기대에 부응한다면 섭섭하지 않은 상을 내릴 것이다."

"알겠사옵니다, 폐하. 태 대주도 폐하의 성심에 크게 감복할 것입니다."

"하하! 그래야지. 아암!"

우금성이 영인을 대신하여 깊숙이 허리를 숙이자, 이를 바라보고 있던 이자성은 크게 고개를 끄덕였다. 더불어 영인을 처음 대면했던 날과, 위기에서 벗어난 후 즉흥적으로 보위대를 창설했던 일들이 떠올랐다.

겨우 삼류 낭인들로 이루어진 보위대였다. 말이 호위대였지, 크게 믿음이 가지 않았었다. 더욱이 대주가 무리 중 가장 나이가 어린 영인이었다. 그저 자신의 생명을 구한 무리 중 발언권이 커 보였기에 임명했던 것이다. 하지만 지금은 자신의 기분을 흡족하게 만들 정도로 성장했으니……

　"흠! 이번에 태 대주와 부대주들의 활약을 보며 짐은 보위대의 가치에 대하여 다시 한 번 생각하게 되었다. 그리고 승상과 우 상서가 왜 보잘것없어 보이는 태 대주에게 영단을 하사해야 한다고 주청했는지도 짐작할 수 있었다."

　"폐하."

　"영단이요?"

　"영단이란… 무슨 말씀이신지……"

　이자성의 갑작스러운 말에 대부분의 대신들과 장군들이 의문이 가득 담긴 시선을 주고받았다. 하지만 아무리 옆을 봐도 명확한 해답을 들을 수 없었다. 모든 해답은 이자성의 발언에 깜짝 놀란 표정을 짓고 있는 송헌책과 우금성이 가지고 있었기 때문이다.

　하지만 처음부터 끝까지 무표정으로 일관하고 있는 사람들이 있었는데, 바로 이암과 근위대의 대주 매화검 왕구와 대원들이었다. 이들은 이미 사전에 모든 전황을 알고 있었기 때문이다.

　"우 상서, 태 대주에게 폐하께서 영단을 하사하셨다는 것이 무슨 말이오?"

"언제 그런 일이 있었습니까?"

"어찌 그 귀한 것을 태 대주에게 준단 말입니까? 아무리 태 대주가 보위대 대주라지만 그 직위는……."

"그만! 대신들과 장군들은 그만하라. 그 일은 모두 승상과 우 상서가 짐을 위해 주청한 것이고, 짐이 흔쾌히 받아들인 것이다. 물론 짐이 대승으로 인한 들뜬 마음에 부주의로 비밀에 부쳐야 될 일을 거론하게 되었지만, 모든 것은 짐의 결정에 의한 것이니 더 이상 거론하지 말도록 하라. 알겠는가!"

"…알겠습니다, 폐하."

"명심하겠습니다, 폐하."

"흠! 여하튼, 짐은 보위대를 다시 생각하게 되었다."

"어찌 그런 생각을 하셨사옵니까?"

"승상, 이번 일을 계기로 승상과 우 상서가… 짐보다 인물을 알아보는 안목이 크다는 것은 알았다."

"폐, 폐하!"

"당치 않으십니다, 폐하. 어찌 소신들의 안목이 폐하를 따를 수가 있겠습니까. 소신들은 사람을 보지만 폐하께선 천하를 보시지 않습니까."

"사람과 천하라……. 하하, 승상의 언변이 참으로 좋도다."

"성은이 망극합니다, 폐하."

"그러고 보니 도어사가 승상과 우 상서를 짐에게 천거했던 때가 생각나는군. 그때 도어사가 뭐라고 했는지 아나? 짐은 도어사만 있으면 족하다고 했는데, 도어사는 천하를 얻으려면 승상을 얻어야 한다고 했다네. 지금 생각해 보니 참으로 옳은 말이 아닌가. 그렇지 않은가, 승상?"

"흐으음."

"……"

이자성의 말에 승상은 살짝 이마를 찡그렸고, 우금성은 고개를 숙이면서 이암의 얼굴을 쳐다보았다. 하지만 그뿐이었다.

"마찬가지로, 짐이 태 대주와 보위대를 거론한 것은… 앞으로 태 대주와 보위대를 인정하겠다는 말을 하기 위해서다. 태 대주는 능히 승상과 우 상서가 짐에게 언급할 만한 인물이었다. 잘만 키우면… 금의위와 함께 북경 공략의 가장 걸림돌인 동창을… 어쩌면 태 대주와 보위대가 상대할 수 있을지 모르겠다는 기대감을 짐이 가질 수 있도록 만들었다."

"폐하께서 그렇게까지 태 대주와 보위대를 높이 생각해 주실 줄은 몰랐습니다. 아마 이런 폐하의 성심을 알게 되면 목숨을 바쳐 충성을 다할 것입니다."

"그래야 할 것이다. 앞으로 짐은 보위대를 근위대와 같은 호위대 중 하나로 인식할 것이기 때문이다. 무슨 뜻인지 알겠는가, 승상?"

"흐음, 소신이 부족하여……"

"짐이 보위대를 생각하는 마음이 바뀌었으니, 대주 역시 위상이 달라져야 하지 않겠는가? 그래서 태 대주의 부상이 회복하면 이후 작전회의에 참석할 수 있도록 하겠다. 더불어 근위 대 대주와 같은 정삼품의 품계를 줄 것이며, 소림사에서 보내 준 소환단(小還丹) 두 개를 하사품으로 주겠다."

"소, 소환단……."

"정삼품……?"

"흐음."

마치 이때를 기다렸다는 듯이 숨 쉴 틈조차 없이 쏟아내는 이자성의 말에 묵묵히 듣고 있던 대신들과 장군들의 입이 함 지박만 하게 벌어졌다. 생각지도 못했던 파격적인 인사 조치 였고, 한 번 공을 세운 것으로는 너무나 과한 하사품이었기 때 문이다. 더욱이 이미 영단을 하사했는데, 또다시 영단을 하사 한다는 것은…….

하지만 대신들과 장군들이 어떤 생각을 하던지 상관하지 않 고 이자성의 말은 멈추지 않고 계속되었다. 막사 안이 자신의 말로 인해 후끈 달아오르든 말든 신경 쓰지 않았으며, 마치 작 심을 한 듯 생각해 두었던 것들을 토해내기에 바빴다.

"그리고 부대주들의 공 역시 크기에 이번에 정오품을 제수 함과 동시에 소환단을 각각 하나씩 하사할 것이다. 또한 이번 에 동원된 보위대 대원들과 병사들에겐 위로와 함께 공을 치 하하는 차원에서 은 두 냥씩 내리겠다. 그러니 승상과 우 상서, 그리고 여러 대신들과 장군들은 이런 짐의 마음을 헤아리기를 바란다. 특히 우 상서는 보위대가 성장할 수 있도록 신경 쓸 것이며, 앞으로 필요한 것이 있으면 적극적으로 챙겨주도록 하라."

"아······."

"크흠······."

"명심하겠습니다, 폐하."

"폐하의 명을 받아 보위대가 제대로 성장할 수 있도록 최선을 다하겠습니다."

'훗, 이로써 나도 무력을 갖게 되겠구나. 도어사에게 근위대가 있다면, 이제부턴 나에게 보위대가 있다. 보위대가 근위대를 상대할 수 있도록 최선을 다해 무력을 끌어올리겠다. 그래야 도어사를 견제하는 것이 아닌, 폐하의 곁에서 떨쳐 낼 수 있을 테니까.'

이자성의 예상치 못한 발언에 우금성의 표정은 활짝 피어났고, 이암의 얼굴은 굳을 대로 굳어졌다. 그러나 이자성은 이암의 표정 변화에 신경 쓰지 않았다. 그저 고뿔이 심하여 앉아 있을 수조차 없을 정도로 힘든 상태라서 그런가 하며 넘어간 것이다.

하지만 모두 우금성과 이암의 표정 변화를 신경 쓰지 않은 것은 아니었다. 우선 승상 송헌책이 알았고, 이암의 부인 홍낭자가 심상치 않은 변화를 온몸으로 느꼈다. 그리고 대신들과 장군들 중 시류 파악이 빠른 몇몇이 심상치 않은 눈빛을 발하며 상황을 파악하느라 분주하게 눈동자를 굴렸으며, 근위대 수장인 매화검 왕구가 우려가 가득 섞인 눈빛으로 이암을 쳐다보고 있었다.

일파만파.

이자성의 발언이 있은 이후 몇 시진이 지나지 않았는데도 보위대를 바라보는 병사들과 장수들의 눈에 부러움이 가득했다. 어떻게 전해졌는지 모르지만, 대순군의 진영에 소문이 파다하게 퍼진 것이다.

당연히 보위대 대원들의 어깨에 잔뜩 힘이 들어갔고, 병상에 누워 있는 영인에 대한 존경심이 쑥쑥 자라났다. 하지만 그 누구보다 기뻐한 사람들이 있었으니, 바로 명규와 영도였다.

"하하! 내가 정오품이다, 정오품이라고! 이게 얼마나 높은 품계인지 아냐?"

"시끄럽다."

"야, 뭐가 시끄러워. 잘 들어봐 봐. 정오품이면 군부에선 정천호에 해당하는 품계고, 동창에선 부영반인 첩형이란 말이야. 그리고 금의위에선 어떤지 알아? 금위도독(錦衣都督) 바로 아래인 진무사(鎭撫司)의 품계라고."

"난 정삼품이라며?"

"그, 그래. 그렇구나. 넌 정삼품이었지?"

"이젠 회의도 참여할 수 있다고 하더라. 폐하께서 주관하시는 그 회의 말이야."

"그래."

"소환단도 두 개나 준다고 하더라. 누구는 달랑 하나 준다고 하던데……."

소환단.

대환단(大還丹)보다는 못하지만, 그래도 소림사의 대표적인 영단이었다.

처음 굴비에게 소환단에 대한 것을 들으면서 옆에 있던 악호 등 노인 사인방에게 소림사에 대해 간략하게 설명을 들을 수 있었다. 특히 소림사의 속가제자였던 이구가 사방으로 침을 튀기며 설명을 했는데, 단편적인 것들이지만 무림의 지식이 얕았던 영인에겐 중요한 정보들이었다.

소림사.

1,150년 전, 북위(北魏) 태화(太和) 시대인 효문제(孝文帝)의 명에 의해 천축(天竺)에서 건너온 발타 선사(跋陀禪師)가 숭산(嵩山) 소실봉(少室峯)에 올라 소림사라는 불교 사원을 열었다. 그전에도 소림사란 이름의 절이 있었는지 모르겠지만, 이때부터 중원에 조금씩 알려지기 시작한 것이다.

그리고 삼십이 년이 지난 후, 남천축(南天竺)에서 달마 대사(達磨大師)가 와서 깨달음을 얻겠다고 면벽구년(面壁九年)을 하였다. 어떤 깨달음을 얻었는지 모르지만, 소림사에서 깨달았으니 돌려준다며 역근(易筋)과 세수(洗髓)를 전하면서, 달마 대사는 불교 선종(佛敎禪宗)의 초조(初祖)가 됨과 동시에 무림의 대종사가 되었다.

이때부터 무림에서 소림사의 위상이 높아지기 시작했고, 수많은 무림인들이 소림사의 무공을 배우고자 하였다. 물론 이전에도 무술을 펼치는 무림인들이 있었지만, 대부분 군부에

소속되거나 상가를 주축으로 움직이는 낭인들이 대부분이었다. 당연히 지금과 같이 일정한 형식을 갖추지 못했었기에, 화려한 형(形)을 선보이며 위력을 발휘하는 소림사의 무공에 흠뻑 취하기 시작했던 것이다.

더욱이 어떻게 연결이 되었는지 분명하지 않지만, 도교 사상이 주류였던 진시황 시대 이후 사라졌다고 전해지던 영단기법이 소림사에 흘러들어 간 것이다. 당연히 소림사에선 영단을 만들게 되었고, 이때부터 내공을 활용한 무공들이 무림에 등장하기 시작한 것이다. 이에 따라 지금까지 무공의 본산은 소림사란 말이 공공연해졌고, 무림의 태산북두란 명성이 이어져 내려온 것이다.

하지만 영인에게 있어서 더 이상의 설명은 무용지물이었다. 굴비와 이구 등이 침이 마르도록 설명했지만, 어느 순간부터 한 귀로 흘려듣기 시작했다. 아니, 다른 것들은 귀에 들어오지도 않았다.

현재 영인에게 있어서 중요한 것은 소림사나 무림의 역사가 아니었다. 이자성이 자신에게 소환단을 두 개나 하사한다는 것과, 그것들이 이미 복용한 다른 영단과 달리 몇 번을 복용해도 비슷한 효력을 준다는 것이었다. 더욱이 두 개를 한꺼번에 복용하고 심법을 수련한다면 거의 삼십 년가량의 공력 증진 효과를 볼 수 있다는 것만 귓속을 파고들 뿐이었다.

영인은 이런 사실들을 듣고는 상당히 기뻐했다. 부상의 고통도 잊고 침상에서 일어나 만세를 부르려고 할 정도로, 기뻐하다 못해 감격하여 이자성이 머물고 있는 곳을 향해 넙죽 엎드려 절이라도 할 수 있을 것 같았다. 그리고 앞으로도 이 정도의 보상을 받을 수 있다면, 몇 번이라도 목숨을 걸고 싸울 수 있다고 생각할 정도였다.

'하~ 삼십 년 내공. 왜 소림사가 무림의 태산북두로 불리는지 짐작하고도 남겠다. 이러니 모두 소림사, 소림사 하지.'

소림사 하면 우선 먼저 대환단이 떠오르는 것이 당연했지만, 소환단 역시 몇 개 없다고 할 정도로 귀한 영단이었다. 물론 소림사에서 만들고자 마음만 먹으면 충분히 만들 수 있겠지만, 일반인으로서는 도저히 생각하지 못하는 천문학적인 돈이 들어가기에 쉽지 않았다. 들어가는 약재가 귀하여 구하는 데 상당한 돈을 지불해야 했고, 돈이 있다고 해도 쉽게 구할 수 없는 약재들이 대부분이었기 때문이다. 더욱이 만드는 방법도 까다롭기 그지없어, 모든 약재가 구비된 이후에도 숙련된 연단사들이 십 년에 한 개나 두 개를 겨우 만들 수 있다는 말이 있을 정도였다.

당연히 대환단은 달마 대사(達磨大師)에 의해 소림사라는 이름이 명성이 무림에서 진동하기 시작한 이래로 다섯 개밖에 못 만들었고, 1,118년이라는 유구한 세월 동안 모진 풍파를 거치면서 지금은 고작 두 개밖에 남아 있지 않았다. 그리고 정확한지 불분명하지만, 소환단 역시 남아 있는 것이 스무 개도 안 된다는 소문이 무림에 떠돌고 있었다.

"젠장! 그래, 너 잘났다. 좀 조용히 하고 내 자랑 좀 들어주면 안 되냐? 꼭 이렇게 기분 나쁘게 속을 뒤집어놔야 좋겠냐고! 응?"

"당연하지. 대주인 내가 이렇게 부상을 당해 누워 있는데, 넌 멀쩡하게 돌아다니고 있잖아."

"빌어먹을! 그거야 네가 멍청하게 화살을 맞아서 그런 거잖아. 내가 화살을 맞으라고 했냐?"

"뭐야!"

"사실이잖아. 그리고 넌 정삼품이 된 것이 기쁘지도 않냐? 이제야 제대로 보위대 대주로서 대접받게 됐잖아. 흠! 그동안 장군들이 널 대주라고 불러줬지만, 어디 그것이 널 대주로서 인정해 준 거였냐?"

"흐으음."

명규의 거침없는 말에 막 화를 내려고 하다가, 자신이 처했던 상황을 되돌아보게 만드는 말이 이어지면서 영인은 침음을 흘렸다.

명규의 말대로 지금까지 단 한 번도 영인은 근위대와 함께 이자성의 호위를 책임지는 한 부대의 수장으로서 대우를 받지 못했다. 더욱이 직급도 천인대장에 불과하였기에 각 진영의 장군들과 쉽게 말도 섞지 못했던 것이 사실이다. 하지만 이젠 그 모든 것이 달라졌다. 오히려 장군들보다 높은 품계가 되었기 때문이다.

"뭐야? 왜 갑자기 꿀 먹은 벙어리처럼 가만히 있냐?"

"그냥… 네 말을 듣고 있으니까 갑자기 생각나는 것이 있어서……."

"그래? 여하튼, 기쁜 것을 밖으로 드러낸 것이 잘못이냐? 겨우 낭인에 불과했던 내가 이젠 고관대작이 되었으니 기쁠 수밖에 없잖아. 그런데 왜 아저씨들이 내 욕을 하는데?"

"훗, 그동안 아저씨들 속을 네가 다 뒤집어놨잖아. 아저씨들이 틈만 나면 찾아와서 욕하고 간다. 도대체 어떻게 했기에 송 아저씨까지 널 개차반이라고 욕을 하게 만들었냐?"

"송 아저씨까지? 설마……?"

"사실이다. 내가 왜 송 아저씨를 거론하면서까지 네게 거짓말을 하겠냐?"

"흐음… 송 아저씨한테까지 욕먹을 짓을 하진 않았는데……."

영인의 말에 명규는 어제 자신이 했던 행동들을 떠올려 보았다. 악호까지 영인에게 대놓고 험담을 했다면 무언가 자신이 큰 실수를 했다는 것이기 때문이다. 그에 곰곰이 생각해 보았다. 그러나 생각나지 않았다. 아니, 없었다. 작전을 성공시킨 후 대원들 앞에서 자신의 무용담을 세세하게 설명해 준 것, 그리고 저녁때 대원들과 함께 술을 마시며 관군들도 별거 아니라는 등 하면서 약간 허세를 부린 것이 생각나는 전부였기 때문이다. 아무리 생각해 보아도 자신이 딱히 악호에게 욕먹을 만한 짓을 하지 않았던 것이다.

"정말 생각나는 것이 없냐?"

"응, 아무리 생각해도 없는 것 같다."

"정말로?"

"그래, 정말이다. 아마도 송 아저씨가 그러는 것이, 궤 아저씨 때문인 것 같다."

"궤 아저씨? 그건 또 무슨 말이냐?"

"너도 궤 아저씨 성격 알잖냐. 더욱이 병 아저씨와 전 아저씨도 요즘 성격이 많이 변했다. 예전의 과묵한 노인네들이 아닌 말이다. 그 노인네들이 날 가지고 얼마나 시비를 거는지 아냐? 넌 아마 생각조차 못할 정도다. 이건 아예 사사건건 시비야. 내가 잘나가는 것이 그렇게도 배가 아픈가?"

"그래?"

"모두 너한테만 꼼짝 못하는 거다. 너한테 못하니까 그 화살이 나한테 온 거지. 그럼 이게 모두 네 탓인가? 휴~ 이해심 많은 내가 참아야지."

"후후~"

"하긴, 그럴 만도 하지. 큭큭."

"응? 그게 무슨 말이냐?"

"너도 한번 생각해 봐라. 그 노인네들이 나처럼 젊었을 때 이만한 명성을 얻었겠냐? 기껏 해봐야 표국에서 표사(鏢師)는커녕 보표(保票)나 했으면 다행이다. 더구나 날 처음 만났을 때를 생각해 봐라. 나이 먹은 것도 서럽지, 네가 귀한 영단도 줬지. 또 이번에는 벼락출세에 소환단까지 받게 됐잖냐. 아주 배가 아파 죽는다고 해도 이상하지 않지. 아암! 나 같았아도 그럴 테니까."

"흐음… 하긴, 네 말도 맞다. 그 양반들, 특히 궤 아저씨라면 충분히 그럴 만하지. 하지만 네 행동도 문제가 있었으니까 아저씨들이 그러겠지. 되도록 아저씨들과 충돌을 일으키지 마라. 지금의 우리가 있도록 만들어준 분들이다."

"쩝, 그 정도는 나도 알고 있다. 그래서 최대한 대우해 주고 있잖냐. 훈련도 알아서 열외를 시켜주지, 식사는 꼬박꼬박 챙겨주고 있잖아. 이 정도면 됐지."

"그래, 계속 그렇게 해라. 노인네들, 우리가 챙겨주지 않으면 누가 챙겨주겠냐."

"챙겨주는 것은 좋은데, 욕이나 안 했으면 좋겠다. 흠! 그나저나 굴비는 뭐라고 하냐? 언제쯤 움직일 수 있대?"

"움직이는 것은 이삼 일이면 될 것 같은데, 아마도 몸이 완전히 회복하려면 보름은 걸린다고 하더라."

"하긴, 화살은 두 대나 맞았으니……. 알았다. 보위대는 신경 쓰지 말고, 몸조리나 잘해라. 이젠 누가 뭐라고 해도 넌 폐하로부터 정삼품을 제수 받은 대장군이 되었다. 상서 밑의 시랑(侍郞)과 같은 품계라고. 이제부턴 네가 버팀목이 돼줘야 우리 보위대가 다른 대장군들의 군영과 어깨를 나란히 할 수 있다는 말이다. 알았냐?"

"그래, 알았다. 그러니까 내가 회복하는 동안 허튼짓하지 말고 대원들 관리나 잘해. 특히 훈련은 아무리 힘들다고 해도 빼놓지 말고."

"알고 있다. 그리고… 아저씨들은 이곳으로 보낼 테니까 말

동무나 하면서 있어라. 난 그럼 간다."

"뭐? 아저씨들을? 야! 야!"

있는 힘껏 불러보지만, 명규는 못 들은 척하며 막사를 나갔다. 그에 영인은 목청껏 명규를 향해 고함과 욕설을 퍼부었다. 하지만 들려오는 소리는 하나도 없었고, 막사 안은 적정만이 감돌았다.

'카악, 퉤! 빌어먹을 새끼! 망할 놈! 흐음… 쩝, 끝내 노인네들은 상대하기 싫다는 말이군. 그래, 감당이 안 되면 나한테 보내라. 대신! 몸이 회복된 후에 대원들의 훈련 상태가 좋지 않으면 그땐 가만두지 않겠다.'

*   *   *

호가호위(狐假虎威)라는 말이 있다. 한마디로 남의 권세를 빌어 위세를 부린다는 말이다. 하지만 이런 것들이 먹히는 인물이 있었으니, 바로 명규였다.

영인으로부터 전권을 넘겨받은 명규는 막사를 나오자마자 대원들을 집합시킨 후 앞으로 어떻게 행동해야 하는지에 대해서 장장 한 시진에 걸쳐 연설을 했다. 추운 날씨와 적을 눈앞에 두고 있는 긴박한 상황에도 불구하고, 거의 막바지에 다다랐을 때쯤엔 대원들의 반응이 뜨겁게 달아올라 있었다. 눈에 생기가 가득해졌고, 구부정하게 축 처져 있던 어깨가 펴지면서 당당함을 드러냈다.

처음엔 '저게 뭔 짓이야? 왜 이런 쓸데없는 잔소리를 들어야 하는데?' 하며 불만을 토하던 대원들이, 자신들도 명규의 명에 따라 움직이다 보면 언젠가는 공을 세워 출세할 수 있다는 기대감을 갖게 된 것이다.

하지만 명규의 연설은 기분 좋게 끝나지 않았다. 마무리를 못한 것이다. 몇 마디만 더 한 후 호쾌하게 웃으며 대원들을 해산시킬 생각이었는데, 갑자기 전 군영의 집합 명령이 떨어진 것이다.

'젠장, 조금만 더 하면 됐는데, 왜 하필 이 시간에 집합 명령이 떨어진 거야? 혹시 공격을 시작하려고 그러나?'

명규는 투덜거리면서도 명령을 받았기에 영도와 함께 대원들을 이끌고 군영에 합류했다. 이미 대부분의 병사들이 직속 상관의 명령에 따라 진영을 갖춘 상태였다.

몸이 살짝 굳어지고 등에서 식은땀이 날 정도로 긴장되었다. 아무리 백전노장이라고 해도 전투를 앞둔 상황에서 긴장하지 않는다는 것은 있을 수 없는 일이었다. 싸움이 아닌 전쟁이었기 때문이다. 자신의 실력이 아무리 출중해도 언제 어디서 화살이 날아와 몸을 뚫을지 모르고, 재수 없으면 무작정 휘두르는 아군의 병기에 죽을 수도 있었기 때문이다.

하지만 명규는 최대한 마음을 추스르며, 긴장한 모습을 대원들에게 보여주지 않기 위해 노력했다. 영인이 없는 상황에서 자신마저 굳은 표정을 하고 있으면 상관의 명에 절대 복종해야만 하는 전투에서 힘들 것이기 때문이다. 더욱이 조금 전까지 신나게 떠들었던 자신의 꼴도 우습게 될 것이기에 괜히 옆에 서 있는 영도의 등을 치면서 미소를 지었다.

오전에 있었던 작전회의를 통해 전략이 세워졌는지 우금성으로부터 명을 하달 받은 장군들의 표정이 밝았다. 더욱이 말을 타고 서로 잡담을 나누는가 하면, 이따금씩 병사들 앞을 이리저리 왔다 갔다 하면서 기세를 올리는 데 주력하고 있었다.

둥, 둥, 두우웅~!

누가 신호를 보냈는지, 진영 곳곳에 자리하고 있던 북이 울렸다. 그러자 마치 기다리고 있었다는 듯 우금성이 말을 몰고 병사들 앞으로 나아갔다.

"폐하께선 어제의 전투를 보시고선 흡족해하셨다. 비록 수많은 목숨으로 우리가 이 자리에 있게 되었지만, 그들은 폐하와 우리… 그리고 앞으로 중원 천하를 다스리게 될 대순국을 위해 장열하게 전사한 것이다."

"……."

"앞으로도 수많은 병사가 전사할 것이다. 그러나 우리는 전진할 것이고, 그 누구도 우리의 앞을 가로막을 수 없다. 우리는 천명을 받으신 폐하의 군대이고, 혼란으로 가득한 이 땅의 백성들을 태평성대로 이끌 의무가 있다."

"……."

'말을 정말 잘하네. 아까 나도 우 대인처럼 저렇게 말했으면 좋았을 텐데…….'

"폐하께서 우리들에게 명하셨다. 신강성을 점령하고, 백성들을 억압하고 있는 산서총병 주우길을 잡으라고 말이다."

"......."

"또한 폐하께선 우리에게 말씀하셨다. 백성을 억압하고 한 줌도 안 되는 자신의 알량한 권력과 이익을 위해 힘없는 백성들을 죽음으로 내몰고 있는 주우길을 포박하거나 죽이라고 말이다. 만약 폐하의 말씀을 수행한 병사가 있다면 평생 걱정없이 먹고살 수 있는 상금을 내림과 아울러 나라를 위해 크게 쓰일 수 있는 인물이 될 것이다."

"와~!"

"만세, 만세~!"

"와~ 폐하, 만세~!"

그동안 묵묵히 듣고 있던 병사들의 입에서 처음으로 함성이 나왔다. 우금성의 말한 포상이 엄청났던 것이다. 이번에 잘만 하면 그 누구를 막론하고 엄청난 상금과 출세를 시켜준다는 말이기 때문이다.

돈과 권력.

병사들의 귀가 솔깃할 수밖에 없었다. 아니, 눈까지 벌겋게 변하며 전의를 불태우는 병사들이 태반이었다. 이미 어제의 전투 이후 영인과 보위대가 어떻게 됐는지 잘 알고 있었기 때문이다.

"폐하께서 말씀하신 것은 반드시 이뤄질 것이다. 그러니 각 진영의 장수와 병사들은 최선을 다해 주우길의 목을 취하도록 하라!"

히이이잉~

휘익, 척!

"병사들이여, 적을 향해 진격하라~! 우리에겐 승리만 있을 것이다!"

"와~!"

"흠! 장군들은 작전에 따라 병사들을 인솔하도록 하게. 특히 북문을 열어두는 것을 잊지 말고. 알았는가?"

"염려 마십시오, 우 상서. 이미 장군들이 작전을 숙지하고 있습니다."

"알겠네. 그럼 본인과 폐하는 장군들만 믿고 있겠네. 속히 출진하도록 하게."

"옛! 그럼 신강성 안에서 폐하를 맞이할 수 있도록 최선을 다하겠습니다."

히이이잉~

따그닥따그닥!

"전군, 진격하라! 진격하라~!"

"병사들은 진격하라! 오늘 저녁은 신강성 안에서 먹을 것이다! 진격~!"

"와~!"

병사들은 함성을 지르며 앞으로 달려갔다. 그러나 어제와는 사뭇 양상이 달랐다. 장수들의 명에 따랐지만, 어제처럼 일정한 간격을 유지하며 진영별로 진격하지 않은 것이다.

이미 신강성에 화포가 있다는 것을 경험했고, 포탄의 위력이 어떠한지 알고 있었기 때문이다. 그러나 앞으로 달리면서도 직속상관이 어떤 명을 내리는지 파악할 수 있었다. 그동안 많은 시간을 함께했고, 또한 고된 훈련을 받았기 때문이다. 병사들은 이제 오합지졸에 불과했던 농민들이 아니었다. 당당히 정규 훈련을 마친 정예 병력이었다.

목책 뒤에 대순군의 병사들이 진격을 위한 진영을 구축하기 시작하면서부터 주우길은 망루 위에서 상황을 예의 주시하고 있었다. 최소한 일주일은 버틸 줄 알았던 목책이 손도 쓰지 못할 정도로 한순간에 넘어가자, 대순군에 대한 경각심이 더욱 높아진 것이다.

더욱이 생각하지도 못한 과감한 작전과 또한 그것을 성공시킨 병사들이 있다는 사실에 놀라움을 감추지 못했다. 막상 책사가 그와 같은 작전을 구상하였다 해도 병사들의 충성도가 높지 않으면 말짱 허사인 일이었다. 규율이 엄한 군부에선 어느 정도 가능한 일이었지만, 농민들이 주축이 되어 구성된 대순군에 그런 정도의 엄한 군율이 있으리라고는 생각지도 못한 일이었다.

주우길은 어제의 일을 떠올리면서 온몸에 소름이 돋는 자신을 발견할 수 있었다. 그리고 한숨이 나왔다. 대순군의 군율이 그와 같다면 실로 조정엔 큰 위험이 될 것이기 때문이다. 그에 주우길은 발 빠른 병사를 통해 조정에 자신이 경험한 것들을 상세하게 기록하여 올려 보냈다. 조정의 대신들이 대순군에 대한 경각심을 갖도록 하기 위함이었다. 하지만 자신의 뜻대로 될지는 미지수였다. 아니, 솔직히 자신하지 못했다.

그에 주우길은 머리를 어지럽히는 사념들을 홀홀 털어버리고, 당장 시급한 문제부터 눈길을 주고자 했다. 그에 대순군의 움직임이 시야에 들어왔고, 그들이 무엇을 하고자 하는지 직감할 수 있었다.

"곽 부총병, 포병들에게 준비하라 이르게."

"옛? 지금 말입니까?"

"그렇다네. 곧 있으면 적들의 진격이 시작될 것이네. 그때 준비하면 늦으니 어서 명하도록 하게. 본인의 명하는 즉시 바로 방포할 수 있도록 말이네. 알겠는가?"

"알겠습니다, 총병."

주우길의 예상대로 곽상경이 포병들에게 준비하도록 명한 이후 망루로 올라왔을 때, 대순군이 막 목책을 넘기 시작했다. 신강성을 향해 진군을 시작한 것이다. 그에 기다리고 있었던 주우길은 한 치의 망설임없이 포병들을 향해 소리를 쳤다.

"포병들은 방포하라! 방포를 시작하도록 하라~!"

"어서 방포를 시작하라!"

"방포하라! 방포하라~!"

주우길이 명이 떨어지자, 대기하고 있던 장수들이 목청을 높여 포병들을 재촉하기 시작했다. 대순군이 성에 접근하기 전, 화포로 막을 수 있는 데 까지는 막아야 했기 때문이다. 너무 가까우면 화포를 쏠 수가 없었기에 최대한 빠른 시간에 많은 포탄을 쏴야만 했다.

펑! 펑펑! 펑! 퍼어어엉~!

휘이잉, 휘이이잉~

쾅! 콰아앙~! 쾅쾅! 콰아아앙~!

"커헉!"

"끄아아~!"

"내 다리! 내 다리~!"

"달려라! 달려야 살 수 있느니라!"

"모두 성벽을 향해 달려라~!"

펑! 펑! 퍼어엉~!

휘이이잉~

쾅! 쾅쾅! 콰아아앙~!

"크아아악~!"

"컥!"

"크어어~!"

"유적들이 이백 보 앞까지 왔다. 지금부터는 활도 쏴라. 적들이 성벽을 기어오르지 못하게 해야 한다. 어서 쏴라~!"

"활을 쏴라! 화살을 날려라~!"

상황을 주시하던 주우길이 더 이상 화포로 적들의 진격을 막지 못하자 대기하고 있던 병사들에게 활을 쏘도록 명하였다. 방패병들의 보호를 받으며 보병이 뛰어오는 모습이 보였는데, 그들의 손엔 성벽을 오르기 위한 사다리가 들려 있었다. 더욱이 세 대의 마차를 하나로 연결하고 큰 나무를 여러 개 묶

은 후 나무의 끝을 날카롭게 다듬은 것이 빠르게 성문을 향하
여 접근하고 있었다. 아니, 접근이 아니라 돌진하고 있었다.
그 모습이 마치 충차(衝車) 같았는데, 급하게 만든 듯 허술해
보여도 충분히 성문을 부수는 데 유용해 보였다.

"성문을 향해 돌진하고 있는 충차를 막아라!"

"저곳이다! 병사들은 저곳을 향해 쏴라~!"

쏴아아아~

팅! 팅! 티이잉~

퍽퍽! 퍼억~!

"이크! 화살이 날아온다! 모두 정신 바짝 차려!"

"알겠습니다, 백인대장!"

<u>드드드드드!</u>

히이이잉!

척! 척! 처어억~!

"이런! 곽 부총병은 뭐 하고 있는가? 화살로는 방패를 뚫을
수 없단 말이다! 어서 화포를 쏘도록 하라! 저곳을 향해 쏘란
말이다!"

"포병들은 저곳을 향해 방포하라! 방포하라~!"

"빌어먹을, 빌어먹을……!"

'내가, 이 주우길이 또 저런 작전에 놀아나야 한단 말인가?
어제는 포탄을 실은 마차더니, 오늘은 충차를 만들어서 돌진
을 시킨단 말이지? 그렇게도 내가 우습게 보였나?'

주우길은 주먹을 힘껏 쥐었다. 손에서 뼈가 부딪치는 소리

가 요란하게 울렸다. 그러나 성에 차지 않았다. 무엇인가 꽉 움켜쥐어야 직성이 풀리는데, 손에 잡히는 것이 아무것도 없었던 것이다. 아무것도……

第八章
퇴로를 열어주며 뒤를 쫓겠다?

드드드드드!

히잉, 히이이잉~!

척! 척! 처억, 처어억.

"빨리빨리 안 뛰어? 화포에 맞고 죽을래, 아니면 내 칼에 맞
고 죽을래? 어서 안 뛰어!"

"지금 뛰고 있습니다, 나 부대주님."

"빌어먹을! 젠장할~! 도대체 올해 내 운수가 왜 이래? 어제
도 미친 듯이 말을 몰더니 오늘도 그 짓을 하게 되다니. 이게
말이 돼? 말이 되냐고!"

쐐아아아~

"화살이다! 어서 방패 들어!"

픽! 퍼퍼픽! 퍼픽! 퍼버버벅~!

"큭!"

"으악~"

"커흑! 끄으~"

"빌어먹을 새끼들아! 저 새끼들처럼 죽기 실으면, 어서 방패를 높이 들지 못해!"

명규는 사방을 향해 소리를 쳤다. 억수같이 쏟아진다는 장대비마냥 정말 억수같이 쏟아지는 화살에 병사들이 사방에서 쓰러지고 있었기 때문이다. 그나마 마차에 올라 자신을 엄중 경호하고 있는 대원들이 무사하다는 생각에 안심이 되었지만, 그래도 언제 죽을지 모르기에 입술이 부르틀 정도로 고함을 질러댔다.

"젠장, 이게 충차야? 이게 어딜 봐서 충차냐고? 안 그래, 걸부대주?"

"뒤를 보지 말고 어서 앞을 향해 달리기나 하게. 그렇게 떠들 힘이 있으면 한 번이라도 더 채찍을 휘두르는 것이 좋지 않겠나?"

"빌어먹을! 도대체 재미가 없어, 자넨! 이럴 땐 걸쭉하게 욕이라도 해야, 옆에서 오들오들 떨며 따라오고 있는 병사들을 안심시켜 줄 수 있지 않은가. 예전엔 지금처럼 무뚝뚝하지 않았는데 왜 갑자기 변한 거야? 예전 모습이 더 보기 좋았다고."

"흐으음."

영도는 명규의 마지막 말에 침음을 흘렸다. 자신 역시 성격이 변했다는 것을 알고 있었기 때문이다.

유종민에게 정식으로 무공을 배우기 시작한 이후부터 조금씩 변하기 시작한 것이다. 예전엔 굴비와 다니면서 이따금씩 웃기도 하고, 또 부하들을 괴롭히다가도 술 한잔 사며 호쾌하게 웃을 수 있는 여유가 있었다. 하지만 지금은 아니었다. 보위대에 오면서부터는 없던 말수가 더욱 없어졌고, 그것이 지금에 이른 것이다. 확실히 문제가 있었다.

퍽! 퍼퍼퍽!

"헉! 크흐흠……."

"괘, 괜찮으십니까?"

"괜찮다. 살짝 빗겨 맞은 것뿐이니 신경 쓰지 않아도 된다."

"뭘 그리 생각해? 도대체 화살이 날아오는 것도 안 보고 뭐하나?"

"잠시 생각할 것이 있어서 그렇게 됐네."

"뭐? 여긴 전쟁터야! 언제 죽을지 모르는 곳이라고! 그런데 한가하게 생각이나 했다고? 자네, 목숨이 두 개쯤 되는가?"

"미안하네."

"젠장, 나한테 미안할 게 뭐 있어. 그나저나 내가 앞에서 말을 몰고 있다고 자네 너무 신경 쓰지 않는 것 아냐?"

"아니네. 그리고 지금부터는 조심할 테니 나 부대주는 어서 달리기나 하게."

"알았네. 그리고 조심하게. 자네가 중간에서 조정해 줘야 나도 수월하니까. 야, 이놈의 말 새끼들아! 빨리빨리 달려! 달

려야 살 수 있느니라! 달려~!'

휘익, 철썩! 처어얼썩~!

히이이잉~

덜컹덜컹!

드드드드드득!

명규의 채찍에 말들이 놀라며 더욱 속도를 높이기 시작했다. 그에 옆에서 뛰고 있는 병사들의 발놀림도 바빠질 수밖에 없었고, 나오는 것은 거친 숨소리와 비명이었다.

"도대체 뭘 하고 있는 것인가! 저놈들이 달려오는 것이 보이지 않느냐? 어서 막으란 말이다!"

"모든 병사는 저들을 먼저 공격하라! 저들이 성문에 접근하지 못하게 하란 말이다! 어서~!"

"공격! 공격하라~"

명규가 모는 충차가 빠르게 접근하자, 이를 보고 있던 주우길이 장수들과 병사들에게 성을 냈다. 그에 장수들도 바쁘게 움직였고, 더욱 소리를 지르며 병사들을 독려하였다. 어떻게든 성문이 뚫리는 것만은 막아야 하기 때문이다.

하지만,

히이잉~

드드드드드!

"조, 조금만 더~!"

쿵!

히이이잉~

털퍼덕!

"됐다. 어서 쓰러진 말을 치우고 병사들이 충차를 끌도록 하라. 이제부턴 너희들이 성문을 열어야 한다. 어서 움직여라~!"

"어서, 어서 움직여라! 성문을 열어라!"

쏟아지는 화살과 포탄에도 불구하고, 명규는 자신이 맡은 소임을 다했다. 비록 성문이 부서지진 않았지만, 말들을 채찍질하며 최대한 속도를 높여 성문을 들이받은 것이다.

명규의 채찍 때문에 정신을 차리지 못한 말들은 성문을 들이받은 충격으로 인해 쓰러졌다. 다행히 말들 중간에 삐죽 튀어나온 통나무가 제대로 성문을 들이받았기에 성문을 크게 출렁거리게 만들었다. 그만큼 명규와 대원들은 자신의 책무를 완성한 것이고, 이후 문제는 병사들이 일사불란하게 움직이며 충차를 전후로 왔다 갔다 하며 성문을 뚫는 일만 남은 것이다.

주우길은 성문이 크게 출렁이고, 안쪽에 있던 병사들이 동요하자 이맛살을 찌푸렸다. 가장 우려하던 상황이 발생했기 때문이다. 하지만 성문이 완전히 뚫리지는 않았기에 적들을 막을 수 있는 시간은 있었다. 그에 우왕좌왕하는 장수들과 병사들을 향해 장군도를 높이 치켜들며 목청을 높였다.

"병사들은 성문 아래로 바위를 떨어뜨려라! 저들의 충차는 방어가 용이하지 않다! 방패병들이 화살을 막아줄 뿐이다! 어서 바위를 떨어뜨리거나 기름을 부어라!"

"병사들은 방패들 틈을 향해 정확히 조준하고 쏴라! 병사들은 방패를 들고 있을 뿐이다! 허술한 곳이 많으니 무턱대고 화살을 쏴서 낭비하지 말고 허술한 곳을 집중적으로 공격하란 말이다!"

획, 휘익! 휘이익~!

팅, 티팅, 티티팅!

병사들은 사력을 다해 활을 쐈다. 하지만 이미 촘촘하게 방패로 막고 있어 아무리 해도 화살이 뚫고 들어가지 않았다. 그에 화가 난 주우길이 더욱 병사들을 향해 고함을 쳤고, 직접 활까지 쏘며 성문이 뚫리는 것을 막고자 했다. 그러나 아무리 해도 견고하게 맞물려 있는 방패를 뚫는 것은 요원했다.

"총병님, 저들의 방어가 견고합니다. 이렇게 하다가는 곧 성문이 뚫릴 것입니다."

"지금 성문이 문제가 아닙니다, 총병님. 기마병이 쏘는 화살에 많은 병사들이 사망했고, 지금은 성벽에 사다리를 걸려 하고 있습니다."

"뭐라? 지금까지 자네들은 뭘 하고 있었는가! 어떻게 보병들이 성벽까지 몰려오도록 만들었냐는 말이다!"

"적들의 공격이 매서워 방어를 하기에 급급했습니다. 저들은 정병입니다. 오합지졸과 다름없는 농민군이 아니었습니다."

"그것을 몰랐단 말인가! 그게 지금 변경이라고 하는 것……."

"지금은 잘잘못을 따질 때가 아닙니다. 우선 모든 병사들에게 적들이 성벽을 오르지 못하도록 총력을 기울이게 해야 할 것입니다."

"크흠! 곽 부총병의 말이 맞다. 모든 병사들은 성벽에 걸린 사다리를 밀어내고 적들이 성벽으로 오르는 것을 막는 데 총력을 기울이도록 하라. 그리고 성문을 막고 있는 병사들은 목책으로 보강하라. 뚫려도 적들이 쉽게 진입하지 못하도록 겹겹이 쌓으란 말이다. 알겠나!"

"옛, 명을 따르겠습니다."

"자네들은 뭘 하고 있는가! 총병님의 명을 못 들었는가? 어서 움직이게!"

"아! 예, 알겠습니다."

곽상경은 주우길의 명에도 불구하고 움직이지 못하는 장수들을 향해 목청을 높였다. 빨리 움직여 총병인 주우길의 진노를 가라앉힐 수 있는 전공을 세우라는 독촉이었다. 그에 장수들은 연신 곽상경에게 고맙다는 인사를 하며 병사들을 향해 달려갔다.

주우길은 병사들을 향해 뛰어다는 장수들의 뒷모습을 보면서 혀끝을 찼다. 당장 일벌백계로 목을 친다고 해도 분기가 가라앉지 않을 정도지만, 한창 전투 중에 일선의 장수 목을 친다는 것은 쉽지 않은 일이기에 곽상경의 참견을 모른 척 넘긴 것이다.

"죄송합니다, 총병님. 소장의 오늘 행한 일에 대한 추궁은 전투가 끝난 후에 받도록 하겠습니다."

"아니네. 곽 부총병이 제때 나서주어서 이 정도로 끝낼 수 있었네. 그렇지 않았다면 저 아둔한 장수들의 피가 본인의 검에 묻었겠지."

"그렇게 말씀해 주셔서 감사합니다."

"큼! 그나저나 성문이 곧 뚫릴 것 같군. 적들의 공세가 정말 매섭네."

"그렇습니다. 어제도 그렇지만, 오늘도 어제와 같은 방식으로 공격할 줄은 몰랐습니다. 하지만 장 부총병이 최선을 다해 막고 있으니 쉽게는 뚫리지는 않을 것입니다."

"하지만 시간을 버는 것이 전부가 아닌가. 적들의 군율이 엄하여 명을 받고 투입된 병사들의 동요가 없는 것인지, 아니면 이와 같은 작전을 목적으로 병사를 따로 뽑아 훈련시킨 것인가?"

"아마도 병사들 중 충성도가 높은 이들을 따로 뽑아서 훈련시켰을 것입니다. 그렇지 않다면 저렇게 무식한 돌진을 하지 못할 것입니다."

"그렇겠지? 본인도 그렇게 생각한다."

주우길은 곽상경의 말에 고개를 끄덕였다. 자신도 철저히 훈련받지 못한 병사들이 아니라면 행할 수 없는 작전이라 생각되었기 때문이다. 그러나 아무리 생각해도 찜찜한 것이 있었다. 과연 훈련을 받았다고 해도 거침없이 명령 하나에 생명을 걸 수 있을까 하는 의문이 든 것이다.

"…하지만 만약, 만약에 말이야."

"……."

"과연 우리 병사들을 저렇게 훈련시켰다고 해서 저들처럼 맹목적으로 돌진할 수 있을까? 우리 병사들이 자신의 목숨을 도외시하고 죽을 곳을 향해 돌진할 수 있을까?"

"충분합니다. 병사들의 사기와 군율 등 모든 것은 얼마나 철저히 훈련시키고 받는지에 달려 있습니다."

"곽 부총병은 그렇게 생각하는가?"

"예. 그리고 그렇게 만드는 것이 장수들의 몫이 아니겠습니까. 소장은 그렇게 생각합니다."

"그렇지. 그렇게 만들어야 저들을 상대할 수 있겠지."

곽상경의 강한 대답에 주우길의 두 주먹에 굳게 쥐어졌다. 너무 힘껏 쥐었는지 손바닥에서 피가 났다. 하지만 하나도 아프지 않았다. 신체의 아픔보다 정신적인 고통이 더 컸기 때문이다.

주우길과 곽상경은 한동안 사방에서 들리는 고함 소리와 비명 소리, 그리고 병장기가 부딪치면서 발생하는 소음에도 움직이지 않았다. 주우길은 혼자 생각에 빠져 현실을 직시하지 못하는 상태였고, 곽상경은 혹시라도 주우길의 안전에 위협적인 일이 벌어질까 걱정하며 모든 감각을 집중하였기 때문이다.

하지만 곽상경은 주우길의 안위를 살피면서도 가장 중요한 것을 놓치지 않았다. 치열한 공방이 오고 가는 상황에서 조금씩 병사들이 밀리고 있었던 것이다. 아직 성문이 뚫리지 않았고 성벽도 튼튼하여 조금 더 버틸 수는 있겠지만, 얼마 지나지 않아 성안에서 격전을 치르게 될 것이 분명했다. 이젠 죽기 살기로 싸워야 하는지, 아니면 후퇴하여 전열을 정비할 것인지 결정을 내릴 때가 된 것이다.

"크흠! 내가 잠시 정신을 놓고 있었군. 전쟁터에서 장수가 사색에 잠기다니, 이거 참."

"……."

"곽 부총병, 깨우지 그랬나."

"총병께서 사색에 깊이 잠기셨기에 일부러 깨우지 않았습니다."

"휴~ 못난 모습을 보였군."

"총병, 이젠 결정을 내려야 할 것 같습니다."

"벌써? 그 정도로 밀리고 있는가?"

"충분히 준비를 했다고 생각했는데, 오히려 그것이 독이 된 것 같습니다."

"…그런가? 역시 그렇군. 나도 모르게 자만하고 있었어."

"총병, 어이하여 그런……."

"아니네. 그동안 이자성을 막기 위해 삼변총독들이 얼마나 희생되었는가. 부종용 대인을 비롯해서 전종용과 왕교년 대인, 그리고 최후까지 이자성을 죽이기 위해 힘썼던 손전정 대인. 그런데 말이네, 아무리 이자성이 대순국의 황제라고 떠들고 거드름 피우며 많은 병사들을 끌고 와도 나라면 충분히 막을 수 있다는 자만심에 싸여 있었네. 그런데… 보기 좋게 당했네. 믿어지지 않을 정도로 철저하게 당했어."

"죄송합니다, 총병님."

"아니네. 솔직히 곽 부총병이 죄송할 일이 무엇인가. 모두 본인이 잘못된 결정을 내려 그렇게 된 것을."

"흐음."

"홋, 하하하! 정말 우습구나. 병사들은 적들의 손에 죽어가는데, 정작 결정을 내려야 하는 난 이렇게 주절주절 한탄만 하고 있다니."

"총병."

"좋다! 어디 한번 해보자! 곽 부총병, 병사들이 얼마나 버틸 수 있겠는가?"

"약 반 시진 정도는 버틸 수 있을 것입니다."

"반 시진? 아니네. 잘해야 이각 정도 버티는 것이 다일 것이네."

"그렇다면 어떻게 하시겠습니까? 총병께서 옥쇄(玉碎)를 명하신다면 소장을 비롯한 모든 병사들이 함께할 것입니다."

"옥쇄? 하하! 우리가 옥쇄한다고 해도 저처럼 사납게 이빨을 들이대는 적들을 막을 수 있겠는가? 여기서 적들을 막지 못한다면 옥쇄는 아무런 소용이 없네."

"그럼……."

곽상경은 말끝을 흐렸다. 차마 후퇴할 것이냐는 뒷말을 잇지 못한 것이다. 하지만 이미 주우길의 생각을 어느 정도 예상하고 있었기에 곽상경은 얼른 고개를 끄덕이며 동의했다.

"준비해 주게."

"결정하신 것입니까?"

"오늘만 날이 아니네. 그리고 우리에겐 지킬 것이 많지 않은가."

"알겠습니다. 그럼 그렇게 하겠습니다. 일각 안에 모든 준비가 될 것입니다. 그때 소장이 직접 모시러 오겠습니다."

"알겠네. 참, 적들이 성벽과 가까이 있어 화포가 무용지물이 되었으니 병사들에게 후퇴하기 직전 남은 포탄을 전부 성 밖으로 던지도록 명을 해놓게. 어차피 가지고 갈 수 없는 것이라면 모두 소모하고 가는 것이 좋을 것이네"

"그렇게 조치하겠습니다."

곽상경은 주우길의 명에 고개를 끄덕였다. 소모하지 못해 남겨진 포탄이 나중에 화근으로 돌아오는 것보다는 나았기 때문이다. 더욱이 밀집된 곳에 포탄을 던진다면 큰 피해를 줄 수 있었다. 따라서 후퇴 준비를 하기 위해 장수들에게 이것저것 명을 내린 후, 천자철포를 옮기기 위해 안간힘을 쓰는 포병들을 향했다.

"당장 멈춰라! 지금 화포를 어디로 옮기는 것이냐!"

"적들이 성벽과 가까이 붙어 있어 화포로 공격할 수 없습니다. 그에 화포를 뒤로 옮긴 후 다시 포격을 가하려고 이렇게…….."

"자네는 누구인가? 아니, 자네의 직위가 어떻게 되는가?"

"도사(都司)입니다."

"도사? 어찌 도사가 포병들을 지휘하고 있단 말인가? 도대체 화포를 담당하는 군호(軍戶)들은 어디를 갔다는 말인가! 아니지. 부백호는 지금까지 무엇을 하고 있기에 도사인 자네가 이곳에 있는 것인가?"

"소장이 이곳에 왔을 땐 이미 부백호와 군호들은 적들이 쏜 화살에 맞아 절명한 상태였습니다. 그에 어쩔 수 없이……."

"부백호와 군호가 모두? 흠, 무슨 말인지 알겠다."

곽상경은 도사의 말에 어찌 된 상황인지 짐작할 수 있었다. 그에 주변을 둘러보았고, 포병 중 상당수가 화살에 맞아 숨지거나 부상을 당한 상태임을 확인할 수 있었다.

"좋다. 전시 상황이니 명령 체계에 대해선 언급하지 않겠다."

"감사합니다, 곽 부총병님."

"포병들은 듣거라. 당장 화포를 옮기던 작업을 중지하고, 적들이 화포를 사용하지 못하도록 모든 화포를 철저히 파기하도록 하라."

"옛? 그, 그게 무슨……?"

"부총병님, 화포를 파기하란 말씀입니까?"

"이 아까운 것을 어찌……!"

"어허! 자네들은 어서 곽 부총병님의 명에 따르게. 아마 주총병님의 명이 계셨을 것이네."

"…알겠습니다. 그렇게 하겠습니다."

곽 부총병의 말에 포병들이 하나같이 놀란 얼굴로 되물었다. 자신들의 귀가 잘못된 것이 아닌가 하는 생각이 들었기 때문이다.

그러나 평소 도독첨사(都督僉事) 밑에서 실무를 관리하던 도사는 곽상경이 무엇 때문에 그런 명을 내렸는지 짐작했다. 이내 어리둥절한 표정으로 곽상경의 얼굴을 보고 있는 포병들을 향해 목청을 높였다. 그에 포병들은 자신들이 맞다는 것을 알았고, 이내 서로의 얼굴을 쳐다보며 빠르게 움직이기 시작했다.

"흠! 자네는 본관이 무엇 때문에 화포를 파기하라 명했는지 짐작한 것인가?"

"예. 소인이 비록 아둔하지만, 상황이 어떻게 돌아가는지 알기에 부총병께서 명하신 이유를 짐작할 수 있었습니다."

"그래? 자네의 이름이 무엇인가?"

"소인은 황리(黃理)라고 하옵니다."

"황리? 이름이 참 특이하군. 좋다, 그럼 지금부터 자네가 직접 포병들을 관리하며 화포를 파괴하도록 하라. 그리고 남은 포탄은 모두 성벽 위로 옮긴 후 병사들에게 나눠 줘라. 포탄에 직접 불을 붙여 성벽 아래로 던질 것이다."

"포탄을… 옛! 그렇게 하겠습니다, 부총병님."

"이해가 빠르군. 좋아, 그럼 도사 황리는 포병들을 인솔하여 화포와 포탄에 문제가 없도록 조치하라. 그리고… 오늘 자네가 살아남는다면, 언제라도 본관을 찾아오도록 하라. 알겠나?"

"예? 아, 알겠습니다. 그럼 명에 따라 조치하겠습니다."

"좋다, 어서 서둘러라."

"옛! 충!"

'이런 행운이! 내가 곽 부총병님 눈에 들었다. 곽 부총병께선 주 총병님의 신임을 받는 분. 아무리 내게 따로 찾아오라 하셨지만, 그러기 위해선 이번 일을 잘해야만 한다. 그렇게 해야만 출세할 수 있는 끈을 잡을 수 있어.'

곽상경은 도사 황리에게 일을 명한 후, 주우길이 있는 망루로 향했다.

황리는 졸지에 곽상경의 명을 받게 되어 위험한 일을 하게 되었지만, 오히려 기쁜 마음으로 포병들과 함께 움직이며 세세한 사항들을 챙기고 명을 내렸다. 이번 일만 성공하면 출세할 수 있는 가능성이 활짝 열리기 때문이다.

도사가 결코 낮지 않은 종칠품의 품계지만, 그렇다고 해도 높은 것은 아니었다. 더욱이 완전한 무장도 아니었기에 승급할 수 있는 가능성도 무척 적었다. 그렇기에 이번 일과 같이 높은 사람의 눈에 띌 수 있는 기회는 더 이상 없었다.

당연히 곽상경의 눈에 들게 된 황리는 분주하게 뛰어다니며 포병들을 독려했고, 상황이 여의치 않으면 직접 포탄을 성벽으로 나르는 것도 마다하지 않았다.

*　　　　*　　　　*

"폐하, 곧 있으면 성문이 뚫릴 것 같습니다."

"하하! 이번에도 우 상서의 작전이 성공한 것인가? 정말 놀랍군. 짐을 막기 위해 주우길이 꽤 고생하며 준비한 것 같은데, 우 상서의 작전에 의해 이틀을 버티지 못하는구먼."

"어찌 소신의 책략 때문이겠습니까. 모두 폐하의 성은을 받은 병사들의 충성에서 비롯된 것입니다. 또한 병사들의 훈련과 사기가 높지 않았다면 아무리 좋은 계책이라 하더라도 성공할 수 없었을 것입니다."

"우 상서가 오늘은 짐이 듣기 좋은 소리만 하는구나. 좋다, 오늘 저녁은 신강성 안에서 먹겠다. 모든 병사들에게 술과 고기를 줄 것이며, 승리를 자축할 수 있도록 하겠다. 하하하!"

"성은이 망극하옵니다, 폐하."

"그나저나 주우길이 퇴각할 수 있는 길을 정말로 열어줘야만 하는가?"

"폐하, 주우길은 반드시 퇴각해야만 합니다.

"왜 그런가? 도저히 우 상서의 생각을 짐은 알 수가 없도다. 적장이 도주하도록 길을 만들어주어야 한다니, 차라리 이곳에서 끝을 보는 것이 더욱 편하지 않겠는가?"

"그렇지 않사옵니다, 폐하. 만약 폐하의 말씀대로 신강성을 포위하면 빠져나갈 길이 없다 판단한 주우길과 병사들은 당연히 옥쇄할 각오로 싸우고자 할 것입니다. 하지만 고양이가 쥐를 잡을 때도 막다른 곳으로 몰진 않는다 하였습니다. 쥐가 막다른 곳에 몰리면 고양이가 공격당할 수 있기 때문입니다."

"그럼 우 상서는 우리 병사들이 큰 피해를 입을까 이번 작전을 세운 것인가?"

"그렇습니다, 폐하. 그리고 후퇴하는 병사들의 안위를 확보하기 위해선 일부 병사들이 희생해야 합니다. 그만큼 우리는 큰 피해 없이 적들을 전멸시킬 수 있사옵니다."

"퇴로를 열어주며 뒤를 쫓겠다? 하하하! 정말 놀라운 계책이로다. 주우길의 병사들은 북으로 쫓겨갈수록 점점 그 수가 줄어들 것이고, 우리는 그만큼 쉽게 적들을 물리칠 수 있겠구나."

"바로 보셨습니다, 폐하. 소신이 구상한 작전의 핵심이 바로 그것이옵니다."

"좋다, 그렇다면 어떻게든 주우길이 후퇴할 수 있도록 만들어야 되겠구나."

"맞습니다, 폐하. 절대로 옥쇄하도록 만들어선 안 될 것입니다."

이자성은 우금성의 말에 고개를 끄덕였다. 확실히 우금성이 계획한 대로 되려면 주우길이 신강성에서 죽으면 절대로 안 되기 때문이다.

"우 상서, 과연 주우길이 우성서의 예상대로 북문을 통해 퇴각할 것 같은가?"

"폐하, 주우길은 반드시 북문을 통해 퇴각하려 할 것입니다."

"어떻게 그리 자신하는가?"

"폐하, 지금 병사들은 처음부터 남문만 공격하고 있습니다. 물론 별동대와 기마병들이 좌우로 움직이며 동문과 서문을 향해 공격하고 있지만, 그것은 남문으로 집중된 병력을 일부 분산시키기 위한 조치에 불과합니다."

"그렇지. 그건 병서를 한 번이라도 읽어본 장수나 책사라면 누구나 알 수 있는 전략이지. 그렇다면 북문은 전혀 공격하지 않고 있다는 말이군. 그런가?"

"그렇습니다, 폐하. 당연히 북문은 지금까지 공격 한 번 받지 않았고, 병사들도 충분히 있을 것입니다. 주우길이 준비만 빠르게 한다면 여유롭지는 않더라도 충분히 후퇴할 수 있는 시간이 있습니다. 그리고 상황이 여의치 않으면 소신이 나서서 주우길에게 시간을 벌어줄 것입니다."

"좋다, 우 상서의 이번 작전은 짐의 마음을 흡족하게 하고도 남는다. 앞으로 우 상서가 모든 작전을 선두에 서서 지휘하도록 하라. 짐은 우 상서가 짐의 군대를 온전하게 북경까지 이끌어줄 것이라 믿는다."

"성은이 망극하옵니다, 폐하."

"하하하!"

이자성은 우금성의 작전 계획을 파악한 후 크게 만족하여 운거(雲車)가 흔들리도록 웃었다. 마치 어릴 적 여우몰이를 하는 것 같은 기분이 들었기 때문이다. 하지만 무엇보다 적들이 옥쇄하도록 만들어 큰 피해를 입는 것보다, 오히려 병력 손실 없이 큰 승리를 할 수 있다는 것이 기뻤다. 또한 어차피 북상을 해야만 하는 상황이니 이참에 천천히 따라 올라가는 것이 좋겠다는 생각이 들었고, 느긋한 마음으로 우금성의 작전이 마무리되는 것을 감상할 수 있는 여유를 가질 수 있었다.

타타탁탁탁~

"총병… 응? 이런! 분명 이곳에 계시기로 하셨는데? 호, 혹시……!"

곽상경은 주우길이 망루에 없자 급히 망루 주변을 살폈다. 혹시라도 주우길이 적들의 화살에 상해를 입은 것이 아닌가 하는 우려에서였다. 그러나 다행히 망루에 주우길의 모습이 보이지 않았다. 그에 얼른 다른 곳을 살펴보았고, 촌각이 흐르지 않아 성벽 최전방에 서서 힘겨워하는 병사들을 독려하고 있는 모습을 볼 수 있었다. 그에 곽상경은 주우길이 혹시라도 다치기 전에 얼른 그쪽으로 뛰어갔다.

"병사들은 두려워하지 마라! 적들은 절대 이 성벽을 오르지 못할 것이다!"

"쏴라! 화살을 쏴라~!"

"창으로 사다리를 밀어내라! 올라오는 적들의 목을 찔러라~!"

창, 차창! 차차차창~!

"죽어! 죽어라!!"

"큭!"

"끄아아!"

"빌어먹을 새끼들! 여기가 어디라고 올라와? 죽어! 죽어~!"

푹! 푹푹! 푸우욱~!

"컥!"

"큭, 제에엔장~!"

"올라가! 어서~!"

"막아라! 절대로 성벽을 적들에게 내줘선 안 된다! 어서 막아라~!"

"와아~!"

타탁탁탁!

"여기 계셨습니까, 총병?"

"워낙 다급하여 올 수밖에 없었네. 그래, 준비는 다 되었는가?"

"옛! 모든 준비가 되었습니다. 이제 가셔야 할 것 같습니다."

"흐음."

주우길은 곽상경의 말에 침음을 흘리며 주변을 돌아보았다. 병사들은 죽기 살기로 성벽을 올라오는 적들을 향해 거침없이 창을 찔렀고 돌을 던졌다. 하지만 역부족이었다. 사다리를 밀어내기 위해 병사들이 성 밖으로 몸을 내밀면, 어김없이 화살이 날아와 병사들을 유린하고 있었기 때문이다. 그에 병사들의 몸은 더욱 움츠러들었고, 적들이 성벽 위로 올라와 병장기를 휘두르는 수도 많아지고 있었다. 이젠 더 이상 버틸 수 없을 정도로 막다른 상황에 직면한 것이다.

"좋네. 하지만 후퇴하는 병사들의 안위를 위해 일부 병사들은 남겨두어야 할 것이네."

"알고 있습니다. 그에 경력사(經歷司)와 정백호 두 명에게 병사 만 명을 지휘하도록 하여 후퇴할 시간을 벌도록 하였습니다."

"경력사와 정백호 두 명을?"

"옛, 곧 있으면 그들이 올 것입니다. 아! 지금 도착한 것 같습니다."

타타타탁!

척!

"왔는가?"

"예, 곽 부총병님. 충! 경력사 이조령과 정백호 조형일, 양주건이 인사드립니다."

"흐음… 본관이 이 경력사와 정백호들에게 힘든 일을 맡기게 돼서 미안하다. 상황이 여의치 않아 그대들의 도움이 필요하여 이렇게 곽 부총병에게 그대들의 도움을 부탁하게 되었다."

"아닙니다, 총병님. 소장들이 책임을 지고 적들의 진입을 막겠으니 총병님께선 어서 후일을 준비하십시오."

"고맙다. 내 그대들의 충성을 잊지 않겠다. 만약 상황이 허락한다면 그대들도 본관의 뒤를 따라 림분으로 오도록 하라."

"그렇게 하겠습니다, 총병님. 충!"

"충!"

주우길은 자신을 향해 깊숙이 허리를 숙이며 군례를 취하는 세 장수를 보며 측은한 마음이 들었다. 하지만 지금은 누군가의 희생을 강요할 수밖에 없는 상황. 그에 미안한 마음은 후일 적들을 섬멸한 후에 갚아줄 것을 속으로 다짐하며 곽상경에게 시선을 돌렸다.

"곽 부총병은 장 부총병에게 연락을 하였는가?"

"그렇지 않아도 오면서 연락해 놓았습니다. 총병께서 움직이시면 장 부총병도 바로 병사들을 이끌고 뒤를 따를 것입니다."

"그런데 어디로 가야 하는가?"

"북문입니다."

"북문?"

"예. 적들은 남문을 공격하는 데 총력을 기울이고 있습니다. 그에 북문은 아직까지 공격을 받지 않고 있습니다."

"그런가? 그렇다면 정말 다행이로군. 좋다, 북문으로 가겠다."

"소장이 앞서겠습니다."

곽상경은 주우길이 결정을 내리자, 빠른 걸음으로 주우길을 안내했다. 이에 주우길은 한 번 병사들을 둘러본 후 빠르게 곽상경의 뒤를 따라 뛰었다.

주우길이 성벽 아래로 모습을 감추자, 군례를 취하고 있던 이 경력사와 정백호 등이 지휘를 인계하여 병사들을 독려하기 시작했다.

"병사들은 적의 움직임에 집중하라! 적이 성벽에 올라오도록 하면 안 된다! 절대로 성벽을 허락해서는 안 될 것이다~!"

"각자 위치에서 소임을 다하는 길만이 우리가 살 수 있는 길이다! 병사들은 최선을 다해 적들을 막아라!"

"막아라! 저쪽, 뭐 하고 있는가! 적들이 올라오고 있지 않느냐! 어서 사다리를 밀어라!"

"와~!"

챙, 채챙, 채채채챙~!

두두두두!

히이이잉!

척, 타타타탁!

"무슨 일이냐?"

"적진을 살피다 우 상서께서 명하신 것과 같이 이상한 낌새가 보여서 보고하러 왔습니다."

"그래? 그렇다면 주우길은 어찌하고 있느냐?"

우금성은 정탐병의 보고에 자신이 구상했던 작전이 먹혔음을 직감했다. 하지만 속단은 일렀다. 그에 주우길의 정확한 행방을 확인하고자 정탐병에게 물었다.

"예, 우 상서께서 살피라 명하신 대로 처음부터 주우길의 행동을 감시하고 있었는데, 조금 전부터 그자의 모습이 망루와 성벽에서 보이지 않고 있습니다. 더욱이 가장 선두에 서서 병사들을 지휘하던 장수들도 서서히 모습을 감추기 시작했으며,

그 자리를 하급 군관들이 채우는 것을 확인했습니다."

"그렇다면 확실하구나!"

"예, 정확할 것입니다."

"좋다, 그렇다면 너희들은 더 이상 이곳에 있을 필요가 없다. 어서 북문으로 말을 달려 주우길이 빠져나가는 것과 병력을 파악하라. 또한 몇 명을 보내 주우길이 어디로 움직이는지 파악하여 보고할 것이며, 본진이 도착할 때까지 적진에 잠입하여 허와 실을 철저히 파악해야 할 것이다."

"알겠습니다. 충!"

히이이잉~

"가지! 이리얏!"

두두두두!

"흐음."

'주우길이 퇴각을 한단 말이지? 그럼 이제부터 공세를 서서히 늦출 필요가 있겠구나. 자칫 잘못 건드리면 저들이 어떤 발악을 할지 모르니 위험하다. 어차피 주우길의 본진이 빠져나가면, 남은 병사들은 가만히 있어도 무너진다. 지금은 한 발 물러서는 것이 좋다.'

"각사난중(各司郎中)은 대장군들에게 가서 병사들의 퇴각을 알려라. 하지만 일시에 퇴각해서는 안 된다는 것을 주지시켜야 할 것이며, 특히 기마병들은 보병들의 퇴각을 도와야 할 것이다. 참! 성문 쪽 병사들도 더 이상 피해를 입기 전에 퇴각을 명하도록 하라. 알겠느냐?"

"옛, 그렇게 전하도록 하겠습니다."

"어서 가라. 한시가 급하다."

"옛, 충!"

타타타탁!

히이이잉~

두두두두두!

"이로써 신강성이 수중에 넘어오게 되었구나. 하하! 겨우 이틀도 버티지 못하다니……. 주우길이 용장에 지장이라 명성이 자자하나, 이 우금성의 머리를 따라오진 못하는구나. 날 내쳤던 조정의 더러운 돼지들! 백성들을 구제하고 학문의 정진에 매진해도 모자랄 학자들이 황금만 밝히는 돼지가 됐으니 어찌 나를 이길 수 있을까. 썩은 조정과 명 황실을 갈아엎고, 내 이상을 만천하에 알릴 것이다. 하하하!"

우금성은 옛일을 떠올렸다. 낙방한 후 송헌책의 집에 기거하며 세월을 보냈던 일, 이자성을 만나 지금에 이르기까지의 일들이 주마등처럼 머리를 훑고 지나갔다. 하지만 분명한 것은 있었다. 자신이 낙방할 수밖에 없었던 현실을 만든 조정의 대신들이 싫었고, 황제의 총기를 어지럽히는 내각의 학사들이 싫었다.

그리고 재차 마음을 다독이며 결심하였다. 다시는 자신과 같은 학자가 나오지 않기 위해서 우금성은 이자성의 대순국이 중원을 지배하는 그 순간까지 자신의 모든 것을 걸고 이상을 실현시키기 위해 앞으로 나갈 것이다. 그 무엇도 두렵지 않았다. 그리고 자신의 발목을 잡는 그 무엇도 용납하지 않을 생각이었다. 또한 그 누가 되었든 자신의 길을 막아선다면 수단과 방법을 가리지 않고 가차 없이 쳐낼 생각이었다.

第九章
내가 왜 이런 진흙탕에서 뒹굴고 있어야 하냐고! 왜~!

"이야아!"

드드드드!

쿵~!

뿌드득, 덜컹!

"이 녀석들아, 이제 조금만 더 하면 된다! 어서 어서 움직여 충차를 뒤로 움직이란 말이다! 어서~!"

"뒤로, 뒤로 빼라~!"

"영차, 영차, 여엉차~!"

덜컹! 드득!

명규는 충차 옆에서 대원들의 호위를 받으며 병사들을 독려하고 있었다. 이제 조금만 더 충격을 가하면 굳게 닫혀 있던 성문을 부술 수 있을 것 같았다. 지금도 성문 이곳저곳이 충격으로 파손되어 덜컹거렸기에 몇 번만 더 부딪치면 충분히 성문을 뚫고 안으로 진입할 수 있단 판단이 들었기 때문이다.

말들이 이미 화살을 맞아 죽었다. 당연히 충차를 움직이는 것은 오롯이 병사들의 몫이었고, 병사들은 죽을힘을 다해 성문을 부수는 것만이 살 수 있는 길이었다. 그에 명규의 독촉과 격려를 받으며 있는 힘껏 충차를 뒤로 후퇴시켰다가 성문으로 돌진하기를 반복하고 있었다.

하지만 병사들이 동원된 만큼, 방패를 들어 화살을 막아주는 방패병의 수가 턱없이 부족했다. 그에 약간만 방심해도 위에서 쏘는 화살에 맞아 쓰러지는 병사의 수가 점점 많아지고 있었다.

"빌어먹을 새끼들! 왜 이쪽만 공격해? 저쪽도 좀 공격하란 말이다, 이 똥통에 거꾸로 처박혀 죽을 놈들아~!"

"부대주님, 그만 하십시오. 계속 그러니까 적들이 열 받아서 더 공격하고 있지 않습니까."

"뭐야? 송추일(宋鄒一), 너 지금 뭐라고 했어?

"자꾸 부대주님이 욕을 하니까 적들의 공격이 거세지고 있지 않습니까. 지금도 보십시오."

"야, 이 새끼야! 그럼 저 새끼들이 공격하는 게 모두 내 잘못이란 말이냐?"

"누가 그렇다고 했습니까? 저는 그냥……."

휙!

"이크! 너, 이 새끼! 방패 똑바로 못 들어? 누구 죽이려고 그 따위로 허술하게 방패를 드는 거야? 응? 내가 죽는 것이 그렇게 보고 싶냐? 엉~?!"

"아, 아닙… 죄송합니다~!"

가뜩이나 옆에 서 있는 부관 송추일의 말에 열 받아 있는 상태였는데, 갑자기 날아온 화살이 어깨를 살짝 스치고 지나가자 깜짝 놀라며 옆에 있던 대원을 향해 고함을 질렀다. 그에 찔끔한 대원은 얼른 방패를 하늘 높이 치켜들며 화살을 막는 데 최선을 다했다.

"그리고 너, 이제 백부장이 됐다고 나한테 지금 개기는 거냐? 내가 욕하는 것이 그렇게도 불만이야? 겨우 몇 마디 한 것이 그렇게 듣기 싫었냐? 엉~?"

"아니, 전 그냥……."

"그냥 뭐? 이 새끼가 지금… 눈 안 깔아? 확 그냥! 그리고 누구처럼 욕을 하고 싶어서 하는 줄 아냐? 이게 다 병사들을 독려하고, 적들의 정신을 혼란하게 만드는 거다! 알았냐? 알았냐고?!"

"아, 알겠습니다."

"아직도 말끝을 흐리네? 다음부터 내 앞에선 말끝을 흐리지 말고 똑바로 말해! 그리고 이 새끼야, 내가 대주처럼 아무 생각도 없이 욕이나 하는 바보로 보이냐? 야, 말해봐! 네놈 눈에도 내가 그렇게 보여?"

"소장은 그저……."

"뭐라고?!"

"아닙니다. 제 눈엔 부대주님이 절대로 그렇게 보이지 않습니다."

"봐, 이 새끼야. 이놈은 아니라고 하잖아. 그런데 넌 왜 그래? 뭐가 불만이야?"

"휴, 제가 실수했습니다. 그러나……."

"됐어. 실수했다고 하니까 용서해 준다. 알았어? 알았냐고!"

"아, 알았습니다."

"그럼 똑바로 방패 들어! 송추일, 그리고 자네! 만약 지금부터 화살이나 돌 등 내 몸에 조금이라도 상처를 낼 수 있는 것들이 날아와 살갗이라도 상한다면 둘 다 앞으로 보위대 생활이 아~주 힘들어질 줄 알아라. 차라리 죽는 것이 소원이라 떠벌리고 다니게 만들어주겠다. 내 말, 알았나? 알았냐고~!"

"예! 아, 알겠습니다."

'이런! 괜히 송 백부장 옆에 있다가 마두(魔頭) 눈 밖에 나게 생겼네.'

"알겠습니다."

'젠장, 괜히 한마디 했다가 똥물만 뒤집어쓰게 생겼네. 어떻게 대주나 부대주들이 걸핏하면 욕이야? 그 정도 직위에 올랐으면 체면을 생각해야 하는 것 아냐? 부하들하고 당신 체면 좀 생각해서 말해주었더니 도리어 내 인생만 힘들어지게 됐네. 그리고 내가 틀린 말 했나? 내가 적의 입장이라도 욕하는 놈 먼저 죽이겠다고 덤비겠다. 젠장.'

명규의 으름장에 송추일의 기가 죽었지만, 그래도 불만이 완전히 사라진 것은 아니었다. 하지만 계급이 엄연히 다르기에 송추일은 쥐 죽은 듯 조용히 입을 다물고 명규의 명에 따라 자신의 맡은 바 소임에 최선을 다해야 했다. 불만은 그저 불만으로 끝나는 것이 좋았다. 그 불만에 계속 이어진다면 그땐 정말 힘든 날들의 연속이기 때문이었다.

그에 송추일은 바짝 긴장하며 주변을 살폈다. 자칫 애먼 곳에서 화살이라도 잘못 날아와 명규가 다친다면, 이후 자신의 인생은 진창이 아니라 똥통을 기어다니게 될지도 모르기 때문이다. 자신이 알고 있는 부대주 명규는 분명 자신이 한 말을 그대로 지키려 할 것이고, 또 일부러라도 그렇게 하고도 남을 사악한 인물이었다. 물론 피에 굶주린 혈마라고 불리는 대주보다는 못하지만, 명규 역시 언제 어느 때라도 나타나서 괴롭힐 수 있는 마귀로 돌변할 수 있는 존재였다. 그렇기에 화살이 날아오면 자신의 몸으로라도 막아야만 했다.

"영차! 영차!"

"끄으응~"

탁!

"헉! 조심하라고 누누이 이르지 않았나!"

"죄, 죄송합니다."

"조심, 조심히 내려놓게. 자칫 실수라도 하면 적들보다 우리가 먼저 죽을 수도 있단 말이다. 그건 자네들이 더 잘 알고 있지 않나."

"조심한다고 하는데, 워낙 급한 마음에 그만……."

"휴~ 알았다. 하지만 급하다고 해도 조심해야 할 것이다.
그건 너희들도 마찬가지다. 알겠나?"

"옛, 황 도사님!"

"좋다, 어서 서둘러라. 이제 얼마 남지 않았다."

"옛!"

황리는 곽상경의 명에 따라 포병들을 지휘하며 화포를 모두
파괴하였다. 그런 후 포탄을 모두 성벽으로 날랐고, 지금은 거
의 마무리하는 중이었다.

"황 도사, 이젠 이것들을 사용해도 되겠는가?"

"예, 이 경력사님. 남은 포탄은 곧 옮겨질 것이니 지금 사용
해도 무방합니다."

"좋네, 그럼 병사들에게 명할 것이니 자넨 포병들을 이끌고
총병님의 뒤를 따르게."

"옛? 그래도 되겠습니까?"

"비록 한 손이라도 거들어주면 좋겠지만, 포병들을 이런 일
로 허비하기는 아깝지 않은가. 그러니 황 도사가 저들을 무사
히 주 총병님께 데리고 가야 할 것이네. 알겠는가?"

"흐음. 그렇게 하겠습니다."

황리는 이조령의 말에 동의한다는 듯 한 번 고개를 끄덕여
보인 후, 이내 잰걸음으로 포병들을 향해 움직였다.

'빠져나가는 것이 쉽지 않았는데, 이 경력사가 도와주는구

나. 더구나 포병들을 무사히 데리고 간다면 곽 부총병께서 나를 더욱 좋게 볼 것이다. 좋다, 기필코 무사히 너희들을 주 총병께 데리고 가겠다.'

이미 남은 포탄을 성벽 위에 올린 포병들은 한쪽에 모여 다른 지시를 기다리고 있었다. 하지만 포병들의 얼굴은 황리를 기다리면서도 걱정스러운 얼굴을 하고 있었다.

포병들은 성벽으로 포탄을 나르는 동안, 주우길이 병사들을 이끌고 북문을 통해 후퇴하는 것을 보았다. 그에 처음엔 당황했고, 지금은 버려졌다는 생각에 낙담한 상태였다. 황리의 명이 없는데 자신들이 임의로 주우길을 따라갈 수도 없는 상황이었고, 또 현재는 따라가고 싶어도 그럴 수 없는 상태였던 것이다. 자신들뿐만 아니라 다른 병사들도 주우길의 후퇴를 알고 있었기에 분위기가 흉흉했기 때문이다.

"황 도사님, 우리는 어떻게……."

"여기서 지금 뭐 하고 있는가! 어서 따라오게! 어서~!"

"옛? 아, 알겠습니다. 가세나. 어서!"

"웅? 아~ 알았네. 이보게들, 어서 움직이세. 빨리 황 도사님을 따라가세나."

"그, 그렇게 하세."

"아……."

처음 포병들은 자신들을 지나치며 소리치듯 말하는 황리의 모습에 어리둥절했지만, 그중 눈치 빠른 포병이 빠르게 황리의 뒤를 따르며 동료들에게 소리쳤다. 그에 동료들은 무엇 때

내가 왜 이런 진흙탕에서 뒹굴고 있어야 하냐고! 왜~! 265

문에 그러는지 모르고 있다가, 이내 황리의 뒤를 따른다면 무사히 신강성을 빠져나갈 수 있다는 생각에 달리기 시작했다. 성벽을 수없이 오르락내리락하며 포탄을 나른지라 다리에 힘이 하나도 없었지만, 살 수 있다는 희망에 힘든 줄 모르고 달릴 수 있었다.

휙, 휘익! 휘이이익~!

팅, 티팅! 티티팅, 티티잉~!

"젠장, 도대체 끝이 없군. 뭔 놈의 성문이 이렇게 단단해? 얼마나 더 해야 뚫리는 거야?"

"아마도 성문 뒤쪽을 보강한 것 같습니다."

"빌어먹을! 빨리빨리 못해?! 내가 언제까지 자라 새끼처럼 방패 속에 몸을 숨기고 있어야 하겠냐! 엉!"

"영차! 영차!"

"좀 더 힘을 내세. 성문에 구멍이 뚫렸으니 조금만 더 하면 무너뜨릴 수 있을 걸세."

"빌어먹을! 누가 부대주 입에 자물쇠나 칼이라도 박아주었으면 좋겠구먼. 그렇지 않은가?"

"큭큭, 자네가 그렇게 해주면 우리야 좋지."

"됐네. 칼보다 부대주 입이 더 무섭다는 것을 모르는가? 나도 내 명대로 살고 싶네."

"조용히 하고 빨리빨리 움직여라! 정신을 집중하란 말이다~!"

"알겠습니다."

"끄으응~"

"영차, 영차, 여어엉차~"

덜컹덜컹!

드드드득!

"저놈들은 뭐가 좋다고 지들끼리 쑥덕거려? 힘이 남아돌면 힘껏 충차를 밀든가 하지. 에잉~!"

"그러게 말입니… 웅? 부대주님, 저쪽을 보십시오. 지휘부에서 신호 깃발이 바꼈습니다."

"신호 깃발이 바뀌었다고? 어디?"

"흑, 흑색입니다. 저건 퇴각 신호인데……?"

둥둥! 둥둥! 둥둥! 둥둥~!

"북도 울립니다. 확실히 퇴각을 알리는 북소리입니다."

"나도 알아! 그런데 왜 퇴각하라고 하는 거야? 곧 성문이 열릴 텐데……."

"그러게 말입니다. 그 정도로 상황이 좋지 않은가?"

송추일은 갑자기 퇴각하라는 깃발이 올라오자 궁금함을 참지 못하고 방패를 살짝 들어 올리며 주변을 살폈다.

"어라? 정말 병사들이 퇴각하고 있는데요?"

"정말로?"

"옛. 한번 보십시오. 저쪽……."

"됐다. 머리에 화살 박고 죽을 일 있나!"

"그럼 어찌하시겠습니까? 병사들의 움직임을 보니 대장군들도 병사들을 퇴각하도록 명한 것 같은데……."

"우리도 당연히 퇴각해야지 뭘 어떻게 해?"

"이대로 공격을 중지하기엔 좀… 아깝지 않습니까? 어쩌면 이번이 마지막일 수도 있는데……."

"뭐가? 내 목숨이, 아니면 성문이?"

"그야 당연히 성문이지요. 저것 보십시오. 저게 성문입니까? 거의 누더기나 다름없지 않습니까. 그러니까 이참에 성문을 확 부수면 부대주께서 큰 전공을 세우시는 것이……."

콱! 파곽~!

"헉, 커헉! 왜, 왜 그러십니까?"

"이 새끼가 누구 죽는 꼴 보려고 그따위 망발을 입에 올려? 큰 전공? 지금 나보고 전공 세우고 얼른 죽으란 말이지? 네놈이나 전공 세우고 뒈져! 어디서 상황 파악도 못하고 새대가리 새끼가 입방정을 떨어!"

"크으음."

송추일의 말에 화가 머리끝까지 난 명규는 송추일의 정강이를 발끝으로 찼다. 하지만 분이 쉽게 풀리지 않자, 이내 주먹으로 머리와 얼굴을 제외한 몸 이곳저곳을 무차별적으로 두들기기 시작했다.

"죄, 죄송합니다. 소장이 잘못했습니다."

"후훅! 휴~ 빌어먹을 새끼, 지금은 시간이 없어서 그만 한다. 하지만 막사에 돌아가면 아예 죽을 줄 알아!"

"…예, 알겠습니다."

"나 부대주, 지금 뭐 하고 있나? 퇴각을 알리는 깃발과 북소리를 듣지 못했나?"

"아, 나도 들었네. 그런데 이 머리를 똥통에 처박고 평생 살팔자인 놈이 나보고 성문을 부수고 난 후에 퇴각하자고 하기에 화가 나서 이렇게 손 좀 보고 있었네."

"뭐? 누가? 송추일 백부장이?"

"그렇다네."

"미쳤군. 저런 멍청한 새끼가 보위대에 있었나?"

"나도 오늘 처음 알았네. 평소 행동이 재빨라 머리도 좀 돌아가는 녀석인 줄 알았는데, 오늘 하는 것 보니까 영 아니야. 여하튼 빨리 퇴각하세. 이곳에 더 있다간 적의 집중 공격을 받을 것 같네."

"알았네. 나도 곧 퇴각할 것이니 자네도 빨리 퇴각하게."

"그렇게 해야지. 야! 넌 뭐 하고 있어? 어서 병사들에게 퇴각 명령을 내리지 않고!"

"예, 알겠습니다. 퇴각! 퇴각하라~!"

갑자기 송추일이 명규에게 두들겨 맞자, 옆에 있던 대원은 죽기 살기로 화살을 막으며 상황을 지켜보고 있었다. 하지만 이미 정신의 반은 다른 곳으로 떠나 있었다. 송추일이 빠진 자리에 화살이 집중되고 있었기 때문이다. 그러다 갑자기 명규의 명을 받았고, 이에 깜짝 놀란 대원은 아무 생각 없이 병사들에게 목청을 높였다. 명규와 영도가 퇴각을 명했기에 한 치의 망설임 없이 퇴각을 명한 것이다.

'송 백부장의 생각이 틀린 것인가? 내 생각엔 잘못되지 않은 것 같은데…….'

대원은 지금의 상황을 이해할 수가 없었다. 주변을 둘러보니 절대로 퇴각할 필요가 없었기 때문이다. 조금만 하면 성문이 열리고 성벽을 향해서도 병사들이 치고 올라갈 수 있는데, 이런 다 이겨놓은 전투를 원점으로 돌린다는 것이 어이없었던 것이다. 그에 대원 역시 송추일의 생각이 옳다 믿었고, 차라리 퇴각할 것이라면 성문이라도 뚫어 큰 전공을 세우고 가는 것이 좋을 것이라 생각되었다.

하지만 대원은 자신의 생각을 입 밖으로 꺼낼 수 없었다. 명규가 문제가 아니었다. 평소 과묵하기로 소문난 영도가 어느새 다가와서는 명규의 행동을 옹호하는 발언을 하는 것은 물론, 평소 잘 하지 않던 욕까지 하며 송추일을 윽박질렀기 때문이다.

"뭐야? 정말 퇴각하는 거야?"

"그러게? 정말인가?"

"지금 퇴각하란 소리 못 들었나! 어서 퇴각하란 말이다! 어서~!"

"그, 그럼 충차는 어떻게……."

"이런 빌어먹을 새끼야! 그럼 너 혼자 남아서 충차 끌고 와라. 알았냐?"

"아, 아닙니다. 퇴각하겠습니다."

"빨리빨리 움직여! 어서~!"

"퇴각! 퇴각하라~"

*　　　*　　　*

둥둥! 둥둥! 둥둥! 둥둥~!

"응? 갑자기 무슨 북소리지?"

이조령은 갑자기 적진에서 지금까지와 다른 북소리가 울리
자 다른 작전을 구사하는 줄 알고 바짝 신경을 쓰며 움직임을
주시했다. 이제 더는 버틸 수 없어 포탄에 불을 붙이라 명할
생각이었는데, 적들이 다른 작전을 구사한다면 자칫 실수를
할 수도 있었기 때문이다.

"적들이 퇴각하는 것 같습니다."

"뭐라? 정말…이군. 그런데 왜……?"

"그것까지는 모르겠습니다. 하지만 퇴각하고 있는 것은 분
명합니다."

"흐음."

'왜지? 왜 다 이긴 싸움을 원점으로 돌리려 하는 거지? 왜,
왜……?'

이조령은 정백호 조형일의 말에 상황을 주시하며 이유를 찾
고자 하였다. 하지만 막상 떠오르는 해답이 없었다.

"혹시……."

"응? 혹시라니? 조 정백호는 저들의 움직임에 대해 떠오르
는 것이 있는가?"

내가 왜 이런 진흙탕에서 뒹굴고 있어야 하냐고! 왜~! 271

"어쩌면 적들이 총병의 퇴각을 알게 된 것이 아닌가 합니다. 그렇지 않다면 굳이 다 이긴 전투를 그만둘 이유가 없지 않겠습니까."

"그, 그렇지. 이런! 그렇다면 큰일이로군. 조 정백호는 지금 당장 병사들에게 포탄을 던지도록 명령하게. 한시가 급하네. 어서!"

"알겠습니다. 포탄을 지급받은 병사들은 지금 당장 포탄에 불을 붙이고 성 밖으로 던져라! 빨리빨리 움직여라!"

이조령의 명을 받은 조형일은 휘하의 부백호와 백호소를 대동하고 병사들을 향해 달려갔다. 그러면서 병사들에게 당장 포탄을 던지도록 명했다.

화르르르~!

팟! 치이이이~!

"어, 어떻게 하지?"

"뭘 어떻게 해! 심지에 불이 붙었으니까 어서 성 밖으로 던져야지!"

"뭐 하나? 어서 던져! 터지기 전에 어서 던지라니까~!"

"아, 알았네. 웃차~!"

휘이이이~

쾅! 쾅! 콰아아앙~!

"크아악~!"

"꺼어어억!"

"사, 살려줘~!"

"끄으~!"

수많은 포탄이 병사들에 의해 성 밖으로 던져졌다. 거의 삼백 개가 넘는 포탄이 던져졌는데, 그로 인해 뒤도 안 보고 퇴각하고 있던 대순국 병사들이 지축을 울리는 폭음과 함께 허무하게 사라져 갔다.

콩! 콰아앙~!
뿌지직!
"크아악~!"
"끄으~!"
"아악~!"
"사람 살려! 제발~!"
"살려줘~!"
"윽! 뭐, 뭐야?

갑자기 들린 폭음.

명규는 등을 달구는 후끈한 열기와 땅의 흔들림에 깜짝 놀라 쓰러졌다. 등 뒤에 뭔가 날아와 박힌 것 같았지만, 지금 그런 것은 중요하지 않았다. 폭음과 함께 병사들의 절규하는 비명 소리가 사방에서 들렸기 때문이다. 그에 얼른 뒤쪽으로 고개를 돌렸고, 참혹한 상황을 목도한 후 입을 다물 수가 없었다.

병사들에게 퇴각 명력을 내린 명규는 양옆에 방패병을 끼고 퇴각하는 중이었다. 하지만 찜찜한 기분에 병사들보다 먼저 퇴각했다. 그리고 자신이 먼저 움직여야 병사들의 행동도 빨라질 것을 알고 있었기에 거리낌도 없었다. 다행히 병사들은 잘 따라와 주었다. 아니, 잘 따라오고 있었다. 적의 포탄 공격이 있기 전까지는.

'비, 빌어먹을! 조금만 늦었더라면 내가 저런 끔찍한 몰골로 비명을 지르고 있었겠구나.'

"부, 부대주님!"

"뭐 해! 대원들은 주변의 부상병들을 살피고, 살아 있다면 끌고서라도 퇴각하라! 어서 움직여라! 너희들의 움직임이 늦어질수록 또다시 공격을 받게 된단 말이다! 어서~!"

"옛, 알겠습니다."

"너희들도 움직여라. 방패는 이리 주고, 어서 움직여! 어서 대원들과 병사들을 구하란 말이다!"

"아, 알겠습니다."

"젠장할 놈들! 포탄으로 직접 공격할 줄이야……."

명규는 대원들이 부상병들을 옆구리에 끼고 퇴각하기 시작하자, 자신도 일어서서 퇴각하기 시작했다. 걸음을 옮길 때마다 등이 축축해지고 아팠지만, 지금은 상처의 확인보다 조금이라도 성벽에서 멀어지는 것만이 살 수 있는 길이었다. 그렇기에 고통스럽지 않았고, 결국엔 고통조차 느껴지지 않았다. 오로지 살 수만 있다면 이따위 고통쯤은 아무것도 아니기 때문이었다.

'크윽! 가야 해. 여기서 빨리 벗어나야 한다. 빌어먹을! 내가 왜 이런 전쟁터 한가운데 있는 거야? 왜~!'

"우 상서님, 적들이 포탄으로 공격하고 있습니다."

"나도 봤다. 혹시라도 이런 상황이 벌어질까 봐 우려하여 퇴각을 명한 것인데, 약간 늦은 감이 있었구나."

"하지만 적들이 포탄을 던지기 전에 상당수 퇴각을 하였기에 병사들의 피해는 생각보다 크지 않은 것 같습니다."

"흐음, 그나마 다행이군. 그렇다면 기마병들로 하여금 적의 시선을 흐리게 한 후, 사수(射手)들에게 성벽을 향해 화살을 있는 대로 쏘도록 명하라. 적들이 성벽에서 고개조차 못 들도록 아낌없이 쏘아야 할 것이다. 그래야 보병들의 퇴각이 수월해질 수 있다."

"명대로 조치를 취하겠습니다, 우 상서! 충~!"

"크흠, 지금 지휘하는 장수가 누군지 모르지만, 버려진 것이 아니라 남고자 한 장수겠구나. 역시 명나라 황실과 조정이 아무리 썩어 문드러질 정도라 해도 몇 백 년을 이어져 내려온 저력은 무시할 수가 없구나. 한순간에 본인의 작전을 파악하다니⋯⋯."

"우 상서, 무엇을 그리 생각하는가?"

"아, 운거에 계셔야 할 폐하께서 어찌⋯⋯."

"갑자기 들린 폭발 소리 때문에 전장의 상황이 어떤가 하여 와봤다."

"소신이 폐하를 전방까지 오시게 한 것 같아 송구스럽습니다."

"아니다. 그런데… 흠, 그리 좋은 상황은 아니구먼."

"적장의 지략이 생각보다 뛰어난 것 같습니다. 병사들을 물린 후 적들이 스스로 무너지기를 바랐는데, 이렇게 되면 작전을 수정할 수밖에 없을 것 같습니다."

"작전을 수정한다? 그럼 어떻게 할 생각인가?"

이자성은 우금성의 말에 관심을 보였다. 우금성의 머리에서 나온 작전은 범인들이 생각하지 못한 귀계가 많았는데, 이번에도 그런 귀계가 나올 것 같았기 때문이다.

"적들은 분명 신강성에서 옥쇄를 하려고 생각했을 것입니다. 그러나 이번에 병사들의 움직임을 통해 그것이 불가능하다는 것을 깨달았으니, 옥쇄가 아니라 주우길의 뒤를 따르면서 우리의 추격을 방해하는 방향으로 전개가 될 것입니다."

"흐음… 짐이 생각해도 그렇게 되겠구먼."

"지금 신강성에 남아 있는 병력은 잘해야 이만 명에서 삼만 명에 불과할 것입니다. 지금까지 사상자만 해도 얼추 만 명은 상회할 것이니, 주우길을 따라간 병사의 수는 많아야 칠만 명도 안 됩니다. 그 정도의 병력이라면 앞으로도 충분히 감당할 수 있습니다. 하지만 문제는 바로 신강성에 있는 적장입니다. 적장의 움직임을 철저히 분쇄하지 못한다면, 쉽게 하북성으로 진입하지 못할 수도 있습니다."

"그… 렇겠군. 그래서?"

"적장은 분명 우리보다 먼저 움직이려 할 것입니다. 그렇다고 주우길을 따르지 않을 것입니다. 아마도… 소신이 생각하는 적장이라면, 주우길과 곧바로 합류하지 않고 중간 위치에서 병사들을 요소요소에 배치시킨 후 우리의 추격을 방해할 것입니다."

"흐음, 그렇다면 주우길을 추격하는 데 상당한 부담이 되겠군."

"그렇습니다. 하지만 지금 우리가 먼저 주우길을 추격한다면 상황은 완전히 달라질 것입니다. 기동력이 빠른 기마병을 우선 퇴각하는 주우길의 뒤를 따르면서 틈만 보이면 후방에서 괴롭혀야 합니다. 또한 보병들도 미리 보내서 신강성을 빠져나갈 적장의 앞을 막아야 합니다. 그래야 앞뒤로 포위할 수 있고, 우리가 유리한 작전을 구사하여 섬멸할 수 있을 것입니다."

"오호라! 그렇겠구먼. 우 상서는 지금 당장 이래형 장군과 왕소우 장군에게 주우길을 추격하도록 명하라. 그리고 발 빠른 보병 오천 명… 아니, 만 명을 뒤따르게 하라. 그리고 우 상서의 계획대로 이들 보병들로 하여금 포위 공격을 할 것이니, 우 상서는 이후 보병들이 후방을 책임지도록 해야 할 것이다."

"명을 따르겠습니다, 폐하."

우금성은 이자성의 명에 따라 각사외랑에게 이래형과 왕소우에게 이자성의 명을 전달하도록 하였다. 또한 각 군진의 병사들에게 일러 부상병들이 후송되는 즉시 의관들에게 보내 치료를 받게 하도록 조치를 취하였다.

'그럼 이제 신강성은 빈집이나 마찬가지구나. 그렇다면 무

엇을 망설일까. 이대로 남은 병사들에게 진군을 시키는 것이 사기 진장에 큰 도움이 될 것이다.'

"각사외랑은 들어라."

"옛, 우 상서님"

"다시 적색 깃발을 올릴 것이며, 진군의 북을 두들기도록 하라. 퇴각이 아니라 신강성으로 진격할 것이다."

"알겠습니다, 우 상서. 지금 곧 명령을 하달하겠습니다."

'마지막에 생각하지 못했던 피해를 입었지만, 그래도 큰 피해 없이 신강성을 공략했다. 이제… 주우길의 목을 서서히 조이는 일만 남았구나. 하북성에 진입하기 전, 반드시 주우길의 목을 취할 것이다. 아니, 반드시 취해야만 한다. 그래야… 하북성에 있는 후군도독부의 공세를 어느 정도 늦출 수 있을 것이다.'

둥, 둥, 둥, 두우웅~!

"뭐, 뭐야? 왜 갑자기 진격을 알리는 북소리가 울려?"

"병사들은 진격하라! 적색 깃발이 올랐고, 진격을 알리는 북소리가 울렸다! 병사들은 퇴각을 멈추고 어서 성벽을 향해 진격하라!"

"크윽, 젠장! 퇴각하라고 해서 퇴각하는데 다시 진격하라고? 뭔 놈의 작전이 이랬다저랬다 하고 그래?"

퇴각하다 들린 북소리에 자신의 귀가 잘못된 것이 아닌가 하며 주변을 둘러보니, 각 군영의 장수들이 보검을 높이 들고

사방을 향해 고함을 치고 있었다. 분명 진격을 알리는 소리였
다.

　퇴각하던 병사들은 처음 장수들의 고함 소리를 이해하지 못
했다. 그러나 장수들이 보검을 높이 치켜들고 목청을 높이자,
이내 무엇을 의미하는지 깨닫고 주춤주춤 뒤로 물러서더니 성
벽을 향해 고함을 치며 달리기 시작했다. 자칫하다간 누군가
본보기로 명령 불복종의 징계를 받게 될지도 모르게 때문이
다. 물론 그 누군가가 자신일 수도 있었기에 혼자 움직일 수
있는 병사들은 어쩔 수 없이 있는 힘껏 고함을 지르며 성벽을
향해 달릴 수밖에 없었다.

　"그대는 진격 명령을 듣지 못했나? 왜 아직 제자리에 있는
가!"

　"야, 이 새끼야! 넌 눈깔이 삐었냐? 내가 누군지 몰라?"

　"뭐라? 그대가 누구든 상관없다. 진격 명령에 불복하면 그
누구든 살아남지 못한다는 것을 모르는가?"

　"씨팔! 부상당했는데, 무슨 힘이 있다고 진격을 하라고 지랄
이야!"

　"내가 보기엔, 그대는 충분히 진격할 수 있다. 그러니 어서
진격하라!"

　"뭐? 으아악~! 이 빌어먹을 새끼야! 정오품 보위대 부대주
가 바로 나다! 그런데 진격하지 않으면 죽이겠다고? 응?"

　"크흐음."

　한창 명규를 위협하던 참장(斬將)은 명규가 고함치는 소리

를 듣고서야 자신이 누굴 건드렸는지 알 수 있었다. 금세 자신의 실책을 깨달았지만, 이미 늦은 후였다. 그리고 아무리 보위대 부대주라 하더라도 자신은 대장군 이과의 명에 따라 행하는 것이었다. 그만큼 문제가 되면 대장군이 나서서 무마할 수 있는 것이다.

"뭐 하나! 그대가 아무리 보위대 부대주라 하더라도 이곳은 전쟁터다. 그리고 난 대장군의 명을 받아 행하는 것인만큼, 그대가 명령에 불복하면 추호도 망설일 생각이 없다!"

"이런 빌어먹을 새끼. 그래, 좋다! 진격하면 되잖아! 진격한다고! 그리고… 너, 분명히 기억해라. 오늘 네놈 얼굴 확실히 기억할 테니까 나중에 보자."

"그, 크흠."

"젠장! 내가, 왜 이런 진흙탕에서 뒹굴고 있어야 하냐고! 왜~!"

"크흠! 자넨 안 갈 텐가?"

"뭐! 아~ 젠장! 휴!"

명규는 전쟁터 한가운데 떨어져서 하늘을 향해 고함을 쳐야 하는 자신의 처지에 화가 났다. 그에 주변에서 마귀를 보는 듯한 시선으로 쳐다봐도 신경 쓰지 않았다. 아니, 한창 열 받아 있는 상태였기에 아무것도 눈에 들어오지 않았다.

하지만 금방 자신의 상황을 인식하게 되었고, 마침 영도가 곁으로 다가와 말을 걸자 살짝 자유롭게 허공을 비상하던 정신이 곧바로 현실 속으로 돌아올 수 있었다.

"방금 뭐라고 했나?"

"진격하지 않을 거냐고 물었네. 그런데 참장하고 지금 무슨 얘기를 했기에 그리 소리를 치고 그러나?"

"그럴 일이 있었네. 그나저나 가야지. 참! 너, 나중에 보자."

"크흠."

참장은 영도까지 오자 더 이상 명규를 상대할 생각이 없었다. 명규의 얼굴은 몰라봤어도 한때 유종민 휘하에서 활약하던 영도의 얼굴은 알아볼 수 있었던 것이다. 그에 살짝 영도에게 군례를 취해 보인 참장은 말머리를 돌려 다른 참장들이 모여 있는 곳으로 향했다.

"빌어먹을 새끼! 감히 내가 누군데 협박을 하고 지랄이야."

"협박이라니? 저 참장이 말인가?"

"그래. 진격하지 않으면 군율에 의해서 내 목을 치겠다고 협박을 하더구먼."

"그랬는가? 하긴, 참장들이 하는 일이 그 일이니……."

"홍! 나중에 누구를 건드렸는지 뼈저리게 알려주겠다. 힘줄까지 쭉 뽑아서 잘근잘근 씹어 먹어줘도 모자랄 새끼!"

"하하, 어지간히 속이 상했나 보네. 그나저나 어떻게 할 텐가?"

"저 새끼들 눈빛 못 봤어? 내가 안 가면 이 자리에서 단칼에 벨 생각인 것 같은데, 죽기 싫으면 가야겠지. 내가 정오품인데, 저런 녀석들에게 목이 잘리면 안 되잖아?"

명규는 전쟁터의 군율을 바로 세우기 위해 항상 준비하고 있는 참장들을 슬쩍 쳐다보았다. 참장은 병사들이 지휘관의 명을 따르기 않고 움직일 때, 지휘관의 위상과 군율을 엄하게 다스리기 위해 있는 장수였다. 즉 지휘부의 명을 각 군영의 장수들과 병사들에게 빠르게 전달하고, 명령에 불복종하는 병사들의 목을 가차없이 베어버리는 것이 주된 임무였다.

당연히 명규보다 품계가 낮았지만, 지금 서 있는 곳이 전쟁터였기에 참장의 눈치를 볼 수밖에 없는 처지였다.

"그럼 내가 부축을 해줄까?"

"됐네. 괜히 자네도 오해받을 수 있으니 우선은 성문을 향해 달려가는 것이 좋을 것 같네."

"크흠, 알았네. 그럼 나 먼저 갈 테니 조심해서 따라오게."

"알았네. 먼저 가게. 어서."

"그럼 이따가 보세. 흠! 대원들은 나를 따르라! 지금부터 성문으로 진격할 것이다! 가자~!"

"보위대는 걸 부대주님을 따라 성문으로 진격하라! 진격~!"

"젠장! 방패병들도 보위대를 따라 성문으로 진격하라! 부상을 당한 나도 간다! 그러니 움직일 수 있는 모든 병사는 나를 따르라! 진격하라~!"

"와~ 진격하라~!"

영도를 따라 대원들이 움직이기 시작하자, 명규도 주변을 향해 목청을 높이며 성문을 향해 달리기 시작했다. 등이 쑤시고 아팠지만, 지금은 우선 움직여야 했기에 주변에 방패를 든 병사들을 대동하며 달려갔다.

"와~!"

"성문이 뚫렸다! 성문이 뚫렸다~!"

"적들이 도망친다! 적들이 성벽에서 도망친다~!"

"응? 성문이 뚫렸다고?"

성문을 향해 걸음을 옮기던 명규는 갑자기 들리기 시작한 병사들의 함성 소리에 주변을 둘러보았다. 어느새 수많은 병사들이 성벽 위에서 병장기를 휘두르고 있었고, 성문도 활짝 열려 있었다. 더 이상 병사들의 앞을 가로막을 수 있는 장애물이 없는 것이다.

"후~ 이긴 것 같구나. 그런데 난 뭐 한 거야? 성문이 이렇게 쉽게 열리는 것을……."

'젠장, 성문이 이렇게 쉽게 무너질 줄 몰랐네. 그나저나 이것도 모두 작전인가? 만약 이게 모두 우 대인의 머리에서 나온 작전이라면… 젠장! 절대로 그 양반하고 적으로 마주하면 안 되겠구나. 만약 내가 생각한 것이 맞는다면 정말 무서운 사람이다. 소름이 끼칠 정도로.'

멀리서 병사들이 지르는 환호 소리에 명규는 승리했다는 것을 알 수 있었다. 진격을 명한 것이 불과 이각도 되지 않았는데, 너무도 허무하게 병사들이 성벽을 오르고 성문이 부서진 것이다. 충차로 죽을 듯이 힘들게 두들겨도 뚫리지 않던 성문이 고작 병사들의 몸과 병장기에 의해 무너진 것이다.

허탈했다. 그러나 허탈함보다 살이 떨릴 정도의 긴장감이 온몸을 감쌌다. 마치 이 모든 것이 한 사람의 조종에 의해 만

들어진 것 같은 착각이 들었기 때문이다. 하지만 명규는 이것
이 단지 자신의 착각이 아니라고 생각되었다. 이미 누군가의
머리에서 모든 것들이 계획되었고, 지금은 그것이 현실화되어
나타난 결과라 판단되었다.

그리고 그 누군가는 병부상서 우금성이었다.

第十章
색다른 경험이라고 더 좋아하더라

치열했던 전장을 되돌아보게 만들 정도로 어느덧 태양이 서편으로 넘어가며 붉은 노을을 만들고 있었다. 너무 붉게 물들어 마치 전쟁터에서 숨진 수많은 병사들의 넋을 달래주는 것 같았다.

하지만 의외로 신강성 안은 차분한 분위기였다. 백성들은 관군이 아닌 대순군이 승리했다는 것을 알고서 문밖으로 나오는 것을 자제하고 있었고, 이에 따라 대순군의 병사들은 빠르게 신강성 이곳저곳을 누비며 남아있던 병사들을 정리하였다.

그렇게 숨 가빴던 하루가 거의 마무리 될 즈음, 병사들에 의해 주변이 깔끔하게 정리된 남문을 통해 운거를 타고 이자성이 입성했다. 전쟁에 참가했던 장수들과 병사들은 이자성의 입성을 축하하기 위해 정렬했고, 그 끝은 주우길이 임시로 관사(官舍) 및 관청(官廳)으로 사용하던 위지휘사사(衛指揮使司)였다.

병사들의 열렬한 환호를 받으며 위지휘사사에 도착한 이자성은 안으로 들어가기 전 장수들과 병사들을 향해 노고를 치하하고 성대하게 만찬을 즐기도록 명했다. 그에 병사들은 승리의 환호와 더불어 이자성을 향해 만세를 외쳤다.

하루 종일 힘든 전투를 치른 병사들에게 있어서 이자성이 말한 성대한 만찬은 자신들이 승리했다는 당당한 자신감의 표출과 피를 흘린 노고에 대한 보상이었다. 그만큼 값진 것이었기에 병사들은 군율이 허락하는 한도에서 자신의 것을 챙기기 위해 사방으로 흩어지기 시작했다.

"하하! 오늘 대신들과 여러 장수들이 참으로 많은 수고를 하였다. 짐은 이틀 만에 신강성을 점령한 그대들의 노고를 크게 치하하며, 특히 놀라운 귀계로 짐의 안목을 넓혀준 우 상서의 고생이 많았다."

"성은이 망극합니다, 폐하."

"아니다. 오늘 이 자리에 짐이 여러 대신 및 장군들과 기분 좋게 술잔을 나눌 수 있도록 만든 공은 모두 우 상서의 몫이라 할 수 있다. 그만큼 우 상서의 귀계는 적장의 의표를 찌르는 파격적인 것이었다. 그러니 우 상서는 더 이상 짐의 칭찬에 어려워하지 마라."

"그렇다네, 우 상서. 과공비례(過恭非禮)라는 말이 왜 있겠는가. 이번 신강성 전투를 큰 피해 없이 승리할 수 있게 만든 가장 큰 공은 우 상서 그대의 책략이 컸네."

"승상께서 말씀하신 대로 우리 모두 우 상서의 공을 인정하고 있소. 그러니 오늘은 승리를 축하하며 함께 마십시다. 자! 여러분은 어떻습니까?"

"고 장군의 말대로 오늘은 코가 삐뚤어지도록 마셔봅시다. 폐하께서도 윤허를 하셨으니 이런 날 실컷 마시지 못하면 사내대장부가 아닐 것이오. 하하하!"

"그럽시다. 오늘은 죽을 때까지 마셔봅시다. 와~!"

"황제 폐하의 만세무강을 위하여~!"

"대순국의 무한한 승리를 위하여~!"

"위하여~!"

"하하하~!"

한동안 관청은 이자성과 대신들, 그리고 장수들의 호쾌한 웃음소리와 풍악 소리가 진동했다. 물론 사내의 간담을 훈훈하게 녹여주는 여인들의 애교 섞인 비음 소리와 간드러진 웃음소리도 끊임없이 관청 안을 메웠다.

"참, 기쁜 마음에 짐이 이 장군과 왕 장군을 잊고 있었구나. 우 상서, 아직 추격대에서 전해진 소식이 없는가?"

"아직 없사옵니다. 아마도 지금 전투가 벌어지진 않았을 것이니 내일쯤 제대로 된 정보가 들어올 것 같습니다."

"그런가? 그렇다면 내일은 병사들을 정비하고, 모레쯤 출발을 하면 되겠군."

"아무래도 주우길이 준비할 시간을 주지 않기 위해서라도 폐하의 말씀대로 모래 림분으로 진군을 하는 것이 좋을 듯싶습니다."

"알겠다. 그럼 우 상서가 직접 대장군 이하 장수들에게 차질이 없도록 명하라. 아까도 말했지만, 짐은 우 상서의 활약을 기대하겠다."

"황공하옵니다, 폐하."

'이런 공식적인 자리에서 거론해 주시다니, 폐하께서 내게 상당한 권력을 주시는구나. 좋다, 이렇게 되면 도어사도 더 이상 날 견제할 수 없게 되었다. 이젠… 정말 내 이상을 실현하는 일만 남았구나. 아……!'

우금성은 이자성의 배려에 재차 허리를 숙이며 예를 다했다.

모든 대신들과 장군들이 함께하고 있는 자리에서 이자성이 직접 우금성의 귀계를 극찬한 것도 모자라 이후의 활약을 기대한다는 말을 꺼냈다. 더욱이 대장군 이하 모든 장수들에게 직접 명을 내릴 수 있도록 권한을 주었다. 이것은 다시 말해, 앞으로 우금성의 한마디가 장수들의 목숨을 좌지우지할 수 있다는 것이었다.

한창 기분 좋게 술잔을 부딪치며 자신의 무용담을 토해내던 장수들의 눈빛이 날카롭게 빛나기 시작했다. 대부분의 장수들이 전쟁터에서 생과 사를 경험한 백전노장들이었다. 그만큼 권력의 향배에 민감할 수밖에 없었고, 조금씩 권력이 어디로 기울고 있는지 느낄 수 있는 지략을 지니고 있었다.

　지금까지 대순국의 권력은 누구 하나에 집중되지 않고 있었다. 물론 권력의 중심엔 황제인 이자성이 있었다. 그러나 이자성의 가장 최측근인 도어사 이암이 있었고, 승상 송헌책과 대장군들이 조금씩 권력을 나눠 갖고 있었다. 당연히 우금성은 지금까지 송헌책을 보좌하면서 대신들과 장수들을 조율하는 역할이 전부였다. 이따금씩 놀라운 귀계로 사람들을 깜짝 놀라게 하긴 했지만 그것이 다였다. 이자성에게 있어서 우금성은 뛰어난 지략을 가진 책략가일 뿐이었다. 이자성의 신망과 믿음이 이암에게 있었기 때문이다. 그만큼 우금성은 지금까지 권력의 중심에 서 있지 못했던 것이다.

　하지만 이젠 우금성이 권력의 중심에 서게 되었다. 이자성이 적극적으로 밀어주고 있었기에 가능한 일이었다. 따라서 앞으로 권력의 중심은 이암과 송헌책, 그리고 우금성의 자리가 된 것이다. 황제인 이자성에 의해 대장군들의 권한이 대폭 축소되었기 때문이다.

　이자성의 속내를 파악한 장수들에 의해 분위기가 금방 무거워졌다. 그러나 이자성이 실언을 하지 않은 이상, 이후 대장군들은 병부상서 우금성의 명을 받들어야 했다. 이에 평소 눈치가 빠른 고군은이 자리에서 일어서며 우금성을 향해 축하의 인사를 전했다.

　"하하, 축하합니다. 이렇게 폐하께서 우 상서에 대한 신망이 두터움을 직접 전하시니, 소장들이 어찌 폐하의 뜻을 따르지 않겠습니까. 앞으로 잘 좀 부탁드리겠습니다, 우 상서. 하하하!"

"우리도 부탁하겠네."

"아닙니다. 부족한 제가 중임을 맡게 되었습니다. 앞으로 여러분의 많은 도움, 부탁드립니다."

"하하하! 잘해봅시다, 우 상서."

"하하하~!"

"자, 그런 의미로 잔을 높이 듭시다! 폐하와 대순국의 무한한 영광을 위하여~!"

"위하여~!"

"황제 폐하, 만세~!"

"만세! 만세~!"

"와~!"

"하하하하!"

"자! 풍악을 울려라! 술을 부어라~! 오늘 짐의 마음이 매우 흡족하도다! 짐이 오늘 천년만년 이어 나갈 제국을 만들 초석을 얻었도다! 하하하!"

"호호호! 소첩들이 술을 따르겠습니다. 호호호~!"

"만세~!"

분위기가 다시 좋아지자, 이때를 기다리고 있던 기녀들이 얼른 옆자리에 있는 대신들과 장수들에게 술을 따르기 시작했다. 그리고 조금 전보다 더욱 적극적인 몸짓으로 유혹의 손길을 뻗쳤다. 자신들이 생각하는 대순국은 그저 단순한 역적의 무리가 아니었다. 충분히 천하를 손아귀에 쥘 수 있는 무리였다. 그렇기에 눈치 빠른 기녀들은 자신들의 이익을 위해 서슴없이 사내들의 품에 안기길 주저하지 않았다.

"우 상서, 축하하네."

"아닙니다, 승상. 오늘의 제가 있기까지 승상께 많은 도움을 받았습니다. 정말 감사합니다."

"허허, 어찌 그것이 내 도움 때문이겠는가. 모두 우 상서의 그릇이 그만큼 크기에 가능한 일이 아니겠나. 이제 우 상서의 이상을 만들 수 있게 되었으니 앞으로 천하의 모든 백성이 폐하를 우러러보고 칭송할 수 있는 대순국을 만들어야 할 것이네. 특히 백성들이 태평시대가 도래했다는 말이 나올 수 있도록 만들어서 우 상서를 향한 폐하의 기대에 아낌없는 노력으로 보답해야 할 것이네. 알겠는가?"

"물론입니다. 대순국을 반석 위에 올려놓겠습니다."

"그 말… 믿겠네. 앞으로 최선을 다해보게. 그렇다면 지금보다 더 자네의 뒷배 역할을 해주겠네."

"말씀만으로도 고맙습니다, 승상."

"하하하! 자, 이제 우리도 마시세. 뭐 하는가, 어서 잔을 드시게."

"알겠습니다, 승상."

"허허허!"

"하하하!"

이자성을 비롯한 대신들과 장수들이 위지휘사사에서 기녀
들과 흥청망청 축하주를 마시고 있는 시각, 신강성의 백성들
은 이곳저곳 들쑤시고 다니는 병사들에 의해 고난을 겪고 있
었다. 그동안 엄정한 군율에 의해 채량이 금지되고 있었지만,
오늘은 이자성에 의해 어느 정도 가능해졌기 때문이다. 비록
여인을 강제로 취할 수는 없었지만, 그것은 병사들에게 중요
하지 않았다. 이미 자신들의 뒤를 따라온 가족들이 있었기에
그들에게 가져다 줄 무엇인가만 획득할 수 있으면 되었다.

　물론 이따금씩 젊은 병사들이 왕성한 혈기를 못 참고 여인
들을 유린하는 일이 벌어지기도 했다. 하지만 이들의 행동을
제지해야 할 일선 군관들의 무관심과 방치로 인해 신강성 곳
곳에서 여인들의 비통한 절규와 흐느낌이 밤새도록 멈추지 않
았다.

　"흠, 어제는 잘 잤냐?"

　"너 같으면 잘 수 있었겠냐?"

　"크큭, 하긴……."

　"너도 참 대단하다. 어떻게 등에 쇠붙이를 박고서 그 짓을
할 수가 있냐? 그것도 옆에 내가 누워 있는데?"

　"흠, 난 네가 자고 있는 줄 알았지."

　"빌어먹을 새끼! 내가 듣기 싫다고 욕이란 욕은 다 했는데,
뭐라고? 자고 있는 줄 알았다고? 네가 인간이냐?"

　"그럼 너도 화월이를 부르지 그랬냐? 아니면 걸 부대주와
함께 술 마시고 있을 때 너도 함께하면 됐잖아. 안 그래?"

"그… 젠장!"

영인은 명규의 말을 듣고서야 자신이 화월이한테 신경 쓰지 못했다는 것을 깨달았다. 무엇보다 부상을 당한 상태였기에 빨리 회복해서 찾아가겠다는 생각뿐이었다. 하지만 명규의 상태를 보니 부상을 당해도 할 짓은 다 할 수 있다는 것을 알 수 있었다. 당연히 자신도 가능했다. 그렇기에 명규의 변명 아닌 변명을 들을수록 기분만 더욱 더러워졌다.

영인은 부상을 당한 상태였기에 신강성 전투에 참가하지 못했다. 그에 전투가 모두 끝나고 난 후 이자성의 뒤를 따라 다른 부상병들과 함께 신강성에 들어설 수 있었다. 하지만 보위대 대주라는 지위가 있기에 깔끔하게 정돈된 집에서 쉴 수 있었다. 그런데 어제저녁 명규가 포탄이 터지면서 날아온 파편을 등에 박고서 한창 침상에 누워 편히 쉬고 있는 자신의 옆방으로 온 것이다.

명규는 옆방에 들어오기 전 굴비에 의해 어느 정도 치료를 받은 상태였다. 온몸에 붕대(繃帶)를 칭칭 감고 있었던 것이다. 그에 영인은 명규가 부상을 당했다는 말을 듣고서 걱정스러운 마음에 찾아갔고, 오죽 못났으면 포탄에 맞느냐며 한껏 비웃어주고 자신의 방으로 돌아왔다.

그러나 문제는 유시가 넘어서 벌어졌다. 한창 운기를 하고 있는데, 옆방에서 영도의 목소리와 함께 여인의 간드러진 비음 소리가 들린 것이다. 그에 무슨 일인가 하며 귀를 쫑긋 세우며 상황을 살폈는데, 명규와 영도가 옆에 기녀를 한 명씩 끼고서 술자리를 하고 있었던 것이다. 그에 영인은 자리에서 일어나 옆방으로 향했다. 하지만…….

영인은 문을 열 수가 없었다. 술자리를 함께하고 싶었는데, 찬 공기를 쐬어서 그런지 어깨와 허벅지에서 쑤시는 듯한 통증이 느껴졌던 것이다. 그에 상처가 회복하는 동안 술을 먹지 말라던 굴비와 노인네들의 잔소리가 생각나서 아쉽지만 조용히 자신의 방으로 들어갔다.

이것이 문제였다.

'왜 돌아갔을까? 그냥 안으로 들어가 함께 어울릴 수도 있었는데…….'

영인은 자책했지만, 이미 지난 일이었다. 그리고 다시는 어제와 같은 실수를 하지 않겠다고 다짐했다.

"그런데 등은 왜 그래? 아직도 피가 나냐?"

"아, 이거? 큭큭, 어제 좀 격렬했나 보다. 어제는 몰랐는데, 지금 보니까 이렇게 돼 있더라. 참나… 춘심이 그것이 어느 정도 색을 밝히는 줄은 알고 있었는데, 어제는 내가 도저히 감당이 안 되더라. 이것이 서방이 부상을 당해 천천히 하라고 하니까 뭐라고 하는 줄 아냐?"

"……?"

"색다른 경험이라고 더 좋아하더라? 나 어제 완전히 뽑히는 줄 알았다."

"젠장할 놈! 아예 내 염장에 불을 질러라."

"하하하!"

"웃지 마! 오늘은 나도 화월이를 부를 테니까, 잠 못 자게 만든 네 죄가 있으니까 책임져라. 알았냐? 춘심이가 어제 확 뽑아줬으면 좋았을 텐데, 아쉽구먼. 쩝."

"큭큭, 알았다. 오늘 저녁은 독한 화주로 준비하라고 할 테니까 한번 신나게 놀아보자. 하하하!"

"그래, 나도 움직일 만하니까 오늘 저녁은 화끈하게 놀아보자. 참, 오늘은 굴비 형하고 아저씨들도 부를 거니까 잊지 말고 미리 기녀들을 불러놔라. 알았냐?"

"뭐? 야, 야~!"

갑작스러운 말을 하고 자신의 방으로 돌아가는 영인을 향해 명규가 깜짝 놀라며 소리쳐 불렀다. 그러나 아예 못 들은 척하며 시야에서 사라졌다.

"빌어먹을 새끼! 갑자기 노인네들은 왜 부른다고 그래? 휴~ 그럼 몇 명을 불러야 된다는 거야? 그나저나 툭하면 나보고 사라 하네? 이러다가 다시 예전처럼 거덜나는 거 아냐? 에이, 모르겠다. 거덜나면 누가 먹여주겠지. 그런데 새끼는 한 번도 술을 사지 않냐. 내가 죽기 전에 한 번이라도 영인이가 사는 술을 얻어먹을 수 있을까?"

명규는 한동안 사색에 잠겨 있다가, 이내 고개를 좌우로 흔들며 침상에 벌렁 누웠다. 피에 절은 붕대가 딱딱하게 굳어 아팠지만, 참을 만했다. 심한 부상은 아니었기에, 걱정도 되지 않았다. 더욱이 움직이는 데 큰 지장이 없을 것이라는 굴비의 말이 있었기에 조금 있다가 굴비가 오면 붕대나 다시 매달라고 할 생각에 지그시 두 눈을 감았다. 어제 춘심이와 뜨거운 밤을 보냈기에 피곤하여 못 잤던 잠을 잘 생각이었다.

　스르르.

　눈이 감겼고, 순식간에 머릿속이 멍해졌다.

　"쿠울~ 쿠울~ 음~ 춘심아~"

*　　　*　　　*

　어느새 태양이 떠오르고 있었다. 간밤에 시끄럽던 신강성의 아침은 고요한 호수를 보고 있는 것처럼 조용하게 시작되고 있었다.

　신강성의 백성들은 어제도 그제처럼 편히 잠을 잘 수가 없었다. 그나마 어제는 조금 덜한 편이었지만, 그래도 수많은 곳에서 재물을 뺏기고 여인들이 씻을 수 없는 수치를 당했다. 하지만 누구 하나 나서서 뭐라고 하지 못했다. 그저 자신들을 버리고 도망친 주우길과 명 황제를 향해 비통한 심정을 담아 욕을 할 뿐이었다.

　병사들은 이틀 동안 행한 채량으로 상당한 만족감에 빠져 있었다. 그러나 지휘부에서 병사들이 군율로 못하도록 했던 채량이 무분별하게 행해졌다는 것을 알게 되었다. 하지만 병사들의 사기가 워낙 높았기에 그저 못 들은 척하며 유야무야 넘어갔다.

　그럴 수밖에 없는 것이, 대순국의 입장에선 신강성의 백성들은 주우길을 도와준 역적의 무리나 진배없었기 때문이다. 아직 명 황제를 굴복시킨 것이 아니었기에 당연히 신강성의 백성들은 적국의 백성일 뿐이었다. 따라서 병사들의 채량이 도를 넘지 않는 선이라면 어느 정도는 인정해 주는 것이 마땅했다. 나중에 이자성이 숭정제를 굴복시키고 중원의 진정한 황제가 된다면 그때 오늘의 피해를 보상해 주면 되는 것이었다. 그렇게 되면 힘없는 백성들은 오늘의 참혹한 일을 잊고 황제의 은총에 고마워할 것이기 때문이다.

이자성은 병사들에게 아침을 먹인 후 사시쯤 진영을 정비하고 신강성을 나와 북쪽으로 진군을 시작했다. 이제 진정한 여우몰이를 하게 되었고, 귀찮지만 주우길의 끈질긴 공격을 감내하며 북진을 하게 된 것이다.

덜컹덜컹!

"어제 화월이하고 재미 좋았냐?"

"말해 무엇 하냐. 그런데 넌 어제도 무리했는데 상처가 덧나지 않았냐? 아까 잠깐 굴비 형을 보니까 네 상처 얘기를 꺼내며 걱정하던데……."

"하하, 내가 누구냐! 이 정도 상처는 가벼운 축에 속한다고. 봐봐, 멀쩡하잖아?"

"그렇네? 하긴, 나도 아침에 일어나 운기 한 번 하니까 기분이 좋더라."

"그래? 그럼 나도 이참에 운기나 하면서 시간을 보내야겠다. 참, 넌 언제쯤 복귀할 거냐?"

"그건 왜 물어? 이 어르신이 너처럼 농땡이나 칠 줄 아냐? 다 어련히 알아서 복귀할 생각이다."

"네가 복귀할 때 함께하려고 그렇지. 그동안 영도가 알아서 한다고 했으니까 나도 이참에 푹 쉬려고."

어제 일로 명규와 영도는 서로 말을 튼 사이가 되었다. 그동안 서로 반 존대를 해왔는데, 영도가 그동안의 딱딱했던 태도를 훌훌 털어버리고 명규와 친우의 정을 나누자고 했기 때문이다. 그에 명규는 기쁜 마음에 혼쾌히 승낙했고, 그 자리에서 이놈 저놈 하며 쌍욕까지 할 정도로 발전한 것이다.

그러나 무엇보다 중요한 것은, 영인이 이들의 사이에 끼겠다고 조르며 동참하겠다고 나선 것이다. 술이 잔득 취한 상태였지만, 영인도 더 이상 영도와 거리감을 가지고 싶지 않았기에 즐거운 마음으로 영도에게 손을 내민 것이다. 그리고 자신에겐 무엇보다 영도를 찍어 누를 수 있는 권력이 있었다. 상급자로서의 지위를 포기한다는 나름 큰 결심을 한 것이었기에 나이 차이가 많이 나는 것은 문제가 아니라 생각했다.

이에 악호와 도길 등이 좋은 일이라며 반겼다. 하지만 굴비에겐 차마 친우하자고 할 수가 없었다. 한때 자신을 가르친 스승과도 같은 굴비였기에 영인은 굴비에게만은 형으로서의 예의를 갖출 생각이었기 때문이다.

굴비도 영인의 이런 생각을 잘 알고 있었기에 자신이 빠졌다는 것에 대해 섭섭해하지 않았다. 오히려 절친한 친우인 영도가 예전의 밝은 모습을 되찾게 되었다는 것을 기뻐해 주었다.

그렇게 이자성이 림분을 바라보는 곳에 도착할 때까지 보위대 핵심 인사들은 매일 밤마다 모여 서로에 대한 우정을 두텁게 만들었다. 그리고 이자성의 뒤를 따라 림분성에 들어선 후영인과 명규는 부상에서 완전히 회복하여 보위대에 복귀할 수 있었다.

림분성의 저항은 신강성에 비하여 미미할 정도였다. 이래형과 왕소우가 기병들을 이끌고 추격하는 바람에 주우길이 림분성에서 제대로 된 진영을 구축할 틈이 없었기 때문이다. 더욱이 만 명에 이르는 보병들 때문에 이조령이 이끄는 후속 부대가 주우길과 힘을 합쳐 제대로 된 협공을 펼칠 수가 없었다. 오히려 유적들의 역공에 몰리면서 포위당해 몰살될 수 있는 위험에 빠지기도 했는데, 다행히 이조령과 조형일의 재치로 무사히 빠져나가 주우길과 합류할 수 있었다.

"폐하, 소장 태영인 인사드립니다."
"그래, 이젠 부상에서 완전히 회복된 것인가?"
"폐하께서 신경을 써주신 덕분에 빨리 회복할 수 있었사옵니다. 성은이 망극하옵니다, 폐하."
"하하하, 알았다. 이제 회의를 시작할 것이니 태 대주는 짐의 우측에 있도록 하라."
"명을 따르겠습니다, 폐하."

영인은 부상에서 회복하자마자 이자성에게 건재하다는 것을 알릴 겸 인사를 하기 위해 집의전(輯意殿)으로 찾아갔다. 무작정 찾아간 것이 아니라, 아침에 우금성으로부터 집의전으로 들라는 전갈을 받았기에 들어설 수 있었던 것이다.

집의전엔 이미 대신들과 장군들이 모여 회의를 시작하려 하고 있었다. 그에 이자성은 영인의 인사를 간략하게 받으며 자리를 지정해 준 것이다.

이자성의 명에 따라 영인은 이자성의 우측에 가서 앉았다. 물론 대신들과 장군들이 논의하는 자리보다 살짝 뒤쪽에 배치된 의자였지만, 근위대 대주인 매화검 왕구 역시 이자성의 좌측에서 자신과 비슷한 위치에 앉아 있었기에 이상한 생각은 들지 않았다.

'근위대를 좌측에 두고 보위대를 우측에 두겠다는 것인가? 훗, 이제야 제대로 된 대접을 받는구나. 내가 회의에 참석하게 되다니 정말 세상은 오래 살고 볼 일이다.'

영인은 왕구와 눈이 마주치자, 고개를 살짝 숙여 보이며 입가에 미소를 지어주었다. 나름 인사를 한 것이다. 그에 왕구도 살짝 포권을 취하며 예를 취해주었다. 이제 대등한 관계가 되었으니 처음부터 서로 얼굴 붉힐 일을 만들지 않기 위해 서로에게 예의를 다한 것이다.

왕구에게서 시선을 뗀 영인은 이자성의 앞에 앉아 있는 대신들과 장군들의 면면을 살펴보았다. 우선 이자성의 우측, 즉 자신의 앞쪽에는 송헌책과 우금성을 비롯하여 이암 등이 속해 있는 문관 대신들이 착석해 있었다. 그리고 맞은편 좌측엔 이 래형과 고군은 등, 한눈에 봐도 직위가 상당히 높은 대장군들이 자리하고 있었다. 특히 이자성의 사촌형인 이과가 여러 대장군들과 스스럼없이 얘기를 주고받고 있었는데, 이것은 영인에게 충격이었다. 그동안 이과가 이자성의 사촌형인지 전혀 모르고 있었기 때문이다.

'뭐야? 정말 이과 장군이 폐하의 사촌형이야? 그렇다면 이 쌍희 장군의 부친이 이과 장군이니까… 조카네? 흐음, 그런데 여태 난 왜 이런 사실들을 몰랐지? 오늘 새로운 사실을 알았네. 큭, 이따가 명규와 영도에게 알려줘야겠다. 모두들 내 말을 들으면 깜짝 놀랄 거다. 역시… 이런 회의에 참석하니까 몰랐던 정보들을 알 수 있구나.'

영인은 우금성을 주축으로 대신들과 장군들이 열띤 논의를 하자, 그 모습을 신기하다는 듯 한참을 쳐다보았다. 아무리 봐도 무료하지 않았다. 얘기를 듣는 중간 중간 저절로 고개가 끄덕여지기도 했고, 이따금씩은 무언가 생각하는 듯한 표정을 짓기도 하면서 논의 속으로 심취해 들었던 것이다.

"하하, 림분을 이토록 쉽게 점령할 줄은 정말 몰랐습니다. 우 상서가 계획한 작전이 큰 보탬이 되었습니다."

"그렇습니다. 고 장군 말대로 소장들은 주우길이 림분에서도 신강에서처럼 단단히 준비하고 있을 줄 알았습니다. 그런데 겨우 두 시진 만에 성문이 열리고 항복을 받았으니… 너무 싱겁게 끝난 것 같습니다. 감축드립니다, 폐하."

"하지만 문제는 지금부터입니다, 폐하."

"응? 그게 무슨 말이오, 우 상서? 지금부터라니요?"

"우 상서, 무슨 문제라도 있는가? 짐도 다른 장군들처럼 앞으로도 승승장구하며 북진할 수 있을 것 같은데……."

"폐하, 소신이 한 말씀 올려도 되겠습니까?"

"하하, 우 상서가 또다시 귀책을 내놓을 생각이구먼. 좋다. 어찌 우 상서의 귀책을 듣지 않겠는가. 오히려 무슨 작전을 말할까 기다려지는구나. 어서 말해보라."

"그렇습니다, 폐하. 우 상서가 아마도 주우길을 상대할 좋은 계책을 구상한 것 같습니다. 자자! 모두 조용히 하고 우 상서의 말을 들어봅시다!"

이자성의 말에 이과가 자리에 일어서더니 한창 대화에 열중하고 있던 대신들과 장군들의 이목을 집중시켰다. 그에 모두의 시선이 우금성에게 향했다.

"흠! 소신은 주우길이 이곳 림분에서 우리를 맞아줄 것을 기대하고 있었습니다. 아니, 그렇게 되어야 했습니다. 그러나 보시는 봐와 같이 림분은 주우길에게 버리는 패에 불과했습니다."

"버리는 패라? 이곳 림분이?"

"그렇습니다, 폐하. 만약 주우길이 소신의 생각대로 이곳에서 병사들을 재정비한 후 우리를 상대했다면, 이렇게 걱정하지 않아도 되었을 것입니다. 하지만 주우길은 그렇게 하지 않았습니다. 오히려 대부분의 병력을 이끌고 태원(太原)으로 향했습니다. 태원에서 우리를 기다리겠다는 뜻을 분명히 밝힌 것입니다."

"그렇다면 주우길이 준비할 시간을 벌기 위해서 이곳을 버렸다는 말인가?"

"흐음."

"그러고 보니 우 상서의 말에도 일리가 있구먼. 역시 주우길이 젊지만 쉽게 상대할 수 없는 장수로군."

"나도 그렇게 생각하네. 그렇다면 태원에선 힘든 전투를 하게 생겼구먼."

우금성의 말에 대신들과 장군들은 서로를 쳐다보며 고개를 끄덕였다. 이제야 우금성이 말한 문제가 무엇인지 짐작할 수 있었던 것이다.

"그럼 태원까지는 주우길의 군대가 없겠군."

"그렇지는 않을 것입니다, 폐하. 소신이 만약 주우길의 입장이라면 태원으로 향하는 곳 요소요소에 매복을 시켜 최대한 괴롭히는 전략을 구사할 것입니다. 준비할 시간도 벌 수 있고, 덤으로 병사들의 사기도 저하시킬 수 있기 때문입니다."

"흐음… 상당한 지략을 겸비한 장수로구먼. 그렇다고 지금에 와서 태원을 점령하지 않고 돌아서 갈 수는 없지 않은가."

"태원은 반드시 점령해야 합니다. 그것도 철저하게 부숴야만 합니다, 폐하."

"철저히? 하하, 그렇게 된다면 좋겠지만 그럴 필요까지 있는가?"

"폐하, 태원은 산서성의 성도입니다. 더욱이 태원에는 열여섯 개의 도지휘사사(都指揮使司) 중 한 개가 있는 곳입니다. 신 강성과 림분을 점령할 때 보셨겠지만, 위지휘사사의 병력은 아무런 문제가 되지 않습니다. 그러나 도지휘사사는 위지휘사사와는 다릅니다, 폐하."

"그렇지. 그렇구나. 짐이 태원에 도지휘사사가 있다는 것을 생각하지 못했다. 그렇다면 꽤 많은 병력이 태원에 있겠구나."

"주우길의 병력뿐만 아니라 도지휘사(都指揮使)가 거느린 병력도 상당할 것입니다. 따라서 태원을 점령하지 않는다면, 우린 배후에 큰 위험을 떠안고 하북성으로 진입하게 될 것입니다."

명나라는 태조 홍무제 때부터 권력이 일부 관료에게 집중되는 것을 막고, 황제의 권력을 강화하기 위하여 행정과 군사 및 감찰의 삼 권을 분리시켰다. 이 중 군사 부분은 오군도독부가 핵심적인 역할을 하면서 중앙 지역의 수비와 외부 세력의 공격 및 방어책임을 맡았고, 지방은 도지휘사사에서 담당하고 있었다. 그리고 병제는 당나라 이래의 모병제(募兵制)를 개선하여 징병할 군호(軍戶)를 정하고 위소제(衛所制)를 채택하고 있었다.

따라서 도지휘사사 밑에 전국의 요소에는 위(衛)와 소(所)를 설치하였으며, 군호의 장정을 분속시켰다. 즉 일위의 병사 수는 오천육백 명이며 다섯 개의 천호소(千戶所)로 이루어지고, 천호소는 열 개의 백호소(百戶所)로 구성되는 것이 일반적인 일이었다. 그만큼 각 지역에 설치되어 있는 위지휘사사는 십만 명이 넘는 대병력을 거느린 이자성에겐 아무런 장애가 될 수 없었다.

하지만 한 성(省)의 군사를 통합할 권한과 지휘할 수 있는 도지휘사사가 있다면 문제가 심각해질 수도 있었다. 현재 명나라에는 십삼 행성(行省) 이외에 요동(遼東)과 대령(大寧), 그리고 만전(萬全) 지역에 도지휘사사를 두고 있었다. 즉 열여섯 개 중 산서성의 모든 병력을 집결시킬 수 있는 도지휘사사 하나가 태원에 자리하고 있었던 것이다.

"생각했던 것 이상으로 문제가 심각할 수 있겠군. 흐음… 승상은 어떻게 생각하는가?"

"우선은 병력 수를 정확히 파악할 필요성이 있을 것 같습니다. 그래야만 작전을 구상하는 데 수월할 것입니다, 폐하."

"그렇겠지. 우 상서?"

"폐하, 송구하오나 현재 태원성에 얼마만큼의 병력이 있는지 파악이 전혀 안 되고 있습니다. 정탐병을 보내 살펴보도록 했으나 쉽지 않은 상황입니다."

"그런가? 확실히 문제로군. 적을 알아야 쉽게 공략할 수 있을 텐데……."

"그렇습니다, 폐하. 그러나 달리 해석하면 해답을 찾을 수도 있을 것 같습니다."

"응? 어떻게 말인가?"

"주우길은 신강성으로 오기 전에 산서성에서 상당한 병사들을 징집했습니다. 이들 대부분이 일반 백성들일 수도 있겠지만, 각 지역의 위지휘사사에서 동원한 병력도 상당할 것입니다. 어쩌면… 도지휘사가 통솔할 수 있는 병사가 우려하는 것보다 적을 수도 있습니다, 폐하.”

“그…럴 수도 있겠군. 그렇다면……?”

“정확한 상황을 알지 못하기에 모험은 피해야 하지만, 그렇다고 해서 돌아갈 수도 없습니다. 아니, 반드시 태원을 거쳐서 가야만 합니다. 그렇게 해야만 산서성을 대순국의 영향력하에 놓을 수 있습니다.”

“흐음… 그렇다면 일단은 부딪쳐 봐야 한다는 말이로군.”

“그렇습니다, 폐하. 신강성과 달리 주우길의 준비도 철저할 것이니 태원성 전투는 쉽지 않을 것입니다. 더욱이 화포도 상당수 보유하고 있을 것이 분명하니 그에 대한 대비도 철저히 해야만 합니다.”

“흐으음.”

회의가 진행되면 될수록 이자성뿐만 아니라 대신들과 장군들의 이마에 깊은 주름이 잡혔다. 우금성의 설명이 계속될수록 집의전 안에 있는 모든 사람들에게 ‘첩첩산중’ 이나 ‘갈수록 태산’ 이란 의미가 무엇인지 새삼 깨닫게 해주고 있었기 때문이다.

신강성에서 화포 때문에 공격하는 데 상당히 어려웠고 피해도 많았다. 더욱이 마지막엔 포탄을 직접 던지는 바람에 생각지도 못한 피해까지 입었었다. 당연히 우금성의 입에서 화포

얘기가 나오자, 장군들이 우려가 가득 담긴 목소리를 내며 대처방안을 논의하기 바빴다.

현재 명나라의 가장 우수한 화포는 화란인들의 기술로 만들어진 홍이포였다. 그러나 홍이포는 만들기도 어렵고 비싸서 황성이 있는 북경을 방어하는 친군지휘사(親軍指揮司)와 금의위, 그리고 후군도독부 중 오삼계가 지휘하고 있는 산해관 주변에 먼저 배치되었다.

그러나 홍이포 외에 다른 화포가 없는 것도 아니었다. 신강성에서 쓴맛을 봤던 천자철포도 있었으며, 호준포(虎準砲)와 멸로포(滅虜砲)도 상당수 있었던 것이다. 그러나 무엇보다 명나라에 가장 많이 사용되고 있는 포는 불랑기포(佛狼機砲)로써, 일명 무적대장군포라 불리는 화포였다. 더욱이 보병들에게 가장 큰 위력을 발휘하는 명화비전(明火飛箭)도 있었기에 일선에서 병사들을 지휘하는 장수들의 고민은 시간이 흐를수록 더욱 깊어졌다.

회의는 장장 두 시진이 넘도록 진행되었다. 그러나 화포에 대한 대비책은 쉽게 나오지 않았다. 그에 지루함을 느낀 이자성이 우금성과 대신들에게 충분히 논의하도록 한 다음 자리에서 일어났다. 거의 저녁때가 다 되었기 때문이다.

이자성이 일어나자 영인도 따라 일어섰다. 당연히 근접 호위를 하는 왕구가 이자성의 뒤를 따라 밖으로 나섰다. 그에 약간 어정쩡한 자세로 서 있던 영인은 자신이 무엇을 해야 하는지 갈피를 잡지 못하다가 부리나케 이자성의 뒤를 따라갔다.

"송구합니다, 폐하."

"아니다. 태 대주는 오늘 처음으로 회의에 참석하여 정신이 없었을 것이다. 그리고 짐의 호위는 왕 대주가 지금까지 담당하였으니 태 대주는 짐의 호위보다 보위대의 무력을 높일 수 있는 방안을 먼저 찾도록 하라. 보위대 대원들이 제대로 된 무력을 가지게 되었을 때, 짐이 태 대주의 노고에 대한 보답을 충분히 해주겠다."

"아, 알겠습니다. 최선을 다해 대원들의 실력을 상승시키겠습니다. 충!"

"그럼 앞으로 회의에 참석함은 물론, 맡은 바 책무에 소홀함이 없어야 할 것이다."

"성은이 망극합니다, 폐하."

뚜벅, 뚜벅, 뚜벅.

"휴~ 살 것 같다. 역시 난 머리를 쓰는 것보다 몸으로 때우는 것이 체질에 맞는 것 같다. 도저히 오래 앉아 있을 자리가 못 되네."

이자성의 모습이 완전히 시야에서 사라지자, 영인의 입에서 저절로 한숨이 나왔다. 가만히 앉아 있었을 뿐인데, 마치 치열한 전투를 치른 것처럼 온몸이 뻐근했다.

영인은 회의를 통해 수많은 것들이 논의되고, 또 안건들 하나하나 세세하게 살피며 여러 가지 경우를 생각하고 또 생각하며 대안을 만들어내는 대신들과 장군들을 보았다. 정말 대단하단 생각밖에 들지 않았다. 자신은 옆에서 듣고 있는 것만으로도 머리가 멍해지고 눈앞이 흐릿할 정도로 정신이 없을 지경인데, 단 한 명도 흐트러진 몸짓 한 번 하지 않고 논의에 집중하였기 때문이다.

영인은 천천히 자신의 집무실을 향해 걸으면서 오늘 있었던 일들을 되짚어봤다. 그러나 나오는 것은 한숨뿐이었다.

'앞으로도 계속 회의에 참석해야 하나? 휴, 회의에 참석하는 것도 쉬운 일이 아니구나. 그나저나 보는 것만으로도 많은 것을 배울 수 있었다. 확실히 사람은 무조건 많이 배우고 볼 일이다. 일대일 싸움이 아니라 수만 명이 싸우는 전투에선 역시 무력보다는 지략으로 승부가 결정 나는구나.'

자신이 몰랐던 또 다른 세상을 살짝 엿본 것 같은 기분에 발걸음은 조금씩 가벼워졌지만, 단 한 번이 아니라 계속 이런 일들을 반복해야 한다는 생각에 마음은 천근같았다. 하지만 해야만 하는 일이기에 마음을 굳건히 다잡고 보위대로 향했다.

第十一章
제발 내 인생에 도움을 주는 인간이 돼봐라

이자성은 림분에서 오 일을 더 머물다 출발했다. 그동안 회
의에서 논의된 것은 화포에 대한 대응 방안이었다. 하지만 확
실히 결정된 것이 아니었다. 적이 화포를 가지고 있으니 대순
군도 최대한 많은 화포를 태원까지 끌고 가야 한다는 결정이
내려졌을 뿐이다.

 다만 화포를 쏴본 경험이 전혀 없기에, 우금성은 병사들에
게 시간이 허락하는 한 화포를 쏴보도록 훈련시킬 것을 주장
했다. 그에 대신들과 장군들 몇몇이 위험하다는 이유를 들며
반대했지만, 화포를 사용하려면 어느 정도의 위험을 감수해야
한다는 우금성의 주청에 이자성이 윤허를 하였다.

 하지만 문제는 그다음이었다. 과연 누가 화포를 운영할 것

인지 결정을 내릴 수 없었던 것이다. 잘되면 좋지만 잘못되어 사고라도 난다면 병사들의 사기가 현저히 떨어질 것이기 때문이다. 더욱이 장군들 대부분이 일단 돌격하고 보는 성격이었기에, 화포를 다루는 것이 성격상 전혀 맞지 않았다. 그에 장군들은 서로 눈치만 보면서 자신이 아닌 다른 장군들에게 미루기에 바빴다. 자신만 아니면 된다는 생각이 순식간에 집의전을 가득 메웠다.

이런 장군들의 행태에 이자성과 송헌책, 그리고 우금성뿐만 아니라 이암 등 대신들이 눈살을 찌푸렸다. 그러나 이해를 못하는 것도 아니기에 훈계를 할 수도 없었다. 그렇다고 무작정 아무 장군한테나 화포를 맡길 수도 없었기에 상황을 수습하는 것이 난감할 수밖에 없었다.

이런 상황이 림분을 떠나기 전날까지 지속되었다. 그에 우금성은 결단을 내릴 수밖에 없었고, 이자성에게 자신이 직접 나서서 화포를 운영할 부대를 만들겠다고 주청을 올렸다. 마침 이자성도 마땅한 대안이 없자 우금성의 주청을 받아들여 직속 부대를 만들 수 있도록 윤허하였다.

영인은 그동안 상당히 바빴다. 아침부터 시작된 회의에 참석해야 했고, 저녁땐 운공을 통해 내공을 높이는 데 노력을 아끼지 않았기 때문이다.

영인은 림분을 떠나기 삼 일 전, 이자성으로부터 소환단 두 개를 받았다. 물론 명규와 영도도 각각 한 개씩의 영단을 받고서 뛸 듯이 기뻐했다. 그에 망설이지 않고 그날 저녁 악호의 도움을 받으며 한꺼번에 소환단 두 개를 복용했다. 아직 창궁뇌력단의 약효를 완전히 소화하지 못한 상태에서 복용한 것이라, 어쩌면 위험할 수도 있는 상황이었기 때문이다.

그러나 영인에겐 무작정 복용하고 보자는 생각이 복으로 돌아왔다. 소환단의 약효에 의해 창궁뇌력단의 약효가 생각보다 높아진 것이다. 소환단이 창궁뇌력단의 약효를 상승시켜 준 것이다. 영인에겐 작은 기연이었다. 소환단의 약효를 완전히 용해하지 못한 상태에서 일 갑자가 약간 넘는 공력을 얻을 수 있었기 때문이다.

절정의 경지.

지금 당장 무림에 나간다 하더라도 어느 정도 명성을 얻을 수 있는 고수가 된 것이다. 더욱이 뇌격십팔도는 이미 대성을 이룬 상태다. 비록 자뢰마격검이 오성에 불과한 수준이었지만, 이 정도면 어디 가서 객사할 정도는 아니었다. 충분히 대부분의 무림인들이 부러움과 질시의 눈으로 바라볼 수 있는 경지인 것이다.

그러나 무엇보다 영인을 기쁘게 만든 것은 지금까지 엄두도 내지 못했던 백회혈까지 자유롭게 운기를 할 수 있는 칠성의 경지에 올랐다는 것이었다.

이제 조금만 더 노력하면 뚫기가 가장 힘들다는 백회혈을 뚫을 수 있었고, 지금도 조금씩 백회혈에 자극을 주고 있었다. 물론 큰 충격을 준다면 위험한 혈이기에 조심하였고, 최대한 세밀하게 운기하며 미세한 자극만을 주며 기회를 엿보고 있었다.

하지만 백회혈을 뚫기 위해선 내공이 최소 백 년은 있어야 안전했다. 그래야 백회혈을 뚫은 기운이 거침없이 독맥을 따라 내려가며 중요한 혈들을 뚫을 수 있기 때문이다. 바로 임독양맥의 타동을 이루는 것이며, 이때가 바로 구성의 경지였다. 그러나 자뢰심공을 대성한다는 것은 내공만 높다고 이뤄지는 것이 아니었다. 임독양맥이 타동된 후 내공이 이 갑자에 이르렀을 때, 깨달음을 얻어 뇌기를 자연스럽게 내공에 담을 수 있게 되는 순간이 바로 자뢰심공이 대성의 경지에 도달하는 것이다.

멀게만 느껴졌던 고지.

꿈과 같은 경지.

그러나 영인은 곧 자신이 대성할 수 있다는 자신감을 가질 수 있었다. 수중엔 아직 복용하지 않은 창궁뇌력단 한 개가 남아 있었기 때문이다.

따각! 따각! 따각!

"야, 너희들은 어느 정도의 성과를 얻었냐?"

"글쎄… 정확히 모르겠지만, 송 아저씨 말로는 반 갑자는 넘은 것 같다고 하더라."

"그래? 나한텐 반 갑자에 조금 못 미친다고 하던데?"

"정말로?"

"그래. 분명 너하고 똑같은 심법으로 운공했고, 도법도 같은 것을 배웠잖아. 그런데 무엇 때문에 차이가 나는 거지?"

"그러게?"

"흠! 그렇다면 명규가 먹었던 영단이 조금 더 좋아서 그럴 거다. 내가 의보양신단하고 자양보단을 복용했잖아. 그런데 의보양신단이 자양보단보다 약효가 조금 더 좋더라고."

"정말? 정말로 내가 복용한 의보양신단의 약효가 더 좋았다고?"

"그래, 내가 직접 경험한 거니까 확실하다."

"흐음. 너무 명규한테만 좋은 것을 주는 것 아냐?"

"내가? 아니야. 그땐 나도 약효가 다를 줄은 몰랐다고. 정말이야."

영인은 영도가 쌍심지를 켜고 자신을 보자, 자신은 억울하다는 듯 손을 흔들며 말의 옆구리를 찼다. 괜한 것을 물어봤다는 생각이 들었기 때문이다.

히이이잉~

"훗, 영인이가 너한테 미안한가 보다. 저렇게 얼굴 붉히며 줄행랑을 치는 것을 보니."

"내게? 하하, 설마……."

"아니야. 확실해. 영인이가 웬만해선 얼굴이 붉어지지 않는데, 무안할 때나 말하기 거북할 때 얼굴이 저렇게 붉어진다고."

"그런 버릇이 있었나? 여하튼, 저런 모습을 보니 아직 순수한 것 같군. 전쟁터를 누비는 혈마에게 저런 모습이 아직까지 남아 있었다니… 예전의 모습이 기억나는군. 예전엔 어수룩하면서도 밝고 순수했는데."

"밝고 순수해? 미치겠네. 영인에게 순수함을 찾다니, 너 제 정신이 아니구나?"

"하하, 그런가? 그런데 내 눈에는 자꾸 그런 모습이 보이는데?"

"미친……."

"하하, 내가 미쳤을 수도 있겠다. 그런데… 아마 너와 아저씨들이 항상 옆에 있었기 때문에 영인이가 지금까지 밝은 모습을 지닐 수 있었던 것 같다. 물론 내 느낌이지만, 그래도 살짝 질투가 날 정도다. 흐음."

"뭐라고? 질투? 참나, 실없는 소리는 그만 해라. 자! 우리도 어서 가자. 이렇게 잡담만 하다간 영인이를 놓치겠다. 이리얏! 달려라~!"

히이이잉~!

두두두두두!

"후후."

'내가 느끼고 있다. 예전에 어둡고 답답했던 마음이 너희들과 함께하면서 밝아지고 있다고. 알겠냐? 항상 딱딱하게 굳어 있던 내 표정과 무뚝뚝한 말투가 요즘 들어 변하고 있단 말이다. 입가에 미소가 돌아오고 있다고.'

영도가 유종민을 따라 전쟁터를 전전하면서 얻은 것은 수많은 실전 경험과 무공이 전부가 아니었다. 자신에 의해 죽어가는 적들의 얼굴이 지워지지 않았고, 어느 날부터는 밤마다 악몽에 시달려야 했다. 마음을 무겁게 만들었던 것이다.

그에 차츰 영도는 말수가 줄어들고 표정이 굳어지기 시작하였으며, 보위대에 오기 전까지 냉기와 살기로 온몸을 휘두른 상태였다. 그나마 보위대에 와서 옛 친우인 굴비와 대면하고 도길 등 노인네들과 말다툼을 하면서 딱딱하게 굳었던 마음이 서서히 옅어졌다. 그렇지만 완전히 예전의 성격으로 돌아오진 못했다.

그러나 얼마 전 명규와 영인에게 자신의 속마음을 조금씩 열어주기 시작하면서 차츰 심장에서 훈풍이 불기 시작한 것이다. 예상하지 못한 일이었고, 스스로도 상당히 놀라고 있는 중이었다. 그만큼 영도는 예전의 모습을 찾아가기 시작하면서, 명규와 영인에게 감사하는 마음을 가지고 있었다. 그것을 입밖으로 내뱉진 않았지만.

히이이잉, 푸드드득!

따각, 따각, 따각~!

"이쪽엔 무슨 일이냐?"

"께 아저씨 보러 온 것 아니니까 신경 쓰지 마세요."

"젠장할 놈. 여전히 말하는 싸가지가 없다니까."

"쳐다보지도 못할 상관한테 그런 말 하면 모가지가 언제 잘릴지 몰라요."

"끄응."

"허허, 무엇 때문에 찾아온 거냐?"

명규와 영도에게서 멀리 떨어져 나온 영인은 한동안 전방에서 움직이다 갑자기 무슨 생각이 들었는지 말머리를 돌려 악호를 찾아왔다.

"뭐 좀 물어볼 게 있어서요."

"응? 뭘 말이냐?"

"아저씨."

"응? 왜 그러냐? 뭘 물어보려고 그렇게 애매한 표정을 짓는 거냐?"

"…혹시 명규와 영도가 배울 수 있는 심법이 있나요?"

"뭐? 심법?"

"예, 아무래도 둘에게 괜찮은 심법이 있어야 할 것 같습니다. 그래야… 유 장군에게 배운 진명패천도를 재대로 써먹을 수 있지 않겠습니까. 혹시 알고 계신 심법 하나 없나요?"

"허……."

악호는 영인의 질문에 순각 욱하는 마음에 주먹을 뻗을 뻔했다. 그러나 간신히 참으며 영인의 얼굴을 가만히 쳐다보았다. 표정이 사뭇 진지했다. 일부러 하는 농담 같지는 않았던 것이다. 그에 절로 한숨이 나왔고, 허탈한 마음이 들었다.

"어, 없나요?"

"이놈아! 내가 그런 심법을 알고 있으면 이 나이에 여기서 네놈하고 노닥거리고 있겠냐?"

"하하, 그렇다고 아저씨까지 욕을 할 필요는……."

딱!

"윽, 아저씨는, 또 왜요?"

"그동안 송 형 등골을 쪽쪽 빼먹었으면 됐지, 또 뭘 뜯어먹을 것이 있다고 그런 말 같지도 않은 질문을 하고 있냐? 심법이 없냐고? 절정의 경지에 오른 놈한테, 우리 같은 삼류들이 가르쳐 줄 심법이 어디 있겠냐! 에잉, 언제 철이 들려는지…….."

"허허."

"쩝."

'내가 괜한 말을 꺼낸 것 같네. 하긴, 궤 아저씨 말도 일리가 있네. 그럼 어떻게 한다? 휴~'

영인은 도길의 말에 절로 고개가 끄덕여졌다. 자신이 생각해도 맞는 말이었기 때문이다. 비록 악호가 일류의 경지에 오른 고수지만, 그렇다고 해서 완전한 경지도 아니었다. 가장 중요한 발기가 안 되기 때문이다.

당연히 발기를 할 수 있으려면 공력이 높아야 하고, 공력이 높다는 것은 제대로 된 심법을 수련했다는 말이다. 당연히 악호의 모든 것을 알고 있는 영인이었기에 그것이 불가능하다는 것을 그 누구보다 잘 알고 있었다. 그렇기에 자신의 실수를 깨달은 영인은 차마 악호의 얼굴을 바로 쳐다볼 수가 없었다.

"훗, 괜찮다."

"아닙니다. 제 생각이 짧았습니다."

"그래, 네가 그렇게 말해주니 고맙구나. 그런데… 정말로 명규와 영도에게 심법을 가르쳐 주고 싶으냐?"

"사실은… 우리가 동창을 상대하게 될 때, 저 말고는 제대로 싸울 수 있는 사람이 없더라고요. 저를 거의 죽일 뻔한 변태새끼가 동창의 당두였잖아요. 그 새끼가 절정고수였습니다. 여차하면 제가 그 새끼를 직접 상대한다 하더라도, 나머지 녀석들을 상대할 수 있는 고수가 우리에게도 있어야 대적할 수 있는데……."

"무슨 말인지 알겠다. 그리고 네가 무엇 때문에 고민하는지 충분히 알았다. 하지만 나로서는 네 고민을 해결해 줄 능력이 없구나. 미안하다, 영인아."

"아닙니다. 아저씨가 왜 미안해요. 오히려 제가 답답한 마음에 쓸데없이 아저씨 마음을 어지럽힌 것 같네요."

"야, 그렇게 고민하지 말고 우 대인을 찾아가는 것이 어떻겠냐? 우 대인이라면 무당파나 남궁세가 같은 곳에 힘을 써주지 않겠냐?"

"옛? 정말요?"

"새겨듣지 마라, 영인아. 궤 형의 말은 헛소리고 쓸데없는 말이다."

"뭐라고?"

"흠! 전 형의 말이 옳은 것 같네, 궤 형. 아무리 우 대인의 영향력이 예전보다 높아졌다고 해도 목숨보다 중히 여기는 심법을 달라고 한다면 무림에서 반발을 할 것이네. 이런 부담을 우 대인이 감수하려 하겠는가?"

"…끄응, 그렇겠구먼."

도길은 악호의 차분한 설명에 나름대로 머리를 굴려보았다. 하지만 무림인의 생리를 모르지 않았기에 금방 수긍할 수 있었다.

"휴… 그렇다면 방법이 없다는 말이네요?

"방법이 왜 없어? 우 대인이 안 되면 네가 직접 나서면 되겠다."

"옛? 궤 아저씨, 그게 무슨 말입니까? 제가 나서다니요?"

"이젠 너도 엄연히 정삼품의 고관대작(高官大爵)이다. 비교하자면 동창제독(東廠提督)이라고. 흔히 대영반이라고 하는 동창제독의 품계가 너와 같은 정삼품이란 말이다."

"흐음."

"이제 좀 알겠냐? 하다못해 우 대인이 널 적극적으로 밀어주고 있잖아. 또 우 대인은 승상이 받쳐 주고 있으니 뭐가 문제냐? 호가호위라 했다. 네 직위에 맞는 권력을 행사해도 된단 말이다."

"궤 형 말도 옳지만, 그렇다고 해서 무턱대고 명문이라 소문난 곳은 건들지 마라. 그들을 잘못 건드리면 오히려 득보다 실이 클 수도 있다."

"그렇지. 오랜만에 전 형이 옳은 소리를 다 하는구먼. 허허허."

"그럼 나도 가만히 있을 수 없지. 흠! 궤 형과 전 형이 말한 것은 한 가지 방법이다만, 시간이 꽤 걸릴 거다. 그렇다면 차라리 네가 직접 무공을 전수해 주는 것도 좋지 않겠냐? 내가 네 무공의 성격이 어떤지 잘 몰라서 이런 말을 하는 것이겠지만, 만약 전수할 수 없다면 대련을 해준다든가 하는 방법도 있을 것이다. 여하튼 명규와 영도의 무공을 높여주려면 네가 직접 움직이는 것이 빠르다는 말이다."

"옳은 말이네, 병 형. 나도 같은 생각이다, 영인아. 명규와 영도가 부대주이긴 하지만, 그 녀석들은 스스로 클 능력이 없다. 지금이 한계라는 말이지. 그러니 앞으로의 일은 모두 네가 어떻게 하느냐에 달려 있다는 생각이 드는구나."

"아~ 아저씨들의 말씀이 무슨 뜻인지 알겠습니다. 아저씨들 말대로 우선은 제가 할 수 있는 방법을 찾아보도록 할게요. 그렇지만 아저씨들도 도와주십시오. 아무래도 저 혼자서는 힘들 것 같습니다."

"도와줄 것이 있다면 얼마든지 네 손을 거들어주마. 그래, 무엇을 도와주면 되겠냐?"

"병 아저씨가 말한 대로, 제가 익힌 심법은 전혀 도움이 안 됩니다. 그건 송 아저씨가 가장 잘 아시니까 그렇게만 알고 이해해 주십시오. 제가 아저씨들께 부탁드리고 싶은 것은, 우선 보위대 전원에게 진무심법을 가르쳐 달라는 것입니다."

"뭐? 진무심법을?"

"예. 그에 따른 보상은 제가 전 아저씨는 물론 다른 아저씨들께도 챙겨 드릴게요."

"흐음, 그렇다면야……."

이구는 자신의 심법을 대원들에게 전수해야 한다는 말에 깜짝 놀랐다. 아무리 하찮은 심법이라고 해도 사십 년 가까이 익힌 심법이다. 비록 영인 등에게 가르쳐 주었지만, 나름대로 이구에겐 의미가 있는 심법인 것이다. 그러나 다른 것으로 보상을 해준다는 영인의 말에 미련을 떨쳐 버릴 수 있었다.

"감사합니다, 아저씨. 그리고 또 하나! 이게 가장 중요한 것입니다. 뭐냐 하면, 유 장군이 익힌 진명패천도와 비슷한 성향의 도법이던가 심법을 파악해 달라는 것입니다. 그래야 저도 권력을 행사할 것인지 말 것인지 결정을 할 수 있을 것 같습니다."

"알았다. 그렇다면 우리가 적극적으로 알아보마."

"에구구~ 좀 편해졌나 싶더니 이렇게 일거리가 생기는구먼."

"그래도 강호 경험이 있는 우리가 영인이보다 좀 더 낫겠지. 그렇지 않은가?"

"옳은 말이네. 여하튼 알았다. 네 말대로 우리가 살펴볼 테니까 넌 너대로 방법을 생각해 보거라."

"감사합니다, 아저씨. 그럼 전 아저씨들만 믿겠습니다."

"말만 하지 말고, 누런 금덩어리나 좀 챙겨줘라. 아니면……."

"아니면 뭐? 기생 치마폭에 한 번 더 파고들게 해달라고?"

"그것도 좋지. 여하튼, 알아서 잘해라."

"허허허."

"쩝, 알겠습니다."

'참나, 어째 나보다 더 밝히는 것 같네. 그나저나 이렇게 되면 내가 할 일이 많아지겠구나. 하지만… 내가 먼저 친우하자고 했으니 친우로서 해줄 수 있는 것이 있다면 해줘야겠지.'

악호 등에게 다시 한 번 부탁한 영인은 다시 앞으로 말을 몰았다. 자신이 있어야 하는 자리였다. 그곳엔 명규와 영도가 두런두런 정답게 대화를 주고받으며 우정을 쌓고 있었다. 두 사람 중간에 한 사람이 들어가도 될 정도로 충분히 넓은 자리가 남겨진 상태로.

*   *   *

림분을 떠난 후, 대순군은 홍동(洪洞)과 령석(靈石)을 거쳐 평요(平遙)에 이르렀다. 북으로 올라갈수록 날씨는 매서워졌다. 남부지방은 눈이 녹을 시기였는데, 북부지방엔 아직까지 맑은 날보다 눈 내리는 날이 더 많았다.

병사들은 힘든 행군으로 서서히 지쳐 갔다. 만약 보급이 제대로 이루어지지 않았다면 수많은 병사들이 동사해 죽었을 정도로 싸늘한 날씨가 며칠씩 이어졌다. 더욱이 주우길의 병사들이 시도 때도 없이 매복과 기습 공격을 감행하고 있었기에, 병사들의 신경이 극도로 날카로워져 있었다. 항상 주변을 살피며 움직여야 하고, 밤에는 경계 근무에 만전을 기해야 했기 때문이다.

그러나 병사들의 사기는 거의 떨어지지 않았다. 주우길의 공격을 매번 격퇴시켰고, 그것도 대부분 대승을 거뒀기 때문이다. 아무리 힘들다고 해도 승승장구하며 북으로 진격하고 있었기에 병사들은 태원에만 도착하면 충분히 이길 수 있다는 자신감으로 완벽하게 정신무장이 된 상태였다.

그러나 영인과 보위대는 다른 병사들보다 몇 배 더 힘든 행군을 하였다. 아니, 할 수밖에 없었다. 그리고 시간이 흐르면서 모든 대원들이 최선을 다해 배우고자 땀을 뻘뻘 흘리기 시작했다. 영인의 명에 의해 이구가 교관을 맡으면서 진무심법을 가르쳤고, 뇌격십팔도법의 전 육식을 악호가 교관이 되어 가르쳤기 때문이다. 더욱이 도길과 궁우도 교관으로 합류하여 대원들의 초식과 자세 등을 교정해 주자, 대원들의 열기는 매서운 날씨에도 불구하고 뜨거운 열기로 가득 찰 수밖에 없었다.

지금까지 제대로 된 심법이나 무공을 배우지 못했던 삼류 낭인들.

그것이 보위대 대원들이었다.

그리고 지금 악호 등에게 무공을 배우지 못한다면 평생 삼류로 살아가야 하는 이들이었다.

따라서 무공을 배울 수 있다는 것을 깨달았을 때, 모든 대원이 환호성을 지르며 영인을 향해 충성을 다할 수밖에 없었던 것이다.

"야! 제대로 못해? 거긴 그렇게 하면 안 된다고 몇 번을 얘기했냐!"

"나도 안다. 그런데 구초식에서 십초식으로 넘어갈 때마다 초식의 흐름하고 몸의 진행 방향이 제대로 맞지 않으니까 미치겠다."

"안 되긴 왜 안 돼. 네가 정신을 딴 곳에 두고 있으니까 그렇지. 영도를 봐봐. 영도는 잘하고 있잖아."

영인은 명규와 영도에게 뇌격십팔도법을 직접 전수하고 있었다. 차마 대원들과 함께 배우라고 할 수가 없었기 때문이다.

하지만 직접 가르치다 보니까 성과가 제법 있었다. 이미 일류의 경지에 올라 있었고 진명패천도법도 거의 익힌 상태였기에 대원들보다 빠르게 육초식까지 익힌 것이다. 그에 좀 더 가르쳐도 좋겠다는 생각에 악호에게 허락을 받았고, 지금은 대원들이 배우는 전 육식 외에 나머지 십이초식까지 완벽한 뇌격십팔도법을 가르쳐 주고 있었다.

비록 자뢰심공을 익히지 못해 제대로 된 위력은 발휘할 수 없지만, 초식을 펼치는 데는 큰 어려움이 없었기 때문이다. 이것은 이미 악호에 의해 증명된 사실이었다. 악호가 자뢰심공을 삼성까지 익힌 상태였지만, 뇌격십팔도법은 굳이 자뢰심공을 사용하여 펼치지 않아도 큰 지장이 없었다. 그렇기에 마음 놓고 가르칠 수 있었던 것이다. 더욱이 나중에 진무심법보다 더 좋은 심법을 얻게 된다면 나름 괜찮은 결과로 이어질 수 있다는 기대를 하며 가르치는 데 총력을 기울였다.

"벌써 팔 일째다. 십초식까지는 이미 다 외웠잖아? 그런데 왜 흐름이 자꾸 끊기냐고."

"아마도 심법이……."

"심법? 빌어먹을 새끼야! 심법하고는 내가 아무 상관 없다고 몇 번을 얘기했냐! 그랬어, 안 그랬어?"

"그, 그랬었지."

"그래, 내가 그랬다면 확실한 거야. 알았냐? 그렇다면 문제가 뭘까? 웅? 이건 순전히 네 머리와 몸뚱이가 내 심오한 가르침을 못 따라오는 것으로밖에는 생각할 수 없을 것 같다. 그렇지?"

"그건 아니라고 생각……."

"뭐가 아닌데? 그럼 제대로 하던가! 알았어? 내가 큰마음 먹고 직접 가르쳐 주고 있는데 자꾸 이런 식으로 나오면… 확 너만 송 아저씨께 보낸다."

"뭐? 야, 그건 아니잖아. 내가 어떻게 일반 대원들하고 같이 배우냐? 나도 명색이 부대주다. 부대주 체면이 있지."

"체면? 웃기고 있네! 체면 같은 한겨울에 날아다니는 미친 파리새끼 방귀 뀌는 소리 하지 말고, 부대주면 부대주답게 제대로 좀 해라. 그럼 내가 잔소리하지 않아도 되잖아!"

"……."

"빌어먹을! 그렇지 않아도 우 대인이 화포부대까지 넘기는 바람에 바빠 죽겠는데, 제발 내 입에서 이런 소리 안 나오게 제대로 좀 할 수 없겠냐? 제발 내 인생에 도움을 주는 인간이 돼봐라. 제발."

"끄응~ 알았다. 알았다고."

영인의 말대로 명규 역시 우 대인이 넘긴 화포와 포병들의 훈련 때문에 영인이 바쁘다는 것을 잘 알고 있었다. 그렇기에 영인이 윽박지르고 욕을 해도 제대로 된 대꾸조차 할 수가 없었다. 몸에 밴 습관 때문에 매번 같은 곳에서 실수를 하고 있었기 때문이다.

휘이익!

쿵!

"어이쿠! 끄응!"

"어라? 쟤 또 왜 저래? 야! 잠깐 이리 와봐."

"휴~ 봤냐?"

"그래, 거기서 왜 넘어진 거야? 내가 봤을 때 초식은 제대로 시전하고 있었는데?"

"흐음… 지금까지 얘기하지 않았는데 아무래도 진명패천도를 수련하면서 생긴 습관 때문인 것 같다."

"습관?"

"어라? 너도 그래?"

"응? 뭐야? 그럼 너도 지금까지 흐름이 자꾸 끊긴 것이 수련하면서 생긴 습관 때문이란 말이야?"

"쩝, 나도 어제 알았다. 생각하는 대로 몸이 움직여 줘야 하는데, 자꾸만 안 되잖아. 머리하고 몸이 따로 노니까 정말 답답하더라고. 그래서 이러면 안 되겠다는 생각에 문제가 뭘까 하며 고민도 했다. 그리고 진명패천도법과 뇌격십팔도법을 비교해 가면서 이유를 알 수 있었다."

"그래서 내린 결론이 습관이라는 말이냐?"

"그래. 나하고 영도가 진명패천도법을 얼마나 죽기 살기로 수련했는지 네가 더 잘 알잖아. 눈을 감거나 무의식중에도 완벽하게 펼칠 수 있다고. 너도 그렇지?"

"네 말대로 나도 무의식중이라도 진명패천도법을 완벽하게 시전할 수 있다. 그런데 지금은 오히려 그것이 독이 되고 있으니……."

"아, 이거 참."

영인은 명규와 영도의 대답에 순간 할 말을 잃었다. 문제가 이미 완벽하게 익힌 진명패천도법 때문에 생긴 습관이라면, 더 이상 자신이 해줄 수 있는 것이 별로 없었기 때문이다. 지금부터는 오로지 명규와 영도의 집념에 달려 있었다. 완벽하게 익혔다는 진명패천도법보다 지금 익히고 있는 뇌격십팔도법을 더욱더 완벽하게 수련하는 방법밖에는 없었기 때문이다.

"나한테 그런 말을 할 정도면 너희들도 앞으로 어떻게 수련해야 좋을지 알고 있다는 말이겠지? 어차피 삼 일 정도면 나머지 초식도 전부 알려줄 수 있으니까 앞으로 수련은 너희들 스스로 해야겠다. 너희들이 서로 협력을 하든지, 아니면 각자 알아서 하든지 상관하지 않을 테니까. 웬만하면 동창 녀석들과 조우하기 전에 실력을 좀 향상시켜 봐라. 내가 너희들이 처한 상황과 같은 경험을 한 적이 없어서 더 이상 뭐라고 조언을 해줄 수 없을 것 같다."

"알았다. 그럼 우리는 알아서 수련할 테니까 넌 어서 포병들한테 가봐라. 포병들이 제대로 활약을 해주면 우리가 편해지잖냐."

"신경 써줘서 고맙다. 네 말대로 명규하고 상의하면서 최대한 고쳐 보도록 할 테니까 지금부터는 너도 우리보다는 네 일에 신경 써라."

"훗, 그럼 열심히 해라. 이 사부님이 나중에 시간 나면 얼마나 실력이 늘었는지 직접 검사해 볼 거다. 그때 초주검이 되기 싫으면 알아서들 해. 크큭큭."

"끄응~ 빌어먹을 새끼, 꼭 마지막에 염장을 지르고 가네."

"후후, 무공을 가르쳐 주었으니 사부는 사부지. 자자, 우리도 놀지 말고 열심히 수련하자고. 나중에 정말 떡이 되도록 맞기 싫으면 말이야."

"그래, 우리도 어서 빨리 절정고수 소리 좀 들어보자고. 아자! 아자~!"

명규와 영도는 빠르게 시야에서 멀어지고 있는 영인의 뒷모습을 보며 전의를 불태웠다. 영인이 무엇 때문에 온갖 구박과 욕설을 토하면서 가르치려고 하는지 알고 있었기 때문이다.

그렇기 때문에 명규와 영도는 웃으면서 지옥과 같은 수련에 매달릴 수 있었다. 그리고 지금까지 행한 수련이 전쟁터에서 죽지 않기 위한 수련이었다면, 지금부터는 자신과 친구를 위한 수련이었다. 그렇기에 아무리 힘들다 하더라도 해야만 하는 것이다. 스스로 운명을 쟁취할 수 있는 실낱같은 길이 열렸기에.

『토룡영인』5권에 계속…

저작권 보호!!
장르문학의 성장에 힘이 되어주십시오.

저작물의 무단 전재와 복제, 불법 다운로드!
이것은 관심이 아니라 무관심입니다!

작가님들은 창의적 열정과 시간을 투자해 자신의 꿈과 생계를 유지합니다.
한 권의 책을 만들어 많은 사람들은 자신의 인생과 미래를 설계합니다.

저작물 속에는 여러 사람의 노력과 희망이
담겨 있습니다!

저작물의 무단 전재와 복제, 불법 다운로드는 여러 사람들의 꿈과 생계를
위협함으로써 장르문학을 심각한 상황에 빠뜨리고 있습니다.

이제는 무관심이 아니라 관심으로 장르문학의
성장에 힘이 되어주세요.

[도서출판 **청어람**은 항시적인 저작권 보호를 통해 장르문학과
여러분의 희망을 지키겠습니다.]

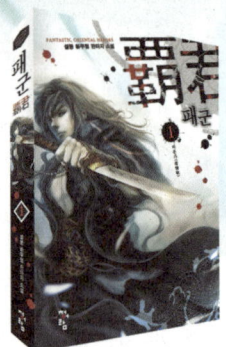

覇君
패군

설봉 新무협 판타지 소설

무협계를 경동시킨 작가, 설봉!
그가 다시금 전설을 만들어간다!!

수명판(受命板)에 놓고 간 목숨을 거둔 기록 이백사십칠 회!
생사를 넘나드는 전장에서 매번 살아 돌아오는 자, 계야부.
무총(武總)과 안선(眼線)의 세력 싸움에 끼어들다!

"죽일 생각이었으면 벌써 죽였다. 얌전히 가자."
"얌전히. 그 말…… 나를 아는 놈들은 그런 말 안 써."
무총은 그를 공격하지 않는다. 공격할 이유가 없다.
다른 사람들은 그의 존재조차도 알지 못한다.
오직 한 군데, 안선만이 그를 안다.
필요하면 부르고, 필요치 않으면 버리는
철면피 집단이 다시 자신을 찾아왔다.

나, 계야부! 이제 어느 누구에게도 휘둘리지 않겠다!!

유형이 아닌 자유추구 -
WWW.chungeoram.com
Book Publishing CHUNGEORAM

天劍無缺

천검무결

매은 **新**무협 판타지 소설

그리고, 전설은 신화가 되어······.

한 시대에 한 사람.
언제나 최강자에게로 수렴하던 역사의 흐름이 끊겨 버린 땅.
그 고고한 물길을 자신에게로 돌리려는 욕망의 틈바구니에서
전설은 태어난다.
교차하는 겸기, 어지러운 혈향을 뚫고 하늘에 닿아라!

유행이 아닌 자유추구 -
WWW.chungeoram.com
Book Publishing CHUNGEORAM

야차(夜叉) 新무협 판타지 소설

귀도풍운

원수를 가르치고 원수에게 배워…
서로의 심장에 칼을 겨누는 것이
숙명인 저주받은 도법,

수라도(修羅刀).

그 기원을 알 수조차 없을 만큼 수많은 세월을 이어져 내려온 이 도법은
새로운 피의 숙명을 잉태하였다.

저주받은 피의 고리를 끊어버릴 것인가.
체념한 채로 운명에 순응할 것인가.

유행이 아닌 자유추구 -
WWW.chungeoram.com
Book Publishing CHUNGEORAM